W0348460

ullstein

Das Buch

Nach über 30 Jahren bei der Kripo fristet Witwer Kurt Eiden sein Dasein auf dem Abstellgleis. Als überraschend seine Enkelin Jette aus Kanada zu ihm zieht, ist es aus mit dem selbstbestimmten Leben. Nicht nur, weil die beiden sich vorher nie begegnet sind, sondern weil Jette bereits bei ihrer Ankunft Zeugin des Mords an einer Bahnhofsbuchhändlerin wird. Bevor Opa und Enkelin sich kennenlernen, stecken sie in einem Kriminalfall, der weite Kreise zieht. Doch das Ermittlerteam wider Willen weiß sich zu behaupten.

Die Autorin

Christiane Güth, geboren 1967, schreibt neben Kriminalromanen auch Kinderbücher und ist Dozentin für Kreatives Schreiben. Sie lebt mit ihrer Familie in Gütersloh.

Von Christiane Güth sind in unserem Hause bereits erschienen:

Cheffe versenken
Alle Wege führen nach Morden

Christiane Güth

Lübecker Blut

Kriminalroman

Ullstein

Besuchen Sie uns im Internet:
www.ullstein-taschenbuch.de

MIX
Papier aus verantwortungsvollen Quellen
FSC® C083411

Originalausgabe im Ullstein Taschenbuch
1. Auflage Januar 2015
3. Auflage 2016
© Ullstein Buchverlage GmbH, Berlin 2015
Umschlaggestaltung: ZERO Werbeagentur, München
Titelabbildung: H. & D. Zielske / getty images
Satz: LVD GmbH, Berlin
Gesetzt aus der Quadraat
Druck und Bindearbeiten: CPI books GmbH, Leck
Printed in Germany
ISBN 978-3-548-28619-8

»Der wird doch nicht abdrücken!«

Das war mein letzter Gedanke, bevor ich die Kugel spürte. Ob ich ein Schussgeräusch hörte, weiß ich nicht mehr. Dafür ging alles viel zu schnell. Ein Mann mit einer Sturmhaube über dem Gesicht hatte zur besten Pendlerzeit meine Buchhandlung betreten, innerhalb einer Sekunde eine Waffe aus der Tasche gezogen und sie zielsicher auf mich gerichtet. Ich konnte weder weglaufen noch in Deckung gehen. Das Projektil traf meinen Körper, bevor mein Gehirn Adrenalin ausschüttete. Mir blieb nur dieser kurze Gedankenblitz, der mehr ein Reflex als ein wohlüberlegter Satz war.

Kein Abschied von meiner Familie, von meinen Freunden, von meinem geliebten Lutz, nicht einmal von der netten jungen Kundin, der ich gerade unseren Bestseller »Lübeck für Newcomer« empfohlen hatte. Sie wartete auf ihren Großvater, dem sie zuvor noch nie begegnet war, und hatte mir voller Staunen erzählt, dass es da, wo sie herkam, in Bahnhöfen keine Buchhandlungen gab. Statt sie ausführlich in Sachen Reiseführer zu beraten, fiel ich ihr mit durchschossener Stirn vor die Füße. Dass ausgerechnet sie meinen Mörder jagen und die Frage nach dem »Warum« beantworten sollte, ahnte ich da natürlich noch nicht.

1

»Hast du deine Tabletten wieder nicht genommen?«

Die Frage gab Kurt Eider den Rest.

Nicht, weil er seine Tabletten nicht genommen hatte. Es war allein die Respektlosigkeit seines ehemaligen Mitarbeiters und jetzigen Vorgesetzten Goran Pilz, die Kurt dazu verleitete, seine Kaffeetasse scheinbar versehentlich umzustoßen und ohne Kommentar den Besprechungsraum III des Lübecker Polizeipräsidiums zu verlassen. Wenn die Einbruchserie, die seit sechs Wochen Travemünde erschütterte, die Handschrift eines Altbekannten trug, hatte Goran Pilz gefälligst zuzuhören. Doch anstatt Kurts Hinweise ernst zu nehmen, fixierte er sich auf eine rumänische Diebesbande wie ein Kind auf den Osterhasen. Als Kurt ihm zu verstehen gegeben hatte, ignorant und machtgeil zu sein, war Goran mit seiner Retourkutsche eindeutig zu weit gegangen.

Hätte Kurt dem Drang nachgegeben, die Tabletten-Frage auf seine Art zu beantworten, wäre nicht nur die Tasse zu Bruch gegangen. Gorans Flüche über die heißen dunkelbraunen Flecken auf seiner neuen Cavalli-Jeans hörte Kurt nur noch aus weiter Entfernung.

»Du weißt doch, wie er ist«, unternahm Inge-Britt Sübener einen halbherzigen Beschwichtigungsversuch. Sie war gerade mit einem Stapel Briefe auf dem Flur unterwegs und hatte Kurt vor der Garderobe abgefangen. Natürlich wusste sie, dass sie mit dieser Floskel ihren Kollegen nicht beruhigen konnte. Die kleine Chefsekretärin von Polizeipräsident Junker ertrug es einfach nicht, wenn es Kurt schlechtging. Außerdem konnte sie ihm bei dieser Gelegenheit unverfänglich über die Schulter streichen.

»Das ist mir egal«, antwortete Kurt mit gepresster Stimme. »Ich will seine Visage einfach nicht mehr sehen.«

Kurt Eider schnappte sich seinen abgewetzten, senffarbenen Lederblouson vom Haken und warf Inge-Britt einen genervten Blick zu. Kurze Zeit später lief er quer über den Innenhof zu einer provisorischen Containerburg namens PP4, in der außer der Hausmeisterei, dem Putzmittelarsenal und dem Ruheraum nur ein einziges winziges Büro untergebracht war – seins.

Die Luft staute sich in den Kunststoffquadern, und selbst bei offenem Fenster kam kaum Sauerstoff herein. Immerhin trotzte eine Birke den Widrigkeiten des Bauplatzes. Wie ein schimmelgraues Relikt stand sie zwischen Betonmischern, Rüttlern und einem verbeulten Dixie-Klo, das die Maurer eifrig nutzten.

Goran Pilz konnte ihn mal. Bis vor drei Monaten hätte Kurt ihn für seine Bemerkung abgemahnt. Da war die Welt noch in Ordnung gewesen. Wie schnell das Blatt sich gewendet hatte. Goran war die Karriereleiter hinaufgeklettert, allerdings nicht, wie es sich gehörte, hinter seinem erfahrenen Chef her, sondern an ihm vorbei. Einfach überholt hatte er ihn und von seinem angestammten Platz vertrieben. Wie war es sonst zu erklären, dass ein verdienter Kriminalkommissar sich nach 34 Dienstjahren in einer Behelfsbaracke wiederfand und Akten sortierte?

»Endlich sind wir den alten Muffel los«, hatte Kurt eine junge Kollegin in der Kaffeeküche tratschen hören. Nicht, dass er sie dafür hätte heimlich belauschen müssen. Sie hatte es laut und deutlich gesagt, nachdem sie ihm im Gang begegnet war.

Kurt warf seine Jacke über die Stuhllehne und ging zu einem kleinen Spind. Hastig fingerte er einen kleinen Schlüssel aus der Hosentasche und steckte ihn ins Schloss. Er stieß die verbeulte Metalltür auf und starrte hinein. Sein Vorrat an Krummesser Korn musste dringend aufgefüllt werden. In der Mittagspause würde er zu Fritzes Kiosk rüberfahren. Sein Freund hatte diese Woche die Literflasche im Angebot. Danach würde er Inge-Britt auf einen Kaffee einladen und sie wie jeden Dienstag fragen, ob sie am Abend zur Doppelkopfrunde ihre Sülzeschnitten mitbrachte. Eigentlich war das überflüssig. Auf Inge-Britt war Verlass, noch nie hatte sie ihre leckere Spezialität vergessen. Während er in Gedanken bei Inge-Britt war, die auf seine regelmäßige Frage immer mit dem gleichen, herzlichen kopfschüttelnden Lachen reagierte, hörte Kurt ein leises *Pling*. Dieses *Pling*, das jede neu eingegangene E-Mail meldete und bis vor wenigen Wochen seine Arbeitstage in einer Art Dauerschleife berieselt hatte, war mit dem Tag seiner Degradierung schlagartig erloschen. Umso mehr wunderte sich Kurt, als wenige Sekunden später ein zweites *Pling* folgte. Fluchend ließ er sich auf seinen verschlissenen Bürostuhl fallen, gab das Passwort ein und klickte den Posteingang an. Wahrscheinlich hatte Goran unverzüglich Beschwerde eingereicht oder Inge-Britt eines ihrer eigenwilligen Videos mit singenden Katzenbabys oder stolpernden Pinguinen verschickt. Als ob ihn die je aufgemuntert hätten. Andere Nachrichten trafen kaum noch ein. Als Kurt jedoch einen Blick auf den Absender der zwei neuen Mails warf, quittierte sein kräftiges Polizistenherz für einige Sekunden spontan den Dienst.

Ein großer Schluck aus der Kornflasche half Kurt, seinen Kreislauf zu stabilisieren. Erst jetzt konnte er überlegen, wie lange es her war, dass er an sie gedacht hatte. Dabei meinte er nicht die flüchtigen Gedanken, die er seit 19 Jahren, vier Monaten und acht Tagen jeden Morgen mit einem »Lass es!« von sich schob, sondern eindringliche Fragen – wie sie aussehen mochte, und ob er ihr jemals begegnen würde. Die ersten Jahre waren am schlimmsten gewesen. Für Lotte noch mehr als für ihn. Sie konnte sich nicht damit abfinden und hatte immer wieder Versöhnungsversuche unternommen, die allesamt erfolglos blieben. Nicht einmal ihr Tod hatte etwas verändert. Keine Karte, kein Anruf. Ab diesem Zeitpunkt hatte Kurt aufgehört, sich mit Sentimentalitäten herumzuquälen. Es war, wie es war, und er konnte nichts an der Situation ändern. Das Leben musste weitergehen. Was also dachte sie sich dabei, ihm ohne Vorwarnung gleich zwei Mails hintereinander zu schicken? Und dann auch noch mit dieser dreisten Ankündigung.

Kurt starrte auf den Bildschirm. Die Minuten verflogen. Das Klopfen an seiner Bürotür hörte er nicht. Er bekam auch nicht mit, dass Inge-Britt eintrat, ohne ein Herein abzuwarten.

»Kurti, komm, wir gehen schon mal in die Kantine!«, rief sie. »Goran ist es nicht wert, sich über ihn zu ärgern.«

Nachdem Kurt weiter stumm den Monitor fixierte, wurde sie lauter.

»Dicke Bööhnchen mit Specksauce!«

Keine Regung. Inge-Britt erinnerte die Szene an das Standbild einer gestoppten DVD. Einen Augenblick lang glaubte sie, Kurt säße tot auf seinem Schreibtischstuhl. Herzinfarkt. Und Goran war schuld. Dann sah sie, wie sich sein Brustkorb hob und senkte, und lächelte erleichtert.

»Seit wann schläfst du mit offenen Augen?«, versuchte sie es scherzhaft, doch Kurt rührte sich immer noch nicht.

Irritiert betrachtete sie ihren Kollegen. Dann folgte ihr Blick dem seinen, und sie las die erste E-Mail:

Hi Gramps,

da staunst du, was? Ehrlich gesagt, zittern mir beim Schreiben die Knie, weil ich so lange auf den richtigen Moment gewartet habe. Aber jetzt ist er gekommen, und es gibt kein Zurück mehr. Wenn du das liest, sitze ich bereits im Flieger nach Deutschland. Nach Hamburg, wenn du es genau wissen willst. Ich habe meine E-Mail nämlich so programmiert, dass sie während deiner Arbeitszeit eintrifft. Ich erwarte nicht, dass du mich am Flughafen abholst. Ich werde den Zug nehmen. Ist ja keine Entfernung im Vergleich zu dem, was wir in Kanada haben. ☺ Es reicht völlig aus, dass du mich irgendwo am Lübecker Bahnhof aufgabelst. Hauptsache, wir lernen uns endlich kennen. Du kannst dir nicht vorstellen, wie froh ich bin, von hier wegzukommen. Und noch mehr freue ich mich auf dich!

Ach ja, die Zugankunft ist für 17.43 geplant. Ich glaube, auf Gleis 7, aber ich werde dich schon erkennen. Habe im Internet ein Foto von dir gefunden. Wie ich aussehe, verrate ich dir nicht. Lass dich überraschen.

Deine Jette.

PS: Wie soll ich dich eigentlich nennen? Opi, Grandfather? Oder einfach Kurt? Erinnert mich aber an Kurt Cobain, und der liegt ja schon ein Weilchen unter der Erde. Gramps find ich schön.

»Ist die E-Mail ein Witz?«, fragte Inge-Britt.

»Sieht es so aus?«, gab Kurt zurück.

Inge-Britt kannte Kurt seit mehr als 30 Jahren und hatte immer geglaubt, über die wesentlichen Dinge seines Lebens Bescheid zu wissen. Dass sein Sohn Thorsten vor etlichen Jahren mit seiner spinnerten Freundin nach Kanada ausgewandert und kurz danach auf tragische Weise tödlich verunglückt war, wusste sie. Auch den Tod von Kurts Frau Lotte vor zwölf Jahren hatte sie erlebt. Außerdem kannte sie ihn als leidenschaftlichen Polizisten und Doppelkopfspieler. Sollten die anderen Kurts Temperamentsausbrüche ruhig verurteilen. Inge-Britt ließ sich nicht davon abhalten, ihn für seine Aufrichtigkeit zu bewundern. Ohnehin ließ sie nichts auf ihn kommen. Sie hatte oft darüber nachgedacht, wie sie selbst auf eine entwürdigende Degradierung reagiert hätte. Wahrscheinlich hätte sie Goran mehr als einmal die Luft aus den Reifen seines Sportwagens gelassen oder ihm einen Virus auf den Rechner gespielt.

»Jette ist Thorstens Tochter«, murmelte Kurt.

»Davon wusste ich nichts«, flüsterte Inge-Britt. Ihr Blick wanderte vom Bildschirm zu Kurt.

Der saß noch immer wie erstarrt auf seinem Stuhl.

»Warum hast du mir nie von ihr erzählt?«, fragte Inge-Britt.

Kurt zuckte mit den Schultern, und Inge-Britt ahnte, dass diese E-Mail den alten Revierhaudegen stärker aus der Bahn geworfen hatte, als Gorans Beleidigungen es je schaffen würden.

Ohne eine weitere Rückfrage abzuwarten, zeigte Kurt Inge-Britt auch die zweite, deutlich knappere Mail:

Oh my god, das hätte ich vor Aufregung fast vergessen. Ich freu mich drauf, bei dir zu wohnen. Dann holen wir beiden alles nach, was wir in den letzten Jahren verpasst haben.

2

Alles war winzig. Das Land, die McDonald's-Portionen, sogar die Autos. Auf ihrer Bahnfahrt kam Jette Eider nicht aus dem Staunen heraus. Ihre Mutter hatte ihr viel erzählt über Deutschland, dass aber alles so übersichtlich und eng war, überstieg ihre Vorstellungskraft, und sie wusste nicht, ob sie es mögen oder sich darüber amüsieren sollte. Worüber sie sich gar nicht amüsierte, das waren die Preise. Eine einfache Fahrt für den Katzensprung von Hamburg nach Lübeck kostete mehr als 20 Canadian Dollar. Wucher!!! Ein Greyhound-Ticket für den Bus von Saskatoon nach North Battleford kostete deutlich weniger. Außerdem war der Zug rappelvoll, so dass Jette und viele andere Passagiere stehen mussten. Sie beschloss, sich damit abzufinden und sich innerlich auf die erste Begegnung mit ihrem Großvater vorzubereiten. Über den hatte ihre Mutter ihr nämlich herzlich wenig erzählt. Sobald die Sprache auf Kurt kam, verhärteten sich ihre Gesichtszüge, und das Gespräch war beendet. Als kleines Mädchen hatte Jette noch beharrlich gefordert, ihre Großeltern zu besuchen. Auf ihre löchernden Fragen folgte jedoch stets die gleiche Antwort: Solange Kurt lebt, fährst du nicht nach Deutschland. In den letzten Jahren hatte Jette ihren immer stärker werdenden Wunsch für sich behalten. Bis sie Ilona vor zwei Tagen ihr One-Way-Ticket vor die Nase gehalten hatte.

Jette war volljährig, und es wurde Zeit, sich ein eigenes Urteil über ihren Opa zu bilden. Außerdem war das Haus ihres Großvaters der einzige sichere Ort, der ihr eingefallen war, um Kanada, Jean-Luc und den Folgen ihres dummen Fehlers zu entkommen. Den Stress, den Ilona ihr gemacht hätte, wollte sie sich gar nicht erst vorstellen. Ihre Bevormundung hatte Jette lange genug ertragen.

Während der ICE elegant bis zum Haltepunkt glitt, hielt Jette durch die Glasscheibe in der Waggontür Ausschau nach einem älteren Herrn in schmucker Uniform, der mit einem selbstgemalten Welcome-Schild und einem großen Strauß frischer Sonnenblumen seine Enkelin erwartete. Drei schrille Pieptöne rissen Jette aus ihren Gedanken. Die Tür öffnete sich, und Jette betrat mit geschultertem Rucksack den Bahnsteig. Bis auf einen Obdachlosen, der pöbelnd gegen einen rostigen Getränkeautomaten hämmerte, begrüßte niemand die Neuankömmlinge.

Ihr Herz klopfte vor lauter Aufregung, als Jette sich vom Pulk der Pendler Richtung Hauptausgang ziehen ließ. Während sie den hellen Glaskuppelbau mit den geschwungenen Metallträgern bestaunte, sah sie sich immer wieder um. Ihre Kehle war trocken, und sie verspürte ein leichtes Brennen im Hals. Sie hielt sich die Hand vor den Mund und hauchte hinein. Kein Wunder, dass ihr Atem säuerlich roch. In den letzten 20 Stunden hatte sie kaum etwas gegessen, und die Zähne hatte sie sich zum letzten Mal vor dem Abflug geputzt. Obwohl sie diesen Augenblick so lange herbeigesehnt hatte, war es ihr schwergefallen, sich die allererste Begegnung mit ihrem Opa vorzustellen.

Die Großeltern ihrer Freunde waren ausnahmslos nette und liebenswerte alte Leute, die ihre Enkelkinder vergötterten und immer zu ihnen hielten. Sie überschütteten sie mit Weihnachtsgeschenken, bezahlten Führerscheine und saßen bei Schulaufführungen in der ersten Reihe. Sie hatte sich immer zusammengerissen und geschwiegen, wenn Ilona von Kurt als dem größten »asshole worldwide« sprach. Vor ihren kindlichen Augen tauchte dann ein lächelnder, grauhaariger Kurt auf, der Jette einen riesengroßen Teddy in den Arm drückte.

Wie sah der Mann aus, der vor ihren erwachsenen Augen auftauchte? Wie würde er riechen und sich anfühlen? Wie klang seine Stimme? War er groß? Dick? Viel älter und faltiger als auf dem Foto, das sie im Internet gefunden hatte? Rauchte er?

Konzentriert suchten ihre Augen den Bahnsteig ab. Eine Horde grölender Jugendlicher rempelte sich durch die Menge. Dabei rammte einer von ihnen Jettes Schulter, so dass die Wasserflasche, die sie in der Hand hielt, auf den Boden fiel. Blitzschnell drehte Jette sich um und packte den Schlaks am Arm.

»Aufheben und entschuldigen – oder willst du 'ne Anzeige?«, brüllte sie den Burschen an, während sie ihn unsanft ausbremste. Nicht nur dem Jungen blieb der Mund offen stehen. Einige Passanten drosselten das Tempo und warfen den beiden neugierige Blicke zu. Als der blonde Rowdy merkte, dass seine Freunde den kleinen Zwischenfall nicht bemerkt hatten und johlend weiterrannten, bückte er sich hektisch und hob die Flasche auf.

»Ja, sorry. War keine Absicht«, stammelte er rechtfertigend.

»Get off!«, presste Jette hervor, schnappte sich die Flasche und schubste ihn zurück in die Menge.

Von irgendwoher glaubte sie ein leises »Respekt« zu hören. Sie schaute sich wieder um und sah noch immer niemanden, der dem Mann auf ihrem Foto ähnelte.

Ungeduldig machte sie sich auf den Weg in die Vorhalle. Über die steilen Treppen von Gleis 7 erreichte sie den historischen Hallenbau und stellte fest, dass auch die Lübecker Bahnhofs-Shopping-Mall deutlich kleiner ausfiel als ihre kanadischen Pendants. Jette musterte die Ladenparzellen. In dem schmalen hellen Gang zwischen den beiden Ausgängen reihten sich Coffee-Shop, Imbissbude und Souvenirgeschäft aneinander. Pendler hasteten vorbei und beachteten Jette nicht. Sie war fasziniert von dem Gedanken, dass niemand ahnte, was für eine weite Reise hinter ihr lag. Vor einem Blumenladen blieb sie stehen. Sollte sie Gramps zur Begrüßung eine Rose in die Hand drücken? Sie betrachtete die Gestecke in den Auslagen und erschrak.

Selbst wenn sie die nächsten Monate mietfrei bei Kurt wohnte – ohne einen Job und bei den Preisen würde sich ihr kleines finanzielles Polster bald auflösen. Die letzten eBay-Verkäufe in Kanada hatten ihr gerade mal 934 Dollar eingebracht. Das meiste davon war für den Flug draufgegangen. Und überhaupt: Wenn jemand eine Rose überreichen sollte, dann wohl Kurt.

Zehn Minuten stand Jette nervös mit den Füßen wippend unter der großen Uhr und schaute auf die Anzeige. Zum ersten Mal fragte sie sich, ob die E-Mails ihren Großvater überhaupt erreicht hatten. Dass er krank oder verreist sein könnte, war ihr gar nicht in den Sinn gekommen. Auch nicht, dass er sie womöglich überhaupt nicht sehen wollte.

Freundliche Aushilfe auf Stundenbasis gesucht. Erfahrung in Beratung und Verkauf sowie höfliches Auftreten sind Voraussetzung.

Auskunft erteilt Frau Grabzow.

Dreimal las sie den Aushang neben der Eingangstür zur Bahnhofsbuchhandlung. Die Stellenanzeige klang nicht übel. Vielleicht sollte sie sich mal erkundigen. Wenn Kurt auftauchte, würde sie es schon mitbekommen. Außerdem glaubte Jette nicht, dass er wieder ging, ohne seine Enkelin gefunden zu haben.

Sie beschloss, sich das kleine Geschäft genauer anzusehen. Drinnen schlenderten ein paar Kunden mit suchendem Blick an den Magazin- und Buchregalen entlang. Ein Business-Mann blätterte interessiert in den Wirtschaftszeitungen, und eine ältere Dame wartete an der Kasse. Es roch nach Druckerschwärze und Papier. Ein Duft, den Jette schon immer gemocht hatte. Ihr gefiel auch, dass der Laden so übersichtlich war. McNally Robinson in Saskatoon war dagegen der reinste Rummelplatz. Dass der Mega Bookstore in ihrer Heimat deutlich »bigger« war als die komplette Lübecker Bahnhofshalle, wunderte sie nicht. Hier gab es weder ein integriertes Schnellrestaurant noch einen Spielbereich für Kinder. Der kleine, übersichtliche Laden war ganz nach Jettes Geschmack. Während sie immer wieder nach Kurt Ausschau hielt, spazierte sie zwischen den Büchertischen hindurch.

»Kann ich Ihnen helfen?«, fragte eine helle Stimme. Sie gehörte einer etwa vierzigjährigen dunkelbraun gelockten Frau, die Jette freundlich anlächelte. Es war kein so ein antrainiertes, künstliches Lachen, wie es viele Servicekräfte in Kanada auflegten.

»Ich bin zum ersten Mal in Lübeck«, antwortete Jette und strahlte zurück.

»Woher kommen Sie, wenn ich fragen darf?«

»Saskatoon.«

Die Brünette beugte sich lachend vor. »Und das ist genau – wo?«

»Kanada, Provinz Saskatchewan«, erklärte Jette grinsend. Dass die Frau ihre Heimat nicht kannte, störte sie nicht. In Kanada kannte auch kaum jemand Lübeck. Aufgeregt erzählte sie von der bevorstehenden Begegnung mit ihrem Opa.

»Ihr Großvater wird Ihnen sicherlich vieles zeigen, aber falls Sie die Stadt auf eigene Faust erkunden möchten, empfehle ich Ihnen das hier.«

Die Buchhändlerin schritt zielstrebig auf einen Tisch voller Bücher zu und griff zu einem bunten Exemplar.

»*Lübeck für Newcomer*«, sagte sie. »Amüsant und kurzweilig geschrieben, dazu informativ, vor allem für aufgeschlossene und nette junge Leute wie Sie.«

Jette freute sich und nahm das Buch in die Hand.

»Cool, danke.«

»Falls Sie noch mehr Titel sehen möchten, sagen Sie mir Bescheid. Ich muss nur schnell abrechnen.«

Während die Frau zur Kasse ging, schlug Jette den Reiseführer auf.

Sie überflog die Seiten und bestaunte die Fotos vom alten Rathaus, von den verschachtelten Lübecker Gassen und vom Skandinavien-Kai im Travemünder Hafen. In der Altstadt reihten sich bunte, schmale Häuser aneinander. Ob Kurt auch in so einem wohnte? Für Jette stand fest, Lübeck war die hübscheste Stadt, die sie je gesehen hatte. Außerdem schien auf allen Fotos die Sonne. Zum ersten Mal seit ihrer Landung hatte sie das Gefühl, angekommen zu sein. Endlich war sie im Land ihrer Vorfahren, und ihr Traum vom Leben am Wasser wurde wahr. Sie hatte zwar Kurts Adresse nicht herausgefunden, aber egal, wo er in Lübeck wohnte, das Meer war nah und Kanadas düstere Wälder und trostlose Steppen unendlich weit weg. Dass Jean-Luc und seine Leute sie an diesem Ort aufspürten, war mehr als unwahrscheinlich.

»Ich hätte da noch etwas für Sie«, wurde Jette aus ihren Gedanken gerissen.

Sie blickte auf und sah die Verkäuferin wieder auf sich zukommen. Kurz bevor sie Jette erreichte, verlangsamte sie ihre Schritte, um – in perfekter Buchhändlermanier und quasi im Vorbeigehen – einen verrutschten Bücherstapel geradezurücken. Als die gelbblauen Wälzer in Reih und Glied lagen, nickte die Frau zufrieden, schaute vorsorglich Richtung Kasse und erstarrte. Eine Sekunde später lag sie mit durchschossener Stirn auf dem kalten Boden. Von den gelbblauen Wälzern tropfte es rot, und Jette hatte ein Knalltrauma.

3

»Fuck! Sie dürfen mich nicht von hier wegbringen!«, schrie Jette den jungen Sanitäter an.

»Hören Sie ...«

»Nein, ich höre nicht. Meine Ohren fühlen sich an, als wären sie verstopft.«

»Genau deshalb sollten Sie ...«

Das Chaos um sie herum wuchs. Jette lag auf einer Trage und strampelte. Neben ihr wurde ein weiterer Kunde behandelt, der zitternd unter einer Decke lag.

»Lassen Sie mich aufstehen!«, versuchte Jette es erneut und begann zu rufen. »Ich muss meinen Großvater finden. Opa Ku-uurt!«

»War er auch in der Buchhandlung?«, fragte der Sanitäter.

»Nein, er will mich abholen und weiß nicht, wie ich aussehe.«

Das konnte doch alles nicht wahr sein!

Gerade hatte sie noch erwartungsfroh in der Bahnhofsbuchhandlung gestanden und jetzt das.

»Sie gehen schon nicht verloren«, tröstete sie eine Notärztin, die sie sanft, aber bestimmt in die Horizontale drückte und versuchte, ihr eine Blutdruckmanschette anzulegen.

»Doch. Ich komme nämlich aus Kanada, und wenn ich meinen Grandpa nicht finde, hab ich ein Problem.«

Der Sanitäter und die Notärztin schauten sich kurz an, dann

nickten sie sich zu und begannen in ihrem Koffer nach einem Beruhigungsmittel zu suchen.

»Was ist mit der Buchhändlerin passiert?«

Vor Jette erschien das Bild der netten Verkäuferin, die ihr eben noch *Lübeck für Newcomer* in die Hand gedrückt hatte.

Die Notärztin schüttelte nur leicht den Kopf und atmete tief durch. »Das erklären wir Ihnen später.«

»Bullshit! Wo ist mein Opa?«, schrie Jette, ließ ihren Kopf sinken, schloss für einen Moment die Augen und überlegte, wie sie aus diesem Alptraum wieder aufwachen könnte.

»Kripo Lübeck. Lassen Sie mich durch!«, hörte sie plötzlich eine harsche Männerstimme aus der Menge heraus.

»Halt, halt. Wir müssen zuerst die Verletzten versorgen«, mahnte die Notärztin.

Als Jette die Augen öffnete, blickte sie geradewegs in ein Gesicht, das dem auf ihrem Foto wenig ähnelte, ihr aber sofort vertraut war.

Kurt Eider stand atemlos neben der Notärztin. Sein Blick wanderte nach unten, und ihm wurde schwindelig.

Was war hier verdammt noch mal passiert? Er war pünktlich losgefahren, hatte nur noch schnell die nötigsten Besorgungen erledigt, die ihm auf der Fahrt zum Bahnhof eingefallen waren. Eine Überweisung zur Bank bringen. Sein altes Sakko aus der Reinigung in St. Jürgen abholen. Dort musste er ewig warten. Eine neue Flasche Krummesser und ein Päckchen Salzstangen bei Fritz kaufen. Nur so war es zu erklären, dass er für die Strecke von seinem Haus zum Bahnhof 35 statt der üblichen zehn Minuten gebraucht hatte. Aber wenn schon. Jette konnte schließlich nicht allen Ernstes erwarten, dass Kurt nach ihrer Pfeife tanzte, nur weil sie wie aus dem Nichts auftauchte.

Als er eintraf und die Polizisten sah, die den Haupteingang zum Bahnhof abschirmten, wusste er jedoch gleich, dass Jette irgendwo in diesem beschissenen Durcheinander steckte. Zum Glück trug er den *Generalschlüssel*, wie er seinen Dienstausweis nannte, bei sich und wurde problemlos durchgelassen.

Verschwitzt, ohne dienstlichen Auftrag, aber mit einem Päckchen Salzstangen in der Hand, stand er mitten im Tatort-Getümmel und sah zum ersten Mal seine einzige Enkelin. Das schlanke, fast zierliche Mädchen lag vor ihm auf einer Trage. Die braunen Haare zu einem Zopf gebunden, das Gesicht erschreckend bleich. Fast wie bei einer Leiche, dachte Kurt und spürte ein kurzes, heftiges Stechen in der linken Brust. Dass sie noch lebte, verrieten ihre Augen, die ihn weit aufgerissen anstarrten. Dass sein Herz zum zweiten Mal an diesem Tag kurz aussetzte, nahm er gar nicht zur Kenntnis.

»Gramps, verdammt, da bist du ja«, stieß Jette hervor und ließ ihren Tränen freien Lauf. Dabei richtete sie sich langsam auf. Sie spürte, wie ihr Oberkörper und ihre Mundwinkel zitterten. Kurt ging in die Knie, die laut knackten. Bevor er etwas sagen konnte, warf Jette ihre Arme um seinen Hals und schmiegte sich an ihn. Kurts Schlucken war trocken und tonlos.

Sein Hirn zündete ein Feuerwerk von Bildern und Gedanken. Jette roch wie Thorsten. Er spürte sogar ihren hämmernden Herzschlag. Oder war es sein eigener? Diese junge Frau hatte nichts mit dem pausbäckigen Baby gemein, von dem er nur ein einziges vergilbtes Foto besaß.

Reflexartig umfasste Kurt Jettes Hände hinter seinem Kopf, löste die Umarmung und schob seine Enkelin zurück.

»Scheiße!«, presste er hervor.

»Was?«, erwiderte Jette und sah ihn durchdringend an.

»Das hat mir gerade noch gefehlt«, brummte Kurt. Mit großer Anstrengung stand er auf und hielt sich mit der Linken den Rücken. Dann packte er mit der anderen Jettes Handgelenk und zog sie hoch.

»Was für ein verdammter Tag.«

»Ist das ein Oldtimer?«

Mit diesen Worten kletterte Jette auf den Beifahrersitz des dunkelgrünen Passat Variant, den Kurt in Ermangelung freier Parkflächen mitten auf dem Busbahnhof abgestellt hatte. Der Wagen war, wie sein Besitzer, nicht mehr der Jüngste, doch Jette störte das wenig. Nur die Gangschaltung irritierte sie. Bisher kannte sie nur Pick-ups, Jeeps und Karren mit Automatikgetriebe.

»Bin ich froh, dass du mich gefunden hast. Ich hätte dich wahrscheinlich nicht erkannt. Auf dem Foto bist du viel dünner. Du musst unbedingt mal ein schönes, neues Bild online stellen.«

Zehn Minuten nachdem Kurt am Bahnhof eingetroffen war, hatte er es geschafft, Jette aus dem Tumult zu schleusen. Nach der knappen Begrüßung versicherte Jette der Notärztin und einem Streifenpolizisten, dass es ihr gutging und sie auf eigene Verantwortung den Tatort verlassen könne. Der Auflage, sich für Zeugenbefragungen zur Verfügung zu halten, stimmte sie benommen zu. So schnell die beiden konnten, bahnten sie sich einen Weg durch die Menge von Spurensicherern, medizinischen Erstversorgern und Polizisten, die versuchten, Reporter und Schaulustige vom Geschehen fernzuhalten. Als Kurt mitten im Getümmel Goran Pilz entdeckte, hatte er sich kurzerhand geduckt und Jette in einem weiten Bogen um den Emporkömmling herumgeführt.

»Keine Ahnung, welches Foto du meinst«, sagte Kurt knapp. »Es kotzt mich sowieso an, wenn irgendjemand ein Bild von mir veröffentlicht, ohne mich zu fragen. So was ist strafbar.«

Jette zog die Augenbrauen hoch.

»Was glaubst du, wie viele Fotos von mir im Web kursieren, von denen ich nicht weiß, wer sie eingestellt hat?«

Kurt kurvte durch die Innenstadt. Dank einer roten Welle und verstopfter Kreisverkehre war er ununterbrochen damit beschäftigt, zu kuppeln, zu schalten, anzufahren und zu bremsen. Aus den Augenwinkeln nahm er wahr, dass Jette ihren Kopf immer wieder in seine Richtung drehte und ihn wahrscheinlich musterte.

»Boah, shit!«, fluchte sie plötzlich und wandte sich ihm komplett zu. »Weißt du, dass ich mir unser Treffen total anders vorgestellt habe?«

»Wieso?«, blaffte Kurt zurück. »Hat deine Mutter dir prophezeit, wie es sein wird?«

Jette schüttelte den Kopf und schwieg.

»Und von einem Treffen kann wohl schlecht die Rede sein«, fuhr Kurt fort. »Ich nenne es Überfall. Und wenn ich eins hasse, dann sind das Überfälle.«

»Meinst du vielleicht, ich hab mich aus Spaß in die Buchhandlung gelegt?«, platzte es aus Jette heraus. »Ich stand im Laden, weil du nicht pünktlich da warst. Dann kam die Buchhändlerin auf mich zu und, BÄNG, wurde sie erschossen – direkt vor meinen Augen.«

»Du hast mit angesehen, wie sie erschossen wurde?«, funkte Kurt dazwischen.

Erst jetzt wurde ihm klar, wie nah seine Enkelin am Ort des Geschehens gewesen war. Er hatte angenommen, sie sei eine der unzähligen Reisenden gewesen, die vorsorglich behandelt worden waren.

Kurt wusste, welche Folgen es haben konnte, wenn Menschen Zeugen eines Kapitalverbrechens wurden. Für einen Moment hatte er den Eindruck, ihm drehe sich der Magen um. Dieses Gefühl rief die Erinnerung daran wach, wie er vor knapp 20 Jahren die Nachricht von Thorstens Tod erhalten hatte.

Jette schien Kurts Gemütsregung nicht zu bemerken und plapperte weiter.

»Wie sie getroffen wurde, hab ich nicht gesehen. Vielleicht ist es genau in der Sekunde passiert, in der ich in das Buch geguckt habe, das sie mir gegeben hat. Ich hab nur noch diesen superlauten Schuss gehört, und dann lag sie schon auf dem Boden. Ich glaube, so war es.«

Jette stockte und versuchte sich zu konzentrieren. So sehr sie sich anstrengte, sie schaffte es nicht, die Szene zu rekonstruieren. Nicht einmal an das Gesicht der Buchhändlerin konnte sie sich erinnern.

»Du musst ins Krankenhaus und dich untersuchen lassen«, sagte Kurt, während er überlegte, die Uniklinik direkt anzusteuern. »Am besten über Nacht.«

»Auf keinen Fall!«, rief Jette. »Ich habe keine Krankenversicherung, und bis auf dieses komische Wattegefühl in meinen Ohren geht's mir gut. Ich fliege doch nicht über den Atlantik, um im Krankenbett zu schlafen. Ich will zu dir, Gramps!«

An der nächsten roten Ampel sah Kurt seine Enkelin kurz an. Gott, es waren Thorstens Augen, die ihn fixierten, umrahmt von einem hübschen, fein gezeichneten Gesicht. Einzelne Strähnen ihrer braunen, leicht gewellten Haare hingen aus ihrem Zopf heraus, und ihre rechte Wange zierte ein spitzes Grübchen. Das Eider-Zeichen.

»Lass uns zuerst zu dir nach Hause fahren. Ich hab echt keine Lust auf den ganzen Stress und will mich einfach nur ausruhen. Wenn ich merke, dass es mir schlechter geht, kann ich ja immer noch zum Arzt gehen. Biiittteee!«

»Mit Bettelei kommt man bei mir nicht weit«, maulte Kurt und bog, ohne zu blinken, nach links ab.

Was hatte Jette sich bloß dabei gedacht, aus dem Nichts aufzutauchen und ihn mit einem Besuch zu überrumpeln?

Was hatte die Deutsche Bahn sich dabei gedacht, ihren Zug anstatt mit der üblichen Verspätung gerade heute pünktlich in Lübeck einrollen zu lassen?

Wieso hatte Jette beschlossen, statt auf dem Bahnsteig ausgerechnet in der Bahnhofsbuchhandlung auf ihn zu warten?

Und was hatte dieser durchgeknallte Typ sich dabei gedacht, in der Nähe seiner Enkelin eine Waffe zu zücken?

»Jetzt hör mal gut zu«, polterte Kurt, »ich gebe dir zwei, drei Wochen Zeit. Danach ...«

Kurt änderte ruckartig die Richtung.

»Danach?«, wiederholte Jette und sah ihren Opa mit großen Augen an. Ihre Nasenflügel bebten.

»Musst du raus.«

Der Fahrer hinter Kurts Wagen hupte dreimal. Kurt zuckte zusammen. Die Ampel war grün, und er sah im Rückspiegel, wie ein weißer Kleintransporter mit rotem Blitz auf der Motorhaube bedrohlich nah auffuhr. Als müsse er seine Absicht noch deutlicher zeigen, ließ der Fahrer den Wagen aufheulen.

»Was meinst du mit raus?«, fragte Jette ungläubig. Doch Kurt achtete nur auf den Wagen hinter ihm.

»Noch einmal hupen, und du kannst was erleben!«, presste Kurt hervor.

Jette starrte ihren Großvater an, dann ließ sie sich in ihren Sitz sinken und lehnte den Kopf an.

Kurt legte den ersten Gang ein und tuckerte los. Die Posehlstraße lag vor ihm, aber dieser Drängler würde ihn nicht dazu bringen, das Letzte aus dem Passat herauszuholen, der ihm seit 223 784 Kilometern treue Dienste leistete. Er dachte an den Schnaps, der im Kofferraum lag und darauf wartete, zu Hause geöffnet zu werden.

Der Transporterfahrer gab nicht nach. Er klebte fast an Kurts Stoßstange, scherte immer wieder nach links aus, doch der Gegenverkehr zwang ihn, hinter dem Passat zu bleiben. Kurts Fingerknöchel traten weiß hervor.

»Du bist doch Polizist!«, rief Jette plötzlich. »Hast du keine Sirene, die du aufs Dach pappen kannst? Der Typ würde sich wundern.«

Kurt schüttelte den Kopf.

»Quatsch!«, blaffte er. »Du guckst zu viele amerikanische Krimis.«

Jette zuckte mit den Schultern. »Dann notiere ich das Kennzeichen, du lässt es morgen durch euren Polizeirechner laufen, und der Freak kriegt 'ne saftige Anzeige.«

Jette begann in ihrer Tasche zu wühlen und kramte einen Stift hervor.

Kurt traute seinen Augen nicht, als der Fahrer des Transporters erneut ausscherte, Vollgas gab und in einer langgezogenen Rechtskurve an ihnen vorbeischoss.

»Der hat dir den Finger gezeigt!«, mokierte sich Jette. »Hast du das gesehen?«

»Nein«, antwortete Kurt trocken. »Aber hier ist Überholverbot. Eine Straftat zu viel.«

Was dann passierte, versetzte Jette den zweiten Schock des Tages. Kurt beschleunigte seinen alten VW auf 90 Stundenkilometer und versuchte, den Abstand zum Wagen vor ihm konstant zu halten.

»Hol mal das Ding, das auf der Rückbank liegt«, schrie er Jette zu. Der alte Dieselmotor dröhnte so laut, dass sie ihn kaum verstand. Das dämpfende Wattegefühl in ihren Ohren machte die Sache nicht leichter. Jette beugte sich nach hinten und schnappte sich die Kelle.

»Und jetzt?«

»Einschalten, Fensterscheibe runter und raushalten.«

Jette tat, was Kurt ihr sagte. Die leuchtende Kelle zeigte »Halt Polizei«.

»Das sieht der doch gar nicht«, rief Jette ihrem Opa zu, während der Fahrtwind durchs Fenster pfiff.

»Und ob der das gleich sieht«, zischte Kurt.

Dreihundert Meter weiter stoppte der Blitz-Raser vor einer roten Ampel.

»Oh boy!«, murmelte Jette. Kurt zog mit quietschenden Reifen links an dem Wagen vorbei und brachte seinen Passat quer auf der Kreuzung zum Stehen. Dann sprang er hinaus, hechtete zur Fahrertür des Transporters, riss sie auf, zerrte den verdutzten Mann aus der Kabine und zog seinen Dienstausweis aus der Tasche.

Jette blieb der Mund offen stehen. Ihr Großvater wirbelte

den Kamikaze-Fahrer, einen kräftigen jungen Mann mit Baseballcap und Kinnbart, herum und presste ihn gegen den Wagen.

Jette stieg aus.

Was sollte sie tun, wenn der Typ zum Gegenangriff überging? Er hätte Kurt mit einem Schlag von der Straße fegen können.

»500 Euro«, schrie Kurt den Fahrer an.

»Wie bitte?«, rief der zurück.

»Bar auf die Hand, oder willst du eine Anzeige?«

»Wieso 'ne Anzeige?«, blaffte der junge Mann.

»Stinkefinger zeigen ist eine Straftat. Am besten ich rufe auf der Stelle deinen Chef an«, konterte Kurt. Dabei lehnte er sich leicht zurück und las die Beschriftung des Transporters.

»Lepinsky-Blitz Transporte, die kenne ich. Lass mich raten, du arbeitest schwarz.«

Der Fahrer antwortete nicht. Mit einem gezielten Schlag wischte Kurt ihm die Cap vom Kopf.

»Was meinst du, wie schnell du deinen Job los bist. 500 Euro, und ich lasse dich gehen.«

Was machte Kurt da? Jette stand wie angewurzelt neben dem VW. Sackte ihr Opa gerade Schweigegeld ein?

»Ich weiß nicht, wie viel ich dabeihabe«, stammelte der Kurierfahrer.

»Du vielleicht nicht, aber ich«, erwiderte Kurt gelassen und zog ihm das Portemonnaie aus der Hosentasche. Er öffnete die Börse und holte vier große, grüne Scheine heraus.

»Wusst ich's doch«, kommentierte Kurt seinen Fund.

Der junge Mann schluckte.

Jette umklammerte noch immer die leuchtende Polizeikelle.

»Ich freue mich immer, wenn junge Männer wie du was Wohltätiges tun«, brummte Kurt und steckte die Geldscheine in die Innentasche seines Lederblousons.

»Nimm die Personalien dieses großzügigen Herrn auf!«

Jette holte einen kleinen Notizblock und ihren Stift aus dem Auto, und Kurt diktierte: »Jasper Brücking, Wildenstraße 12 in Lübeck. Das ist draußen in Strecknitz.«

»Wieso die Personalien?«, fragte der Fahrer schwitzend. »Wenn ich zahle, wollten Sie mich doch nicht anzeigen.«

»Ist nur für die Spendenquittung. Die schickt Ihnen die Lübecker Verkehrswacht per Post zu. Die Jungs und Mädels leisten wirklich sinnvolle Arbeit. Setzen sich für die Sicherheit auf unseren Straßen ein. Wär auch was für Sie.«

Kurt ließ von dem Mann ab und gab ihm noch einen leichten Klaps auf die Schulter. Dann zog er sein Handy aus der Tasche und hielt es dem Jungen vor die Nase.

»Und immer schön an die Straßenverkehrsordnung denken. Dein Kennzeichen habe ich und dein rücksichtsloses Überholmanöver auch, alles gefilmt.«

4

»Du hast doch gar nichts gefilmt«, sagte Jette, als Kurt vor seinem Haus in der Siedlung Gärtnergasse vorfuhr. Das kleine Eigenheim stand in einer Reihe von kleinen, spitzdachigen Einfamilienhäusern aus den 40er und 50er Jahren. Dort, wo junge Familien wohnten, lagen Bobby Cars und Tretroller in den Hofeinfahrten verstreut. Die Vorgärten der älteren Bewohner waren tadellos gepflegt. Die verschachtelte Siedlung erschien zugleich verschlafen und lebendig.

»Der Filmtrick funktioniert immer«, antwortete Kurt knapp und konzentrierte sich darauf, seinen Wagen exakt dort zu parken, wo er hingehörte. Neben der überdachten Haustür.

Jette kletterte aus dem Auto und stemmte die Hände in die Seiten.

»This is Disneyland!«, rief sie Kurt zu, der die Heckklappe öffnete. »Hier ist alles so niedlich.«

»Disneyland?«, wiederholte Kurt murmelnd und zerrte kopfschüttelnd Jettes Gepäck aus dem Kofferraum. »Hat Ilona dir etwa erzählt, ich hätt 'ne Luxusvilla?«

»Gar nichts hat sie erzählt«, sagte Jette und drängte sich neben ihren Opa. »Lass mich das machen. Der ist superschwer.«

Als sie ihren Rucksack anhob, entdeckte sie das Malheur.

»Shit, da ist überall Blut dran.«

Sie besah sich ihre Hände, eine Seitenfront ihres Rucksacks und den Veloursstoff, mit dem der Kofferraum des Wagens ausgelegt war.

Kurt starrte auf die roten Flecken und holte tief Luft.

»Dagegen hab ich was im Keller«, brummte er und spürte eine leichte Übelkeit. »Mit meiner Polster-Zauber-Paste kriegst du das raus.«

In der braun gekachelten Küche schloss Jette für einen kurzen Moment die Augen.

»Endlich«, seufzte sie und lehnte sich an den Kühlschrank. Kurt stapfte um sie herum und verstaute die Einkäufe.

»Sprudel?«, fragte er und zeigte auf eine hellgrüne Kiste, die hinter einem Müllsack neben dem Kühlschrank stand.

»Was?«, fragte Jette und zog die Augenbrauen hoch.

»Mi-ne-ral-was-ser«, erklärte Kurt und stellte ihr eine Flasche vor die Nase.

»Ich hätt lieber einen davon«, sagte Jette und schnappte sich Kurts neue Flasche Korn. »Bin jetzt volljährig.«

»Ich dachte, in Amerika darf man so was erst mit 21 trinken.«

Jette schüttelte den Kopf.

»In den USA schon, wir haben's da besser.«

Dann lachte sie und sah ihren Opa lange an.

»Außerdem bin ich jetzt in Deutschland.«

»Leider«, grummelte Kurt.

Er holte zwei Pinnchen aus dem Schrank und füllte sie. So ein Chaos hatte er seit Jahren nicht erlebt. Selbst der Tag, an dem die Becker-Bande vier Einbrüche begangen und in der Fußgängerzone zwei Geiseln genommen hatte, kam ihm gegen die letzten sechs Stunden wie ein Spaziergang vor.

»Cheers!«, unterbrach Jette Kurts Gedanken und stieß ihr Glas gegen seins. Dann kippte sie den Schnaps runter und knallte mit einem lauten »Whoah!« das Pinnchen auf die Tischplatte. Gerade als sie Kurt und sich den nächsten eingoss, klingelte das Telefon. Kurt ging zur kleinen Anrichte und hob den Hörer ab.

»Eider.«

Jette bemerkte, wie seine Gesichtsfarbe wechselte. Dabei starrte er aus dem Fenster in den Garten.

»Ja, ist sie! Tschüs!«

Ohne ein weiteres Wort legte er auf.

Jette ließ vor Schreck das Glas fallen.

»War das Mama?«

Kurt nickte und atmete schwer. Die klare Flüssigkeit breitete sich auf dem Küchenboden aus und verströmte ihren unverwechselbaren Geruch.

»Wieso hast du sie mir nicht gegeben?«

»Sie wollte nur wissen, ob du gut angekommen bist«, murrte Kurt. Er trank seinen Schnaps, ohne Jette anzusehen.

»Ich fasse es nicht. Da habe ich eine halbe Weltreise hinter mir, Mama ringt sich durch, hier anzurufen, und du legst einfach auf.«

»Hab ihr doch gesagt, dass du hier bist.«

Kurt begann zu schwitzen. Kopfschüttelnd hob Jette das Pinnchen auf, griff sich ein Schwammtuch, wischte den vergossenen Schnaps vom Boden und warf den Lappen in die Spüle. Dann biss sie die Zähne zusammen und schulterte ihren Rucksack.

»Wenn sie das nächste Mal anruft, geh ich lieber selbst dran.«

»Woher sollte ich denn wissen, dass sie es ist?«, blaffte Kurt zurück.

»Kanadische Vorwahl. 001306 und so weiter. Direktanruf aus Saskatchewan.«

»Mein Telefon zeigt keine Nummern an«, kommentierte Kurt die Belehrung seiner Enkelin und ging zur Spüle. Jette atmete tief aus.

»Ich mache mich jetzt erst mal frisch. Vielleicht können wir später in Ruhe quasseln.«

»Daraus wird nichts.«

Kurt wusch das Tuch aus und hängte es glatt über den Wasserhahn. »Erstens gibt es nichts zu quasseln, und zweitens bekomme ich gleich Besuch.«

»Besuch?«, wiederholte Jette.

»Doppelkopfabend. Du musst doch todmüde sein und willst sicher gleich ins Bett.«

Der Spieleabend war Kurt heilig. Bevor er den absagte, hätte eine Bombe in sein Haus fallen müssen. Ein Dienstag ohne *Kontra* und *Re* war kein Dienstag. Er freute sich auf einen lockeren Abend mit seinen Kumpels und Inge-Britt. Allein der Gedanke, stattdessen lange, klärende Gespräche über die komplizierte Familienvergangenheit führen zu müssen, verhagelte ihm die Stimmung.

»Double Head? Was ist das?«

Jettes Ärger schien augenblicklich verflogen. »Klingt gruselig.«

»Ein Kartenspiel.«

»O. k. Ich bin dabei. Spielen ist besser als schlafen.«

5

Fritz Brinktrine traf als Erster ein. Er kam nicht, wie üblich, durch den Garten und die Terrassentür, sondern klingelte förmlich an der Haustür.

Kurt öffnete und ließ seinen alten Kumpel herein. Der große, massige Mann machte dem Klischee eines Kioskbesitzers alle Ehre. Obwohl längst im Rentenalter, stand er Tag für Tag in seiner engen Bude an der Mühlenbrücke, ohne auch nur einen Gedanken an Ruhestand zu verschwenden. Mit einem leichten Grinsen verstaute er seinen Autoschlüssel in der Innentasche seiner schmuddeligen Cordweste und beugte sich zu Kurt vor.

»Wo ist sie?«, flüsterte er verschwörerisch. Kurt hatte ihm bei seinem Salzstangenkauf von Jettes Ankunft berichtet, und wie Inge-Britt hatte auch Fritz nichts von der Existenz einer kanadischen Enkelin gewusst.

»Oben«, raunte Kurt und machte seinem Freund ein Zeichen, ins Wohnzimmer durchzugehen. Sein Kopf war noch immer dunkelrot. Eine bläuliche Ader pulsierte auf der oberen Stirn. Jette hatte nach den Ankunftsschnäpsen erst einmal das Blut von ihrem Rucksack abgewaschen. Ohne viel zu sagen, war sie danach mitsamt Gepäck nach oben marschiert – und vor Thorstens verschlossene Zimmertüre gelaufen. Kurt war ihr sicherheitshalber gefolgt. Mit der Frage, ob sie darin schlafen dürfe, hatte er gerechnet und mit einer Rückfrage geantwortet:

»Was glaubst du, wofür es Gästezimmer gibt? Bestimmt nicht, damit du hier alles durcheinanderbringst.«

Kurt hatte Jette den Weg zu Lottes ehemaligem Bügelraum gewiesen. Das schmale Zimmer lag neben dem Bad und hatte zwei kleine Fenster. Zwischen einem eichenen Kleiderschrank und einer uralten Nähmaschine stand ein altes Klappbett. Ohne Kurt anzusehen, hatte Jette sich ins Bad verzogen und die Tür hinter sich verriegelt. Kurt hatte einen geblümten Frotteebezug aus dem Schrank geholt und ihn aufs Bett geworfen.

Nachdem Inge-Britt mit einer Pyramide aus Sülzeschnittchen eingetroffen war, erschien wenige Minuten später auch der Letzte im Bunde. Erwin Brockmeier war Kurts Nachbar zur Rechten. Der dürre Frührentner trug zu seinem schütteren graubraunen Haar lange Koteletten. In einem hellblauen Trainingsanzug schlurfte er durch das kleine Gartentor und begutachtete Kurts Rasen.

»Bisschen viel Moos drin, was?«, rief er, als Kurt die Terrassentür öffnete.

Er hatte keine Ahnung von Jettes Ankunft, dafür umso mehr von Kuhmistdünger, Wühlmausselbstschussfallen und Kompostzyklen.

»Komm rein, und wundere dich heute nicht«, bat Kurt Erwin einzutreten.

»Du bist also Kurts Enkelin aus Kanada«, sagte Inge-Britt, als Jette mit noch feuchtem Haar den Raum betrat und mit geröteten Augen die Besucher musterte. Die kleine Sekretärin nahm Jette in den Arm und drückte sie an sich. Jettes Gesichtszüge hellten sich auf, und sie erwiderte Inge-Britts herzliche Geste.

Die kleine blonde Frau mit der Bluse im Leopardenmuster und dem ansteckenden Lachen duftete wunderbar nach Haarspray.

»Kurt hat uns schon viel von dir erzählt«, fügte Inge-Britt mit einem Zwinkern hinzu. »Scherz beiseite. Schön, dass ich dich kennenlerne. Bist du zum ersten Mal in Deutschland?«

Während Kurt sich zurückzog, um in der Küche zu werkeln, löcherte sie Jette mit Fragen.

»Du willst hier studieren?«, sagte Inge-Britt ungeniert. »Weißt du auch schon welches Fach?«

Jette kämmte sich mit den Fingern die nassen Haare und gab bereitwillig Auskunft.

Sie erzählte die Version, die sie sich im Flugzeug zurechtgelegt und die Kurt bisher überhaupt nicht interessiert hatte. Dass sie gerade ihren Schulabschluss in der Tasche hatte und schon immer ins Land ihrer Wurzeln reisen wollte. Ihre Mutter sei zwar wenig begeistert gewesen von der Idee, da Kurt und sie nicht gerade ein gutes Verhältnis zueinander hätten. Letztendlich hatte sie ihre Tochter aber ziehen lassen, obwohl sie gehofft hatte, Jette würde sie bei der Arbeit in ihrem Hotel unterstützen. Ilona hätte sowieso nichts gegen Jettes Fernweh sagen dürfen, da sie selbst in jungen Jahren für ihren Lebenstraum ausgewandert sei. Munter fügte Jette hinzu, sie wolle sich um einen Studienplatz in Psychologie bewerben und mal schauen, ob das etwas für sie sei. Wenn das Meer schon vor der Haustür lag, müsste sie natürlich unbedingt surfen und segeln lernen. Weiter hätte sie noch nicht gedacht.

Als Fritz sie fragte, wo sie denn wohnen wollte, sagte sie »Erst mal hier« und hatte für drei stumme, nickende Köpfe gesorgt.

Im kleinen Esszimmer schob Kurt einen zusätzlichen Stuhl an den Tisch und bewirtete seine Gäste mit Bier und Knabbereien. Inge-Britt hatte, wie jeden Dienstag, ihre üppig mit Gurken garnierten Sülzeschnittchen auf den Spieltisch gestellt und dazu eine Schachtel Erfrischungsstäbchen. Lächelnd mischte sie die Karten. Erwin und Fritz überbrückten die Zeit mit einem Pläuschchen über die Plage der Eichenprozessionsspinnerraupen. Während sie entrüstet darüber schwadronierten, wie heftig die allergischen Reaktionen auf die giftigen Härchen der schwarzweißen Plagegeister ausfielen, sahen sie immer wieder verstohlen zu Jette hinüber. Die saß mit schweren Augenlidern auf ihrem Stuhl und mampfte Salzstangen.

»Es passt vielleicht nicht hier her«, sagte Inge-Britt plötzlich und legte den gemischten Kartenstapel vor sich auf den Tisch. »Aber ich habe gehört, du warst heute im Bahnhof, als die Buchhändlerin erschossen wurde?«

Erwin und Fritz erstarrten und rissen wie Stummfilmhelden die Augenbrauen hoch. Kurt verschluckte sich an einer Brotkruste.

»Ich war nicht nur im Bahnhof«, antwortete Jette prompt und atmete tief ein. »Die Buchhändlerin fiel quasi mit einem Loch im Kopf direkt vor meine Füße.«

»Scheiße«, schaltete Kurt sich ein. Dabei hebelte er den Kronkorken von einer Bierflasche und knallte sie mit Wucht auf den Tisch.

Wie kam Inge-Britt auf das Thema? Sicherlich hatte der Anschlag sofort das gesamte Präsidium in Alarmbereitschaft versetzt, auch wusste Inge-Britt von Jettes Ankunft, aber dass sie mitten in die Schießerei geraten war, musste Inge-Britt aus anderer Quelle erfahren haben. Kurt ärgerte sich, denn er wollte auf keinen Fall darüber sprechen, sondern erst mal eine

Nacht darüber schlafen. Danach würde er sich in die Ermittlungen einschalten, ob Goran Pilz das gefiel oder nicht.

»Woher weißt du, dass Jette am Tatort war?«, fragte er lauernd. Inge-Britts Reaktion – ein leichtes Schulterzucken – verriet ihm die Antwort.

»Dem Kerl drehe ich den fleckigen Hals um!«, polterte Kurt los. Erwin und Fritz sahen sich fragend an. Inge-Britt lehnte sich zurück und griff sich ein Sülzeschnittchen.

»Was meinst du wohl, was vorhin in der Zentrale los war? Goran hat mich angerufen und gemeint, er hätte gesehen, wie du hektisch eine junge Frau aus der abgesperrten Zone gebracht hast.«

Jette schaute fragend ihren Großvater an, auf dessen Stirn eine zweite Ader hervortrat. Kurt nahm einen kräftigen Schluck aus der Flasche.

»Ich musste sie in Sicherheit bringen«, brummte der. »Ihr Schutz ging vor.«

Inge-Britt wusste, worum es Kurt bei seiner Aktion wirklich gegangen war. Eine Zeugenbefragung so kurz nach dem Attentat und ausgerechnet durch Goran Pilz hätte er niemals zugelassen. Dass er seine Enkelin allerdings ohne jede Befugnis aus dem Bahnhof geschleust hatte, schrieb sie seiner emotionalen Verwirrung zu. Hätte Kurt all seine Sinne beisammengehabt, wäre ihm klar gewesen, dass Jette sich nicht vom Tatort entfernen durfte.

»Goran will Jette morgen vernehmen«, sagte Inge-Britt vorsichtig. Kurts Lippen wurden zu einem schmalen Strich.

»What's the problem, Gramps?«, warf Jette ein. »Ich gehe aufs Revier und erzähl diesem Goran, oder wie der heißt, alles, was ich erlebt habe. Außerdem kann ich dann mal sehen, wo du arbeitest.«

Jette schnappte sich den Kartenstapel und schaute fragend in die Runde.

»Wie viele Karten kriegt jeder?«

Eine Viertelstunde später hatte Fritz Jette die wichtigsten Regeln erklärt und sie mit den Spielzügen vertraut gemacht.

»Bingo. Die Herz Zehn ist der höchste Trumpf, aber wenn jemand zwei Karo-Asse hat, kann er die Zehn ausstechen, right?«

Stolz auf ihr Gelerntes stand sie auf, um zur Toilette zu gehen. Dabei nickte sie der Doppelkopfrunde verschwörerisch zu und verschwand.

»Das nennen wir Schweinchen!«, rief Erwin ihr nach. Er hatte Jette die ganze Zeit über beobachtet und geschwiegen. Nun hielt er es nicht mehr aus.

»Mein lieber Freund Kurt. Bevor ich auch nur eine weitere Karte ausspiele, will ich wissen, was hier los ist. Das bist du mir schuldig. Bis heute Abend hast du mir verschwiegen, dass du eine Enkelin hast. Bis auf das alte Bild von Thorsten da vorn hab ich bei dir noch nie ein Familienfoto gesehen, geschweige denn eins von dem Mädel. Kaum kommt sie in Lübeck an, wird sie in eine Schießerei verwickelt. Als dein alter Kumpel und Nachbar verlange ich eine Erklärung – ansonsten leihe ich dir nie wieder meinen Laubsauger.«

Genervt erzählte Kurt seine Version der Geschichte.

»Was Thorsten passiert ist, weißt du doch«, sagte er. »Dass Ilona schwanger war, hab ich wohl vergessen zu erwähnen.«

»Vergessen?«, bohrte Erwin nach.

Kurt erklärte, dass er seiner Schwiegertochter die Schuld an Thorstens Tod gegeben hatte. Kurz nach Jettes Geburt hatte er Ilona zu überreden versucht, nach Deutschland zurückzukehren, um seine Enkelin in geordneten Verhältnissen aufwachsen zu lassen. Sogar Geld hatte er ihr angeboten. Doch Ilona lehnte ab. Von einem *Bullenspießer* wolle sie nichts annehmen, hatte sie damals geschrieben. Telefon gab es keins im Tipi-Dorf, und mit der Zeit blieben auch die Briefe aus. Nach vielen Versuchen und unzähligen Diskussionen mit seiner Frau gab Kurt die Hoffnung auf und strich Ilona samt Jette aus seinem Herzen und seinem Leben.

»Armes Ding«, sagte Fritz betroffen und zündete sich eine Zigarette an.

»Armer Kurt«, flüsterte Inge-Britt und strich Kurt flüchtig über den Arm. Ihren schnellen Pulsschlag bemerkte Kurt nicht.

»Wieso armes Ding?«, fügte Erwin hinzu. »Ich finde es mehr als seltsam, dass das Mädchen mir nichts, dir nichts auftaucht und so tut, als sei nichts gewesen.«

»Zu Lottes Beerdigung kam auch nichts. Also bitte kein Mitleid mit Jette«, sagte Kurt.

»Doch, das habe ich«, ermahnte ihn Fritz. »Was kann die Deern denn dafür? Als Lotte starb, war sie noch ein Kind.«

In diesem Moment kam Jette zurück und sah in lauter ernste Gesichter. Als sie sich setzen wollte, klingelte erneut das Telefon. Ohne Kurts Reaktion abzuwarten, stürmte sie zum Apparat und hob ab.

»Mum?«

Diesmal war es Jette, die zu schwitzen begann und aus dem Fenster in den Garten starrte. Nach nur drei Sekunden schrie sie »Piss off!« und legte auf.

Die Doppelkopf-Runde saß steif auf ihren Plätzen.

»Alles in Ordnung?«, rief Inge-Britt.

Jette kam zurück und nickte kurz.

»War das noch mal Ilona?«, schob Kurt nach.

Jette schüttelte den Kopf, dann stemmte sie die Hände in die Seiten.

»Verwählt«, sagte sie barsch. »Let's play!«

Jettes Schlaf war alles andere als entspannt. Die Matratze des Klappbettes hing durch. Immer wieder wachte sie auf, mal vom muffigen Geruch der Bettwäsche, mal vom Knarzen der alten Federn, wenn sie sich umdrehte. Sobald sie die Augen aufschlug, rotierten ihre Gedanken. Als hätte ein Experimentalfilmer eine Dauerschleife wirrer Bildsequenzen in ihrem Hirn installiert, blitzten die Eindrücke der letzten Tage vor ihren Augen auf. Um halb vier begannen draußen die Vögel zu zwitschern, und Jette hielt es nicht mehr aus. Sie knipste das Licht an und stand auf. Sinnierend stellte sie sich vor die alte Tret-Nähmaschine. Vorsichtig schob sie ihren linken Fuß auf das schwarze gusseiserne Pedal. Sie fühlte, wie das kalte Metall unter ihrer Fußsohle nachgab, und wunderte sich, wie leicht es trotz eines leisen Quietschens hin und her schwang. Dann atmete sie tief ein und dachte an den vergangenen Tag.

Nach dem Schrecken über den stummen anonymen Anrufer hatte der Spieleabend noch eine interessante Wendung genommen. Erwin, Fritz und Inge-Britt waren so bestürzt über die Schießerei, dass sie sofort ihre volle Unterstützung zugesagt hatten. Ihnen war klar, dass Goran Pilz Kurt nicht nur wegen Befangenheit aus den offiziellen Ermittlungen raushalten würde. Es war aber ebenso klar, dass der alte Kommissar trotzdem alle Hebel in Bewegung setzen würde, den Beinahe-Mörder seiner Enkelin zu finden.

Fritz versprach, im Kiosk Augen und Ohren offen zu halten. Zu seinen Kunden zählten nicht nur brave Bürger und ausgemusterte Kommissare, sondern auch Zuhälter, Junkies und der ein oder andere Ladendieb. Nachbar Erwin war gleich einen Schritt weiter gegangen. Er wollte sich eine Bahncard 50 kaufen, um von nun an täglich mit der Bahn die Lübecker Umgebung zu erkunden. Sein Interesse galt dabei weniger den umliegenden Ortschaften als vielmehr dem Treiben im Hauptbahnhof.

»Dazu brauchst du doch keine Bahncard«, hatte Fritz seinen Freund ermahnt, doch Erwin fand seinen Plan so genial und unauffällig, dass ihn niemand davon abbringen konnte.

Zu guter Letzt war es Inge-Britt, die ihrem Kollegen mit einem Zwinkern zu verstehen gab, ihn regelmäßig auf den aktuellen Ermittlungsstand zu bringen, falls Kurt etwas Wichtiges verpassen sollte.

Jette war beeindruckt von den hilfsbereiten Freunden ihres Opas und ließ sich von der Energie dieser Taskforce »Bahnhof« anstecken. Als sie kurz nach Mitternacht übernächtigt und beschwipst ins Klappbett gefallen war, stand auch ihr Plan fest: Sie würde sich in der Buchhandlung auf die Aushilfsstelle bewerben und ihren eBay-Account wieder aktivieren.

6

»Da drüben«, kommandierte Kurt seine Enkelin durch den nüchternen, funktionalen Präsidiumstrakt und deutete auf eine Tür am Gangende. Dann drückte er ihr sein Handy und einen kleinen gelben Zettel mit seiner Büronummer in die Hand.

»Wenn du fertig bist, rufst du an. Mein Büro liegt in einem anderen Gebäudeteil. Ich hole dich ab.«

»Aye, aye, Captain«, antwortete Jette und versuchte, ihrem Großvater ein Lächeln zu entlocken. Kurt verzog jedoch keine Miene und stapfte davon.

»Frau Eider?«

Eine angenehm dunkle Stimme fesselte augenblicklich ihre ganze Aufmerksamkeit.

Goran Pilz lugte aus seinem Büro und winkte Jette herein. *ck one* von Calvin Klein, dachte sie, als sie das Aroma wahrnahm, das, gemixt mit der typischen trockenen Luft eines Bürotraktes, einen eigentümlichen Duft ergab. Das männlich-frische Parfum kannte sie. Es erinnerte sie an Jean-Luc. Wie unwiderstehlich sie ihn damals gefunden hatte, mit seinen hellbraunen, welligen Haaren und dem coolen Look. Vor wenigen Tagen hatte sich dieses Gefühl allerdings schlagartig verändert, und Jette verband nichts als Abscheu und Angst mit ihm. Wahrscheinlich lag es am Schlafmangel, dass sie das kurze Knacken und das leise Rauschen des zweiten Anrufs überinterpretiert und mit ihm in Verbindung gebracht hatte. Niemand außer Ilona wusste schließlich, wohin sie gereist war.

Jette folgte dem dunkelhaarigen Kommissar in sein Büro. Dass Kurt sie aus der Tür des Kopierraums beobachtete, bemerkte sie nicht.

Goran Pilz reichte ihr zur Begrüßung förmlich die Hand, und Jette glaubte, ein angedeutetes Grinsen zu erkennen. Hatte Kurt nicht gesagt, der Typ sei ein sturer Bock ohne jegliche sozialen Züge? Von seinen fehlenden Umgangsformen ganz zu schweigen? Ob seine Behauptungen zutrafen oder nicht, Pilz war etwa einen halben Kopf größer als Jette, trug die dunklen Haare so kurz geschnitten, dass sie nicht erkennen konnte, ob sie glatt oder lockig waren, und bevorzugte ohne Zweifel einen markanten Herrenduft. Jettes Blick blieb kurz an Gorans rechter Halsseite hängen. Über seinem Kragen stach ihr ein handtellergroßes Feuermal ins Auge. Danach wanderte ihr Blick zu seinem hellblauen Oberhemd und der schwarzen Jeans.

Der frisch ernannte Amtsleiter bot Jette einen Stuhl und einen Kaffee an. Mit wachen Augen fixierte er sie. Dass ausgerechnet Kurt ohne Erlaubnis eine wichtige Zeugin vom Tatort weggebracht hatte, spornte ihn an. Die junge Frau mit dem offenen Lächeln würde ihm garantiert hilfreiche Hinweise liefern.

»Was wollen Sie wissen?«, preschte Jette vor. Natürlich hatte Kurt ihr genaue Anweisungen gegeben, wie sie sich als Zeugin verhalten musste. Für die Frage nach ihrem heimlichen Abgang hatte sie die passende Antwort parat – egal wie intensiv die hellgrünen Augen des Kommissars sie musterten.

Goran Pilz fragte sie zunächst, wo sie sich im Bahnhof aufgehalten hatte, und Jette beschrieb, so gut es ging, die Momente vor der Tat. Er protokollierte ihre Aussage und nickte fortwährend mit dem Kopf.

»Hm, das deckt sich weitgehend mit den Aussagen der anderen Zeugen«, murmelte er vor sich hin.

»Haben Sie etwa geglaubt, ich belüge Sie?«, antwortete Jette forsch.

»Das würde ich Ihnen nicht raten. Es ist nur so, dass manche Menschen nach einem traumatischen Erlebnis unter Schock stehen und die Erinnerungen verschwimmen. So was ist völlig normal.«

»Sie meinen, ich leide an einer retrograden, anterograden oder kongraden Amnesie?«, fügte Jette hinzu. Die Fachbegriffe für die verschiedenen Formen von Gedächtnisverlust hatte Kurt ihr mit auf den Weg gegeben.

»Ich denke, Sie sind bereits bestens informiert«, antwortete Goran betont sachlich. »Können Sie den Täter beschreiben?«

»Das wird schwierig«, sagte Jette. Sie hatte schon die ganze Zeit über versucht, sich das Bild des Schützen ins Gedächtnis zu rufen.

»Ein ziemlich großer Mann, schwarz gekleidet mit Sturmhaube über dem Gesicht. Wie man halt aussieht, wenn man nicht erkannt werden will«, sagte Jette achselzuckend.

Gorans rechter Mundwinkel zog leicht nach oben, dann beherrschte er sich wieder und sah in seine Unterlagen.

»Haben Sie denn keine Videoaufzeichnungen aus der Buchhandlung?«, versuchte Jette den smarten Kommissar aus der Reserve zu locken.

»Natürlich haben wir die, aber trotzdem brauchen wir jede persönliche Aussage.«

»Beschreiben die anderen Zeugen den Täter genau so wie ich?«, wollte Jette wissen. Sie fand die Fragestunde des Ermittlers beinahe langweilig.

»Darüber darf ich Ihnen leider keine Auskunft geben«, sagte Goran und biss sich leicht auf die Oberlippe. Dann verzog er das Gesicht und nieste. Hektisch zog er ein buntes Stofftaschentuch aus seiner Hosentasche und schnäuzte sich.

In diesem Moment tauchte ein Erinnerungsfragment in Jettes Gedächtnis auf.

»Ich, äh, ich glaube, der Mann trug eine schwarze Motorradhose – aus Leder und ein blaues Halstuch. Ja genau, es war dunkelblau mit einem Muster.«

Obwohl sie sich angestrengt bemüht hatte, sich den Täter im Detail vorzustellen, war dieses Bild erst beim Anblick des Taschentuchs hervorgeblitzt. Jette fand das interessant und fragte sich, ob sie sich später noch an mehr Details erinnern würde.

»Guter Hinweis«, sagte Goran. »Wie sah das Muster denn aus?«

»Es könnten Punkte oder Sterne drauf gewesen sein. Oder waren es Muscheln?«

Jette kam wieder ins Grübeln.

»Macht nichts«, fügte Goran hinzu und sah Jette in die Augen. »Vielleicht fällt Ihnen in den nächsten Tagen noch mehr ein.«

Jette spürte ein leichtes Magengrummeln und tat so, als denke sie intensiv nach.

»Haben Sie überhaupt schon alle anderen Zeugen befragt?«, fragte sie fordernd.

Goran nickte nur und machte sich Notizen.

Nach einer kurzen Pause kam die Frage, auf die sie die ganze Zeit gewartet hatte. Goran Pilz wollte wissen, warum Jette mit ihrem Großvater den Bahnhof verlassen hatte.

»Daran erinnere ich mich komischerweise kaum noch«, erklärte Jette freundlich. »Liegt wahrscheinlich an dem Tranquilizer, den mir die Notärztin verpasst hat.«

»Sind Sie wirklich freiwillig mit ihm mitgegangen?«

Jette nickte entrüstet. Doch Goran ließ nicht locker.

»Können Sie mir die genaue Uhrzeit nennen, wann die Ärztin Sie entlassen hat?«

»Fragen Sie sie doch selbst«, murrte Jette. »Ich verstehe sowieso nicht, warum die Frau mich so stark betäubt hat.«

»Aber dass Sie in sediertem Zustand einmal quer durch den Bahnhof gelaufen sind, daran erinnern Sie sich doch wohl.«

»In sediertem Zustand?«, wiederholte Jette. »Was soll denn das heißen? Ich stand unter Schock.«

Goran Pilz merkte, dass er nicht weiterkam. Kurt war ein harter Knochen, und seine Enkelin stand ihm in nichts nach.

»Also, falls noch so eine spontane Erinnerung wie die mit dem Halstuch zurückkommt«, schloss Jette an, »gebe ich Ihnen Bescheid.«

»Und?«, fragte Kurt. Wie zufällig schlenderte er just in dem Moment am Büro seines neuen Vorgesetzten vorbei, als die Tür sich öffnete und Jette mit leicht geröteten Wangen heraustrat.

Die beiden liefen schnurstracks in Kurts Büro, wo er sie erwartungsvoll ansah.

»Nix und. Ich weiß gar nicht, was du gegen ihn hast. Ist doch ein netter Typ«, sagte sie mit einem verschmitzten Lächeln.

Ich konnte noch nie gut loslassen. Meine Arbeit fehlt mir jetzt schon. Zwei Tage nach meinem Ableben bin ich in meinen Gedanken noch immer in der Buchhandlung. Leider musste ich mich selbst in meiner blutbesprenkelten Lieblingsbluse auf dem Boden liegen sehen.

Hätte ich das überlebt, hätte ich dem Typen die Reinigungskosten aufs Auge gedrückt. Eine Sauerei war das. In meinem ganzen Leben war mir nichts so peinlich wie diese zwei Stunden, in denen ich auf dem Fußboden der Buchhandlung lag. Entwürdigend sage ich nur! Ich hab beobachtet, wie die Polizisten und Sanitäter versuchten, das Chaos in Grenzen zu halten, wie verschreckt die Kunden auf meinen Anblick reagierten, wie die weiß vermummten Männer und Frauen von der Spurensicherung ihre Arbeit verrichteten und ich zu guter Letzt abtransportiert wurde. Für einen Tag wurde der Laden sogar geschlossen. Der Umsatzverlust lag locker im vierstelligen Bereich. Eine Katastrophe für die Bilanz. Danach musste alles wieder seinen gewohnten Gang gehen. Ein Reinigungsdienst wischte und scheuerte mein Blut von den Steinplatten. Nur an die getrockneten Flecken auf den Büchern wagte sich niemand. Nicht einmal Annegret. Ich frage mich, ob die Verlage die verdreckten Exemplare zurücknehmen. Überhaupt: Wird jemand kontrollieren, wie viele Bücher in dem ganzen Chaos geklaut wurden? Ich kenne unsere Pappenheimer und habe es meistens geschafft, sie von unseren Regalen fernzuhalten. Ohne mich lief da unten sowieso nichts. Aber vielleicht gibt es ja so etwas wie Fügung. Ich sehe nämlich wieder diese junge, nette Frau aus Kanada im Laden. Die muss doch einen Schock fürs Leben haben.

7

Der Alltag hatte die Bahnhofshalle wieder. Alles sah aus wie immer. Fast. Nur dort, wo die Buchhändlerin gelegen hatte, waren noch Reste der Markierung zu sehen. Nachdem Jette sich vergewissert hatte, dass der Zettel mit dem Stellenangebot noch immer im Schaufenster klebte, ging sie in den Laden und sah sich um. Sylke Grabzow, die eigentliche Ansprechpartnerin, lebte nicht mehr, und Jette überlegte, welche der beiden anwesenden Frauen nun zuständig sein mochte.

Hinter der Kasse stand eine kleine Rothaarige, die hektisch die Kundschaft bediente und gleichzeitig versuchte, die Rolle für den Kassenbon zu wechseln. Wie eine Filialleiterin wirkte sie nicht. An der Tür zum Lager sortierte eine Frau mit blondem Knoten und ernster Miene Zeitschriften in die Regale.

»Guten Tag, mein Name ist Jette Eider, und ich möchte mich bei Ihnen bewerben. Ich habe den Aushang draußen am Schaufenster gesehen. Ist die Stelle noch frei?«

Die Buchhändlerin erschrak und sah ihr Gegenüber mit müden Augen über den Rand ihrer Hornbrille an. Ihr Blick glitt einmal an Jette hinab und wieder herauf. Dann ging ein Strahlen über ihr Gesicht, und sie bat Jette in den Pausenraum.

»Sie schickt der Himmel«, sagte die blonde Frau, die sich als Annegret Jensen vorstellte. Nach wenigen Minuten war Jette klar, dass Frau Jensen mehr als ein Problem hatte. Sie jammerte über den tragischen Tod ihrer Chefin und noch viel mehr über die Arbeit, die sie nun hatte. Jette überlegte, ob sie erwähnen sollte, dass sie Frau Grabzow noch kennengelernt hatte. Nach einem kurzen Zögern zog sie es vor, lieber von ihren Erfahrungen im Verkauf zu erzählen. Dass sie während ihrer Schulzeit in Kanada zunächst im kleinen Tante-Emma-Laden ihres Dorfes und später im Betrieb ihrer Mutter gejobbt hatte, beeindruckte Frau Jensen. Keine zehn Minuten später hatte Jette einen Vertrag in der Tasche und verließ fröhlich die Buchhandlung.

8

Niemand im Polizeirevier ahnte, was in Kurt Eiders Kopf vorging. Selbst Inge-Britt war sich nicht sicher, was die Ereignisse des letzten Tages für ihren Kollegen bedeuteten. Dass Jette so plötzlich aufgetaucht war, gefiel ihr. Trotzdem fand sie das Verhalten des Mädchens sonderbar – ohne zu fragen ihren Großvater mit einem Spontanbesuch zu überraschen – darauf kamen auch nur junge Leute. Richtig seltsam war ihr Jettes Reaktion auf den Anruf vorgekommen. Doch wer wusste schon, wie das Mädchen aufgewachsen war und wie sie die erste Begegnung mit Kurt erlebt hatte? Vielleicht schaffte Jette es, ihn von seinem Ärger im Büro abzulenken. Zwar wusste Inge-Britt, dass es im Leben Wichtigeres gab als den Job, aber bis zu Kurt schien diese Erkenntnis nie vorgedrungen zu sein. Als sie nach der Mittagspause an seine Bürotür klopfte, blieb es still. Sie drückte die Klinke herunter. Zehn vor zwei, und Kurt war nicht am Platz?

Nach dem Doppelkopfspiel war Inge-Britt – entgegen ihrer Gewohnheit – nicht als Letzte aufgebrochen. Normalerweise half sie Kurt noch beim Aufräumen. Jeden Dienstag dasselbe Ritual. Zuerst wurde gespielt. Dann zog es als Erstes Fritz nach Hause.

»Ihr wisst doch, der Kiosk«, hieß es jedes Mal. »Wer um 5.30 Uhr Zeitungen auslegt, muss ausgeschlafen sein.«

Erwin, der für gewöhnlich bereits ab 21 Uhr gegen seine

Müdigkeit kämpfte, folgte ihm, nahm noch einen letzten Schlürschluck, bevor er durch den Garten nach Hause torkelte. Dann bot Inge-Britt ihre Hilfe an, die Kurt mit einem verschmitzten Lächeln annahm, und Inge-Britt nutzte die Gelegenheit, beim Gläserabräumen noch eine halbe Stunde mit Kurt zu klönen.

Gestern Abend war es anders gelaufen. Inge-Britt hatte es vorgezogen, gleichzeitig mit Erwin aufzubrechen. Jette und Kurt hatten sich sicher noch viel zu erzählen. Als sie sich wie selbstverständlich verabschiedete, hatte Kurt sie fragend angesehen. Inge-Britt hatte ihm einen freundschaftlichen Kuss auf die Wange gegeben und ihm an der Haustüre noch kurz zugewinkt. Dann war sie nach Hause gefahren und hatte bis zum Einschlafen darüber nachgedacht, wie es mit Kurt und Jette und ihr weitergehen würde.

Nach dem erfolglosen Abstecher in Kurts Büro machte Inge-Britt sich wieder auf den Weg zum Hauptgebäude. Schon im Treppenhaus schlug ihr ein lautes Stimmgewirr aus dem Gang in der dritten Etage entgegen. Von sechs Kolleginnen und Kollegen umringt, standen sich Kurt und Goran wie in einem Duell gegenüber. Der alte Sheriff deutete mit roter Zornesfalte an der Stirn nach unten. Auf dem Boden lag ein Aktenordner, drum herum lose verstreute Blätter.

»Wenn ihr mir noch einmal so einen Mist auftischt, könnt ihr zusehen, wer die Drecksarbeit macht.«

Jens Ploog, ein junger, dürrer Beamter mit Wimpern, die aussahen wie getuscht, ging in die Hocke, hob beflissen den Ordner auf und hielt ihn Kurt hin. Der winkte ab, schlug mit der Faust gegen die Wand und trat so nah an Goran heran, dass ihre Nasenspitzen sich fast berührten.

»Willst du mich verarschen? Deine Unterlagen interessieren mich nicht.«

»Mein lieber Kurt«, erwiderte Pilz betont ruhig. »Die Einbruchserie in Travemünde geht auf das Konto der Ru-mä-nen. Tathergang und Muster sind eindeutig. Sie schlagen mitten am Tag zu, steigen ausschließlich in der Nähe des Autobahnzubringers in Ferienhäuser ein, hebeln Safes aus und packen Elektroartikel ein. Ratzfatz sind die. Und immer nach Schema F. Das dürftest selbst du kapieren. Aber vielleicht bist du grad etwas benebelt von dem Vorfall mit deiner Enkelin.«

Goran zog kurz seine rechte Augenbraue hoch. Die Umstehenden traten einen Schritt zurück.

Nur Kurts schwerer, rasselnder Atem zerschnitt die Stille. Er verschränkte die Arme vor der Brust.

»Was ist mit Jackie Trapko? Habt ihr den schon überprüft? Er hat immer die Methoden anderer kopiert – zusammen mit seinem Kumpel.«

Pilz schloss kurz die Augen und schürzte die Lippen. Kurt beugte sich vor.

»Vielleicht erinnerst du dich nicht mehr«, hakte er nach. »Die T&T-Fälle waren noch vor deiner Zeit. Trapko und Tiesdorf haben alles ausgeräumt, was nicht festbetoniert war. Tiesdorf sitzt im Knast, aber Trapko ist auf freiem Fuß.«

»Jackie Trapko hat seit Jahren nichts mehr verbrochen. Der ist längst im Rentenalter. So wie du«, antwortete Goran selbstsicher. »Aber wenn du gern in alten Zeiten schwelgst, schlage ich vor, du blätterst mal ein bisschen in seinen vergilbten Akten. Kommt eh nix bei rum. Aber dann hast du wenigstens was zu tun. Wir konzentrieren uns auf den Bahnhofsmord. In der Soko ›Buchtod‹ hast du eh nichts verloren.«

Mit diesen Worten drehte Goran Pilz sich um und machte

den Kollegen ein Zeichen, ihm in sein Büro zu folgen. Kurt blieb stehen und starrte zu Boden. Jens Ploog drückte ihm den Ordner mit den Unterlagen über die rumänische Bande in die Hand und verschwand hinter Gorans Tür. Vom Stimmengewirr der Kollegen bekam Kurt nur noch Wortfetzen mit: Auswertung der Video-Aufzeichnung – fast alle Zeugen befragt.

»War doch klar, dass du nicht dabei sein kannst«, flüsterte Inge-Britt mitfühlend. Bevor Kurt ausrasten konnte, zog sie ihn am Ärmel in die kleine Kaffeeküche. Sie stellte die Maschine an und legte beruhigend ihre Hand auf seine.

Wie immer, wenn Kurt in Rage geriet, begann er zu schwitzen. Tellergroße Flecken zeichneten sich rund um seine Achseln ab.

»Ich könnte kotzen«, brummte er, schob Inge-Britts Hand zur Seite und schnappte sich einen Becher aus dem Regal.

Hot cops are the best stand in grellroten Lettern darauf. Darunter hielt eine barbusige Blondine mit schiefer Polizeimütze eine Pistole in der Hand und zielte augenzwinkernd auf den Betrachter.

Während Inge-Britt ihm einschenkte, stierte Kurt schnaufend auf das Motiv.

»Mir ist scheißegal, ob ich in der Soko bin oder nicht. Aber wenn Goran den Buchhändlerfall vor mir aufklärt, gebe ich mir die Kugel.«

9

Ihren ersten Arbeitstag in Deutschland hatte Jette sich entspannter vorgestellt. Im McNally Robinson Bookstore hätte es nicht hektischer zugehen können. Die tödlichen Schüsse waren nicht das Problem. Jette kämpfte mit zu vielen neuen Abläufen und ungeduldigen Kunden.

Als wolle sie Jette ins Wasser werfen, das kälter als das des Little Manitou Lake kurz nach der Schneeschmelze war, hatte Annegret Jensen sie gleich für die Frühschicht eingeteilt. Marie Widusch, die kleine Rothaarige, gehörte ebenfalls zum Team und freute sich über die tatkräftige Unterstützung.

Nach kurzer Unterweisung an der Kasse bestand Jettes erste Aufgabe darin, die Tageszeitungen auszupacken. Stolz legte sie die *Lübecker Post* auf den Tresen. Dabei fiel ihr Blick aufs Titelblatt.

Noch immer keine heiße Spur
Wer kennt den irren Bahnhofsmörder?
Zeugen gesucht

Unter der Hauptschlagzeile waren zwei unscharfe Fotos vom Mörder abgedruckt. Sie zeigten den vermummten Täter beim Betreten und beim Verlassen des Bahnhofsgebäudes. In dieser Montur hätte sich die Hälfte der Bevölkerung verstecken können. Offensichtlich stammten die Bilder aus der Videoüberwachung. Die Qualität war miserabel. Beim Anblick des Schützen überfiel Jette augenblicklich Übelkeit.

Sie schluckte kurz, und vor ihren Augen blitzte noch einmal die Erinnerung auf. Der Mann war kräftig gewesen und groß. Über 1 Meter 80. Sie versuchte sich auf seine Augenfarbe und das Muster seines Halstuchs zu konzentrieren, doch nichts passierte. Aufgeregt überflog sie den Artikel. Die Polizei bat um Mithilfe. Wer den Mann identifizieren oder einen Hinweis geben könne, sollte sich melden. Außerdem fehlten den Beamten drei Zeugen aus der Buchhandlung, die noch nicht identifiziert waren. Auch die wurden aufgefordert, sich zu melden.

»Eine Schande ist das!«, maulte eine raue Stimme, während eine strenge Duftmixtur aus Fusel und Urin Jette umwölkte. Das Aroma kam von einem bärtigen Rentner, der in zerrissener Hose und verfilztem Pullover neben Jette auftauchte.

»Ich kann immer noch nicht glauben, dass Sylke tot ist.«

Der alte Mann schüttelte energisch den Kopf und durchsuchte sein Portemonnaie nach Kleingeld.

»Kannten Sie Frau Grabzow gut?«, fragte Jette freundlich, obwohl es ihr schwerfiel, die Schnapsfahne, die der Mann ihr ins Gesicht pustete, zu ignorieren.

»Seit – warte mal – siebzehn Jahren. Bin hier Stammkunde, nicht wahr, Annegret?«, trötete der Alte durch den Laden. Ihre Kollegin, die schwere Magazinstapel schleppte, lächelte müde und nickte nur kurz.

»Dann bist du wohl die Neue, was?«, säuselte der Mann und kam Jette einen Tick zu nah.

»Bin ich«, antwortete sie laut und machte einen Schritt zurück. »Ist mein erster Arbeitstag heute.«

»Na dann viel Spaß!«, raunte der Alte und schickte noch einen Rülpser hinterher. »Für mich bitte einmal die *Lübecker Post*, das *Knobeldepot* und die *Tabulosen Strandnixen*.«

Jette legte dem Mann die Tageszeitung hin. Annegret kam zur Theke und brachte wie auf Kommando die beiden anderen Magazine, die sie gerade erst aus dem frisch gelieferten Stapel gezogen hatte.

»Hier hast du deine Blättchen, Gero«, presste sie kurzatmig hervor und drehte sich gleich wieder weg.

»Danke, liebste Annegret«, plapperte der Alte ihr hinterher.

Jette brauchte einen Augenblick, um den Barcode auf den Zeitschriften zu finden, dann zog sie die Magazine über den Scanner und schaute den Mann an.

»5,30 macht das.«

Nach einem erfolglosen Versuch, sein Kleingeld zu summieren, drehte der stinkende Gero kurzerhand seine Börse um. Alle Münzen prasselten auf die Theke. Ein Fünf-Cent-Stück, das auf Jettes Seite zu Boden fiel, kümmerte ihn nicht.

»Müsste passen«, murrte er und begann die Titelseite der *Tabulosen Strandnixen* zu studieren.

Zählfaule Kunden gibt es also nicht nur in Kanada, dachte Jette und fing an zu rechnen. Immer wieder wendete sie die Münzen. Nach den ersten Tagen hatte sie noch immer Mühe, die Ein-, Zwei- und Fünf-Cent-Stücke zu unterscheiden.

»Sind nur 4,90«, sagte sie.

Der Alte schnappte sich sein Lesefutter und grinste Jette mit glasigen Augen an.

»Soll Annegret anschreiben. Sie kennt das.«

Dann beugte er sich noch einmal zu Jette vor und flüsterte: »Die müsste nach Sylkes Tod auf jeden Fall wieder bessere

Laune haben. Ist ja auch nicht einfach, wenn der eigene Mann mit der Kollegin … na, du weißt schon.«

Gero machte eine anzügliche Hüftbewegung, wandte sich grinsend ab und schlurfte davon. Jette war so perplex, dass sie ihm erst hinterherrief, als er längst durch die Tür verschwunden war.

Bis zu ihrem Feierabend am Nachmittag kannte Jette alle Kassenfunktionen. Annegret und Marie hatten ihr erklärt, auf welche Kunden sie besonders achten musste.

»Die, die länger als zwanzig Minuten in den Heften und Büchern blättern und sie dann zerknittert in die Regale zurückstellen, sind die Schlimmsten«, sagte Annegret mit zusammengekniffenen Augen.

»Wir hatten mal eine Kundin, die hat *Die Säulen der Erde* komplett hier im Laden gelesen. In Etappen. Hat jedes Mal ein Eselsohr in die Seiten geknickt und das Buch hinter die anderen gestellt, um am nächsten Tag dort weiterzulesen, wo sie aufgehört hat.«

»Habt ihr sie nicht angesprochen?«, fragte Jette ungläubig.

»Ich hätt's sofort getan«, sagte Annegret, »wir sind doch keine Bibliothek. Aber Sylke meinte, wir sollten sie lassen. Das Buch mit den geknickten Ecken würde sowieso niemand kaufen, und weil die Frau auf Hartz 4 ist, dürfe man ihr das Lesen nicht verleiden.«

Annegret presste die Lippen aufeinander und machte sich wieder an die Arbeit.

Marie lächelte nur schweigend, und Jette fragte sich, ob Hartz 4 eine Droge war oder was Annegret Jensen ihr damit sagen wollte.

Um kurz nach zwei verließ sie das Geschäft. Stolz auf ihren ersten Arbeitstag pfiff sie leise vor sich hin. Wenn das so weiterging, konnte sie sich bald ihren ersten Surfkurs leisten.

Vor dem großen klinkerroten Bahnhofsgebäude mit dem geschwungenen Eingangsdach blieb sie kurz stehen und atmete tief durch. Die Sonne schien von einem wolkenfreien Himmel, und Jette beschloss spontan, einen kleinen Erkundungsrundgang durch die Altstadt zu unternehmen. In Kurts Haus wartete sowieso niemand auf sie. Vom Bahnhof aus waren es nur wenige Schritte bis zum Holstentor. Sie spürte, wie ihr Adrenalinpegel den Jetlag besiegte, schloss für einen Moment die Augen und sog die warme Sommerluft ein.

»Haben Sie schon Feierabend?«

Vor Jette stand Goran Pilz und nahm ihr die Sonne. Im Schatten seines Körpers musterte sie in Sekundenbruchteilen seine Kleidung und stellte fest, dass Goran draußen attraktiver wirkte als in seinem kahlen Dienstzimmer. Wie war das noch? *Wenn ein Mann dir draußen besser gefällt als drinnen, ist das ein Zeichen einer naturgegebenen Anziehungskraft. Ein elementar wichtiges Detail, auf das du in deinen paarungsbereiten Phasen immer achten solltest.*

O Gott. Wieso fielen Jette ausgerechnet jetzt Ilonas vollkommen verrückte Weisheiten ein?

Seit Jette in die Pubertät gekommen war, haderte sie mit der eigenwilligen Weltsicht ihrer Mutter. Immer wieder hatte das dominante Schwarz-Weiß-Denken zu heftigen Streitereien geführt.

Jette atmete tief durch und sah Goran fest in die Augen.

»Schon Feierabend ist gut«, wiederholte sie. »Stellen Sie sich mal da drinnen neun Stunden an die Kasse. Hier eine Frage. Da ein Sonderwunsch. Bei den ganzen Kundenmarotten würde

Ihnen wahrscheinlich ziemlich schnell die gute Laune vergehen.«

Jette lächelte den Kommissar kurz an und drängte sich an ihm vorbei.

»Meine Laune hängt eher von den Marotten meiner Kollegen als von unserer Kundschaft ab«, setzte Goran nach. Als er merkte, dass Jette gehen wollte, kam er direkt zum Punkt.

»Darf ich Sie auf ein Eis einladen?«, fragte er blitzschnell.

»Woher wissen Sie überhaupt, dass ich hier arbeite?«, konterte Jette gereizt.

10

»Was soll das heißen, du trinkst keinen Kaffee?«

Fritz und Erwin schmetterten diesen Satz wie aus einem Munde. Dabei starrten sie Jette an, als hätte sie soeben einen millionenschweren Lottogewinn ausgeschlagen.

»Nie?«, fügte Erwin fassungslos hinzu. Er hatte noch nie jemanden getroffen, der seinen geliebten Wachmacher grundsätzlich verabscheute.

Jette schüttelte den Kopf und goss sich ein Glas Orangenlimo ein.

»Hab mit dem Zeug schlechte Erfahrungen gemacht«, sagte sie. Ihre Ablehnung schien Kurts Freunde tatsächlich ernsthaft zu beschäftigen.

»Hatte als Kind oft Kopfschmerzen. Mama hielt nichts von Tabletten. Stattdessen gab's so ein bescheuertes, altes Hausmittelchen: eine Tasse kalten, schwarzen Kaffee mit dem Saft einer halben ausgepressten Zitrone. Ich sag nur: widerliches Gebräu. Und geholfen hat es auch nicht.«

Erwins Gesichtsausdruck war anzusehen, dass er versuchte, sich den Geschmack vorzustellen. Fritz zog nur kurz die Mundwinkel nach unten und fingerte ein Päckchen Zigaretten aus der Hemdtasche.

Einige Sekunden später gesellte sich Kurt dazu. Nach all den Aufregungen der letzten Tage hatten die Freunde sich auf ein konspiratives Pläuschchen am Samstagnachmittag verabredet.

Einem längeren Gespräch mit Jette war Kurt in den vergangenen Tagen erfolgreich aus dem Weg gegangen. Es war schon anstrengend genug, Jettes Anwesenheit zu ertragen. Ihr Anblick versetzte ihm jedes Mal einen Stich. Sie hatte nicht nur die leicht gewellten, dichten braunen Haare und das Grübchen ihres Vaters geerbt, sondern auch eine winzige Geste, die Thorsten schon als Kind gemacht hatte. Immer wenn er lachte, zog er die Nase kraus, so dass sich ein Dreieck aus winzigen Falten auf dem Nasenrücken bildete. Wenn Jette lachte, sah Kurt Thorsten vor sich. Seit ihrer Ankunft war er lediglich dazu in der Lage gewesen, arbeiten zu gehen, den Haushalt zu erledigen und eine Kiste Limo zu kaufen. Thorsten hatte Orangensprudel geliebt.

Dass Jette ebenso froh war, keine Fragen zu ihrem Reisegrund nach Deutschland beantworten zu müssen, ahnte Kurt nicht.

»Wir müssen uns regelmäßig treffen und unsere Ermittlungsergebnisse zusammentragen«, hatte Chefkommissar Kurt befohlen. Hobbydetektiv Erwin trug sogar eine amerikanische Cop-Sonnenbrille mit Doppelsteg, so sehr gefiel er sich in seiner neuen Rolle.

»Wusstest du, dass Jette keinen Kaffee mag?«, fragte Erwin Kurt, als der Stift und Schreibblock bereitlegte.

»Nein, ist mir aber auch egal. Und für unsere Arbeit spielt es keine Rolle.«

Jette sah ihren Großvater fragend an, der keine Miene verzog. Wortlos goss sie sich Limo nach, die er extra für sie gekauft hatte. Immerhin schon mal ein typisches Opa-Enkelin-Ding, dachte Jette, wenn auch ziemlich spät. Bald würden sie alles nachholen, was sie in all den Jahren verpasst hatten.

Als Inge-Britt mit einem schokoglasierten Marmorkuchen mit Marzipan-Handschellen-Dekor die Terrasse betrat, war die Runde komplett. Sie stellte die Platte auf den Tisch und begrüßte jeden Einzelnen mit einer angedeuteten Kusshand. Ihren längeren Blick auf Kurt bemerkte niemand, nicht einmal Kurt, der wie gebannt auf die süße Verzierung starrte.

»Und jetzt?«, sagte Fritz, der gleichzeitig rauchte und sich Kuchen auf den Teller schaufelte.

»Ist doch klar«, antwortete Erwin und stand auf. »Ich hab da mal was vorbereitet.«

Leicht gebeugt huschte der kleine Erwin zum Zaun hinüber. Kurze Zeit später rollte er eine zusammengeklappte Tischtennisplatte über den schmalen Weg, stellte sie vor der Terrasse ab und kippte vorsichtig eine Tischseite herunter. An der Senkrechten hatte er bereits mit Tesa lange Papierstreifen befestigt. Er holte einen Filzstift aus der Tasche seiner Trainingsjacke und zog die Kappe ab.

»Los geht's!«, sagte er, straffte seinen krummen Oberkörper und schaute triumphierend in die Runde. Im selben Moment fiel ihm auf, dass seine provisorische Tafel vom Garten des Nachbarn einzusehen war. Umständlich korrigierte er die Position. Geheimhaltung war oberstes Gebot bei diesem Projekt.

Inge-Britt lachte und goss sich Kaffee ein.

»Kurt fängt an«, sagte sie. »Er ist der Boss.«

»O. k.«, begann er und erhob sich. Unzählige Male hatte er in seinem Berufsleben solche Sitzungen im Präsidium geleitet, und nun fühlte es sich so vertraut an, dass er trotz des Ernsts der Lage ein Lächeln im Gesicht hatte. Wie ein Feldherr baute er sich neben Erwin auf.

»Ich habe mich darauf konzentriert, Details aus den laufenden Ermittlungen herauszubekommen. Goran schirmt seine Untersuchung allerdings total ab, und ich habe nur eine neue Info: Der Täter ist zwischen 20 und 50 Jahre alt und männlich.«

»Das hätte ich dir auch sagen können«, unterbrach ihn Jette. »Warum hast du mich nicht noch mal gefragt?«

Kurt sah sie strafend an.

»Wieso?«, hakte Erwin nach. »Wir dachten, du könntest dich nur an die Kleidung und das Halstuch erinnern.«

»Die Figur passt auf keinen Fall zu einer Frau«, sagte Jette. »Außerdem hab ich die Augen gesehen. Keine Falten, keine getuschten Wimpern. Ein eiskalter Blick. Zwischen 20 und 50 passt schon.«

Erwin schien das zu überzeugen, und er begann, die Punkte an der Tafel zu notieren.

»Könnte doch geliftet sein«, sagte Fritz trocken und drückte die Zigarette aus.

»Quatsch«, entgegnete Erwin. »Hast du mal gesehen, wie geliftete Augen aussehen? Die Haut bis hinter die Ohren gezogen und festgetackert. Wie *Fantomas*. Gruselig.«

Kurt schüttelte den Kopf. Es war an der Zeit für strukturiertes Arbeiten.

»So kommen wir nicht weiter«, maulte er, nahm Erwin den Stift aus der Hand und schickte ihn auf seinen Platz am Kuchentisch. Mit zusammengepressten Lippen schlich Erwin zurück und ließ sich in seinen Stuhl fallen.

Kurt listete ein paar Stichpunkte auf und drehte sich zu den anderen.

»Lassen wir die Äußerlichkeiten erst mal außer Acht. Was sind die Motive? Es könnte ja auch ein Auftragskiller gewesen sein. Dessen Statur nützt uns weniger.«

Erwin, Fritz, Inge-Britt und Jette saßen auf ihren Stühlen wie Erstklässler. Das motivierte den degradierten Polizisten, der zu seiner alten Form auflief und mit dem Stift gegen die improvisierte Tafel klopfte.

»Wie ihr seht, sind meine Ergebnisse bisher mau. Ihr seid dran. Was habt ihr herausgefunden?«

Wie ein Schulmeister zeigte Kurt zuerst auf Fritz.

»Ob ihr's glaubt oder nicht, ich habe eine interessante Info«, sagte der Kioskbesitzer nicht ohne Stolz in der Raucherstimme.

Er zog die nächste Zigarette aus der Schachtel und zündete sie genüsslich an.

»Erinnert ihr euch an Käthe?«

Bis auf Jette nickten alle.

»Wenn jemand noch mehr Leute in Lübeck kennt als ich, dann ist das meine Schwägerin. Sie war gestern im Kiosk, um sich eine Stange Reno Menthol zu holen. Da hab ich sie natürlich gleich gefragt. Und Bingo! Sie kannte die Grabzow von der *Mahlzeit*.«

Fritz schaute zufrieden in die Runde. Jette verstand kein Wort, was ihrem fragenden Gesichtsausdruck deutlich anzusehen war.

»Zur Erklärung für unseren kanadischen Neuankömmling: Die *Mahlzeit* ist ein gemeinnütziger Verein. Dort werden Lebensmittel an Bedürftige verteilt.«

»Ach, so was wie die *Food Banks* in Kanada«, unterbrach ihn Jette. »Das gibt's bei uns auch.«

Fritz hielt einen Moment inne und nickte.

»Kann schon sein. Jedenfalls arbeitet Käthe da und gibt mittags Essen aus. Tolle Sache ist das. Und ein feiner Zug, wenn Geschäfte, Restaurants und Kantinen die Lebensmittel, die sie nicht mehr gebrauchen können, spenden, anstatt sie wegzuwerfen. Heutzutage lassen die Leute ja alles verkommen. Schmeißen die guten Sachen in die Mülltonne, sobald das Haltbarkeitsdatum …«

»Fritz!«, ermahnte Kurt seinen alten Freund.

»Also, die Käthe meinte, die Grabzow hätte sich bei der *Mahlzeit* ehrenamtlich ziemlich engagiert: Spenden sammeln, sich um Obdachlose kümmern und all so was. Mann und Kinder hatte die wohl nicht. Ich sag euch, vor solchen Leuten ziehe ich meinen Hut. Rackern sich tagsüber im Laden ab und arbeiten nach Feierabend noch für Bedürftige.«

»Danke, Fritz«, würgte Kurt seinen Freund ab. »Wenn das nicht schon mal gute Neuigkeiten sind.«

Blitzschnell schrieb er das Wichtigste auf das Tischtennisplattenpapier.

»Dann passt das, was ich gehört habe, gut dazu«, sagte Inge-Britt.

Alle schauten die Chefsekretärin an, die mit roten Wangen die Kette der Marzipan-Handschellen zerbiss und ein zweites Stückchen Marmorkuchen zerteilte.

»Was Goran betrifft: Ich kann ihn nicht ständig mit Fragen löchern. Das wäre zu auffällig. Schließlich weiß er, dass wir uns schon lange kennen. Ich habe aber trotzdem was rausgefunden. Im letzten Dezember hat die Grabzow 'ne Anzeige bekommen.«

»Ist nicht wahr«, schoss Erwin dazwischen.

»Von einem anderen Ladenbesitzer im Bahnhof.« Alle sahen Inge-Britt mit großen Augen an.

»Der Blumenhändler Hans Geiger hat sie angezeigt wegen Geschäftsschädigung und Hausfriedensbruch. Weil sie sich zu sehr für die Obdachlosen eingesetzt hat.«

»Kapier ich nicht«, sagte Jette. »Wieso zu sehr?«

»Hat immer wieder Tippelbrüder in ihr Geschäft eingeladen und ihnen etwas Warmes zu trinken angeboten. Das hat sich natürlich schnell herumgesprochen bei denen.«

»Und die anderen Händler fühlten sich belästigt«, schlussfolgerte Jette. Ihr kam wieder Hartz 4 in den Sinn. Sylke Grabzow musste eine sehr hilfsbereite Frau gewesen sein.

»Ich denke, die sahen eher ihre Geschäfte in Gefahr. Dieser Geiger glaubte, die Penner würden seine Kundschaft vergraulen. Außerdem hat er die Grabzow einmal aus seinem Laden geworfen.«

»Interessant«, murmelte Kurt und notierte »Blumenhändler Geiger«, »soziales Engagement« und »Obdachlose«.

»Weiß jemand, wie dieser Geiger aussieht?«, fragte Erwin. »Ich war zwar schon am Bahnhof, habe ihn aber nicht observiert. Wenn er zwischen 20 und 50, Motorradfahrer und ziemlich groß ist, haben wir ja schon eine ganz heiße Spur.«

Alle grinsten Erwin an. Kurt musste sich zusammenreißen.

»Bravo, Erwin«, sagte er mit leicht spöttischem Unterton. »Dann hätten wir den Fall ja quasi schon gelöst. Wenn das bloß immer so einfach wäre.«

Erwin schnaufte und goss mit zittrigen Händen seine Tasse bis zum Rand voll.

Als Nächste war Jette an der Reihe. Ihren mehr als wirren Gedanken, der Schuss könne ihr gegolten haben, schob sie beiseite. Die Geschichte in Kanada machte ihr Angst. Sogar so viel Angst, dass sie geflohen war. Aber dass Jean-Lucs Leute sie bis nach Lübeck verfolgten – das konnte sie sich nicht vorstellen! Die hätten auch nicht ihr Ziel verfehlt, sondern sie direkt abgeknallt.

Wichtiger als dieser Gedanke schien ihr der Hinweis, den sie im Laden aus erster Hand erhalten hatte. Obwohl der stinkende Gero wenig zurechnungsfähig war, sorgte seine Andeutung, das Opfer hätte ein Verhältnis mit Annegret Jensens Mann gehabt, für noch mehr Aufregung unter den Inkognito-Ermittlern.

Kurt schrieb wiederum alles auf die Tafel und begann, Pfeile und Verbindungslinien zu ziehen.

»Gute Arbeit, Leute. Dass wir schnell so viele Ansätze gefunden haben, ist wichtig. Ich bin sicher, Goran ist lange nicht so weit. Wir müssen ihm voraus bleiben. Darum schlage ich vor, wir verteilen neue Aufgaben.«

Erwin setzte an, etwas zu sagen, doch Kurt ließ seinen Nachbarn nicht zu Wort kommen.

»Jette, du spionierst unauffällig deine Kolleginnen aus. Wir müssen wissen, was an dieser Liebesgeschichte dran war. Inge-Britt, bleib Goran auf den Fersen. Mit deinem Charme wickelst du ihn um den kleinen Finger. Und Fritz, halt weiter Augen und Ohren offen. Käthe ist 'ne top Informantin. Ich werde mir morgen diesen Geiger vorknöpfen.«

Erst jetzt fiel Kurts Blick auf Erwin.

»Ach ja. Hast du auch etwas herausgefunden?«

Erwin blickte zu seinem Garten hinüber, als kontrolliere er das Wachstum der Blumen.

Erst nachdem Inge-Britt ihm das Schloss der Marzipan-Handschellen auf den Teller gelegt hatte, brach er sein Schweigen.

»Falls es euch interessiert: Ich war mit der Bahn unterwegs. Zuerst in Travemünde.«

Alle schauten sich fragend an.

»Da war nichts. Auch nicht in Bad Schwartau. Und auch nicht in Stockelsdorf.«

»Erwin, bitte!«, sagte Kurt in altgewohnter Chefmanier.

»Im Hauptbahnhof habe ich mich auch umgesehen. Keine verdächtigen Personen.«

Inge-Britt schmunzelte.

»Außer gestern Nachmittag.«

Erwin genoss es, seine Freunde auf die Folter zu spannen. Mit hochgezogener Augenbraue blickte er alle nacheinander an.

»Da habe ich Jette gesehen, wie sie Feierabend machte.«

Kurt, Fritz und Inge-Britt lächelten nachsichtig.

»Vor dem Bahnhof hat sie ein junger Mann angesprochen. Die beiden haben dann zusammen ein Eis gegessen. Ich bin ihnen bis zur Hüxstraße gefolgt. Da habe ich sie im Getümmel aus den Augen verloren.«

»Bitte?«, entfuhr es Jette, und sie richtete sich in ihrem Stuhl auf. Sie sah sich mit Goran plaudernd durch die Straßen schlendern, nicht ahnend, dass Erwin ihnen auf den Fersen gewesen war. Der hinterlistige Rentner durfte auf keinen Fall weitersprechen. Goran war einfach zu markant. Seine kurzen Haare, das rote Feuermal am Hals. Und noch dazu unverschämt gut aussehend.

»Was geht dich das an, mit wem ich Eis esse?«, stieß Jette hervor. »Ich spioniere doch auch nicht hinter deinem Rücken aus, welches Unkrautgift du auf deine Sträucher kippst.«

Erwin zuckte zusammen und holte tief Luft. Zum Glück kam Kurt ihm zuvor.

»Jette hat recht«, sagte er mit lauter Stimme. »Kümmere dich lieber um deinen Rasen. Wir brauchen Informationen zu unserem Fall und keine privaten Beobachtungen.«

Erwin zog eine Flappe und nahm einen großen Schluck Kaffee.

»Dann eben nicht. Ich fand's einfach toll, wie schnell Jette Anschluss an Gleichaltrige gefunden hat.«

Mit einem leisen Schnaufen sank Jette zurück in ihren Stuhl und schickte Erwin einen bösen Blick.

11

Anschluss an Gleichaltrige. Erwins Ausdruck ging Jette die ganze Nacht durch den Kopf. Sie musste an Goran denken und wollte sich nicht ausmalen, wie Kurt reagiert hätte, wenn er erfahren hätte, mit welchem *Gleichaltrigen* sie den Nachmittag verbracht hatte. Gut, dass keiner der Alten nachgefragt hatte. Wie groß mochte der Altersunterschied zwischen Goran und ihr sein? Jette tippte auf sieben oder acht Jahre. Für die Senioren wahrscheinlich kaum zu erkennen. Für Jette schon. Und überhaupt. Sie hatten doch nur ein Eis zusammen gegessen. Er wollte wissen, wie es ihr gehe und ob sie noch weitere psychologische Hilfe bräuchte. Danach waren sie ein wenig durch die Altstadt geschlendert. Goran hatte Jette das Buddenbrookhaus und die Katharinenkirche gezeigt. Besonders beeindruckt war sie von den historischen Gängen. Die versteckten Gassen und engen Höfe mit ihren malerischen Häuschen erschienen ihr wie Kulissen aus einem Märchenfilm. Als sie ihm am Ende von ihren Wassersportplänen erzählte, ließ Goran ganz nebenbei fallen, dass sein Apartment direkt am Stadtgraben lag und einen eigenen Anleger hatte.

»Wenn Sie Lust haben, können wir ja mal zusammen eine kleine Runde mit meinem Boot drehen«, hatte Goran bei der Verabschiedung gesagt.

Angeber, hatte Jette gedacht, aber nicht ausgesprochen.

Eine Stunde bevor ihr Wecker klingelte, hielt Jette es nicht mehr im Bett aus. Sie kletterte aus dem knarzenden Bettgestell, zog die schweren Holzrollläden hoch und wunderte sich über die eigenartige Konstruktion. In Kanada gab es nur dünne Faltrollos. Diese hier dunkelten den Raum völlig ab – was ihr gut gefiel. Als ihr Vater vor zig Jahren aus seinem Fenster im Nebenzimmer gesehen hatte, hatte er wahrscheinlich dieselbe Aussicht auf die kleinen, verschachtelten Grundstücke gehabt. Der Gedanke faszinierte Jette. Sie fühlte sich wie auf einer Zeitreise und ließ ihren Blick über die Nachbarschaft schweifen. Links wohnte ein Lehrerehepaar, so viel wusste sie bereits. Da sie ihren Garten wie ein winziges Stück kanadischer Wildnis wachsen ließen, war Kurts Verhältnis zu ihnen nicht wirklich herzlich. Erwin, dessen akkurat ziselierte Parzelle auf der anderen Seite wie eine Miniaturversion des Schlossgartens von Versailles wirkte, hatte es gleich völlig toleranzfrei ausgedrückt.

»Die tun nur so ökologisch – die schlauen Lehrerherrschaften. Dabei sind die nur zu faul zum Unkrautjäten.«

Jette stellte sich vor, wie ihr Papa als kleiner Junge mit seinen Freunden auf der Straße gespielt, Erdbeeren aus Erwins Garten geklaut hatte und auf die großen Kirschbäume geklettert war. Seine Kindheit war so anders gewesen als ihre. Diese niedliche, alte Siedlung strahlte eine Mischung aus Enge und Geborgenheit aus.

Neugierig geworden, drehte Jette sich um und musterte das Zimmer. Sie ging zum alten Kleiderschrank und öffnete die Türen. Säuberlich sortiert lagen darin vier hohe Wäschestapel. Einer mit Tischdecken, zwei mit weiteren Frotteelaken und einer mit Bettbezügen, die ziemlich vergilbt waren. Jette zog den Stapel hervor. Der Stoff hatte ein Muster aus kleinen

Teddybären und Wolken. War das Thorstens alter Kinderbettbezug? Jette spürte den Drang, an dem Stoff zu schnuppern. Sie zog den Stapel aus dem Fach. Etwas ratschte dabei über das Holz und fiel zu Boden. Es war ein Schlüssel. Sie hob ihn auf und verglich ihn mit ihrem Türschlüssel. Die beiden sahen ähnlich aus, hatten jedoch unterschiedliche Kerbungen. Vorsichtig öffnete Jette ihre Tür und lugte in den dunklen Flur. Sie wartete einen Moment, und als sie sicher war, dass alles still blieb, schlich sie über den Gang zu Thorstens Zimmer. Sie steckte den Schlüssel ins Schloss und drehte ihn um.

Leise glitt sie ins Innere des Raums und zog die Tür wieder hinter sich zu. An der Wand ertastete sie einen Lichtschalter. Ihr Herz raste, und sie sah sich um. Das war Papas Zimmer. Sie fühlte sich, als sei sie soeben bis ins Innere der Erde vorgedrungen. An der rechten Wand stand ein Bett. Decke und Kissen bezogen mit einem orange und braun gestreiften Stoff. Gegenüber ein Schreibtisch aus Holz, auf dem eine Stiftbox, ein Locher und ein Zirkel lagen. Jette schluckte so laut, dass sie glaubte, Kurt könne davon aufwachen. Das Zimmer war aufgeräumt, aber es wirkte, als warte es darauf, dass sein Bewohner jeden Moment wiederkäme. An den Wänden hingen Poster von Fußballspielern in weißen Trikots mit roten Hosen. Den Frisuren nach zu urteilen, eindeutig 80er Jahre. HSV stand oben drüber.

Auf einer Anrichte entdeckte Jette einen kleinen glänzenden Pokal.

1. Platz C-Jugend
Lübecker Tischtennis-Stadtmeisterschaften 1988

Niemand hatte Jette jemals von den Jugendjahren ihres Papas erzählt. Außer ein paar Fotos besaß sie nichts von ihm. Und das war auch schon alles, was sie überhaupt über ihn wusste. Im

Grunde war er eine fremde Person für sie. Als Kind hatte sie immer wieder versucht, ihn sich vorzustellen. In ihren Träumen war er groß und stark. Er konnte Auto fahren, Flugzeuge fliegen, sie vor dem garstigen Barry aus ihrer Klasse beschützen, kaputte Fahrradreifen reparieren und ihr zeigen, wie man angelt und beim Tauchen die Luft anhält. Wenn sie müde war, nahm er sie auf seine Schultern und trug sie meilenweit bis nach Hause, wo er ihr jeden Abend eine spannende Geschichte vorlas. So wäre ihr Papa gewesen. Erst als Jugendliche war ihr der Gedanke gekommen, dass die Bilder, die sie in ihrem Kopf erschaffen hatte, möglicherweise nichts anderes als Fantasien und Wünsche waren. Dass sie nichts über sein Leben wusste, hatte sie fast wahnsinnig gemacht. Vor allem, weil Ilona alle Fragen abgeschmettert hatte.

Neben dem Pokal saß ein kleiner Stofflöwe. Sein Fell war grau und völlig ausgefranst.

Die konservierte Vergangenheit in diesem kleinen Raum überwältigte Jette so plötzlich, dass ihr schwindelig wurde. Tränen stiegen ihr in die Augen, und der kleine Löwe verschwamm.

Das Haus war noch still, und Jette bemühte sich, die Stufen der alten Holztreppe so leise wie möglich hinunterzugehen. Sie hatte einige Minuten leise vor sich hin geweint, sich dann aber wieder gefangen. In einem Anflug von Erleichterung taufte sie das Stofftier auf den Namen Thorsty und drückte ihm einen Kuss auf die zottelige Stoffschnauze. Dann war sie in ihr kleines Bügelzimmer zurückgeschlichen, hatte Thorsty in ihre große Umhängetasche gesteckt und den Zimmerschlüssel zurück unter die saubere Bettwäsche gelegt.

Bevor Kurt aufstand, wollte Jette einen Blick in ihren Mail-Account werfen. Ihr Smartphone hatte noch keinen deutschen Vertrag, und sie war auf Kurts Computer angewiesen. Leider besaß ihr Großvater weder Laptop noch Tablet, sondern eine fest installierte, uralte klobige Kiste, die mitten im Wohnzimmer auf einem Tischchen stand und noch mit Lan-Kabel funktionierte. Keine Chance auf Privatsphäre beim Surfen. Immerhin hatte Kurt ihr nach kurzem Zögern erlaubt, den Rechner zu benutzen.

Sie schaltete den Computer ein. Es dauerte eine gefühlte Ewigkeit, bis die Programme sich öffneten.

Beim Blick in ihren Posteingang bekam sie Herzklopfen. Drei neue Mails. Die erste hatte Ilona geschrieben. Sie forderte Jette auf, ihr mindestens einmal wöchentlich zu schreiben, wenn es mit den Telefonaten von Kurts Apparat aus schwierig sein sollte. Der alte Geizhals würde die Ferngespräche sicher nicht bezahlen. Mail Nummer zwei und drei stammten von Jean-Luc. In der Betreffzeile erkannte Jette sofort, worum es ging. Diese Nachrichten öffnete sie ganz bestimmt nicht. Mit der Geschichte an der Grenze in Estevan hatte er sie fast in den Knast gebracht. Sie brauchte schnellstmöglich eine neue Mail-Adresse.

»Na, gibt's Neuigkeiten?«

Kurt stand in der Tür zur Küche mit einem Kaffeepott in der Hand. Mit starrem Blick sah er Jette an, die vor Schreck herumwirbelte. Er musste schon vor ihr aufgestanden sein. Seine Stimme klang rau, und seine Haut war käsig. In seinem verschlissenen, karierten Pyjama und den grauen Cordpantoffeln wirkte er noch älter.

»Wieso bist du schon wach?«, fragte Jette entgeistert.

»Konnte nicht mehr schlafen«, murrte Kurt und rieb sich die Augen. »Hat dein neuer Verehrer dir schon geschrieben?«

»Ver-was?«, stammelte Jette.

»Na, der junge Mann, mit dem du Eis essen warst.«

»Quatsch«, entgegnete Jette knapp und wendete sich ab. Kurt schlurfte in die Küche zurück und stellte die Kaffeemaschine an.

»Ich musste nur mal meinen Facebookaccount checken«, rief sie hinter ihm her. »Das machen Leute in meinem Alter nun mal.«

Zehn Minuten später saßen die beiden sich am Esstisch gegenüber.

»Hast du dir schon die Stadt angesehen?«, fragte Kurt förmlich. Er hatte zum Frühstück eine dieser neumodischen exotischen Marmeladensorten besorgt und schob sie Jette unter die Nase. Irgendetwas mit Mango und Minze. Kurts Leberwurst- und Sülzesortiment hatte Jette mit angewidertem Blick abgelehnt.

»Wenn du den *Gleichaltrigen* meinst, von dem Erwin gestern gesprochen hat«, sagte Jette und sah ihrem Opa direkt in die Augen. »Das war ein Kunde aus der Buchhandlung. Er heißt Jack, ist Amerikaner und studiert in Lübeck. Was dagegen, dass ich mich mit anderen Leuten treffe?«

Kurt schüttelte zögerlich den Kopf und schwieg. Jette schwindelte sich in Rage.

»Und ja, wir haben uns ein paar nette Ecken angesehen. Jack kannte so viele kleine Gassen. Er hat sogar ein kleines Boot. Seine Eltern kommen aus Montana. Das grenzt an Saskatchewan. Ein verrückter Zufall, oder?«

Kurt nickte stumm.

»Ich finde jedenfalls, Lübeck is really cool. Weißt du, woran mich die Stadt erinnert?«

Kurt schüttelte wieder den Kopf. Dabei fiel Jette sein holziges Aftershave auf. Irgendwie roch Kurt sogar wie ein Opa.

»An Playmobil«, sagte sie lächelnd. »Hier ist alles so, well, I would say tiny. Weißt du, was ich meine?«

Kurt senkte den Blick und löffelte den letzten Rest aus der Leberwursthülle.

»Ein bisschen wie Spielzeug. Klein und bunt und sauber. Dein Haus erinnert mich an meine alte Puppenstube, die ich als Kind hatte.«

»Puppenstube?«, wiederholte Kurt ungläubig. Hatte Ilona nicht mit Jette in einer kargen Hütte in der Wildnis gelebt? Sie hasste doch alles Materielle. Ihre Tochter mit Playmobil und Puppenstuben zu beschenken, passte gar nicht zu seiner Schwiegertochter.

»Zuerst hatte ich eine einstöckige. Das war noch am Jackfish Lake. Als wir dann in die Nähe von Saskatoon zogen, bekam ich ein ganzes Haus«, erzählte Jette stolz. Vor Kurts Augen flimmerten kurze Sequenzen auf von einem kleinen braungelockten Mädchen, das unbeschwert mit Puppen spielte, und das Lotte und er nie gesehen hatten.

»Was machst du eigentlich, wenn du nicht arbeitest?«, riss Jette ihn aus seinen Gedanken. Während Kurt seine zweite Tasse Kaffee herunterkippte und sich eine Scheibe Graubrot mit Sülze belegte, nippte Jette an ihrem Früchtetee. Den hatte sie im Küchenschrank hinter dem Zucker gefunden. Er war seit vier Jahren abgelaufen. Das heiße, aromalose Getränk wärmte sie nach dem Schrecken über Jean-Lucs nervige Mails.

»Gibt doch immer was zu tun«, murmelte Kurt. Über eine derart alberne Frage hatte er noch nie nachgedacht.

»Haus, Garten und Hof in Ordnung halten, Karten spielen.«

»No Hobbies?«, bohrte Jette weiter. »Zum Beispiel Segeln?«

Kurt zog die Augenbrauen hoch und biss kopfschüttelnd von seiner Schnitte ab.

»Strange«, murmelte sie. »Ich dachte, alle Leute, die am Meer leben, gehen schwimmen, segeln, surfen oder wenigstens angeln. Das war schon immer mein Traum.«

Kurt starrte auf den Tisch. Jettes Bemerkung erinnerte ihn an Thorsten, der als Kind in Niendorf einen Segelkurs belegt hatte. Mit einem Sonnenbrand auf der Nase war er aus seiner kleinen Optimistenkinderjolle geklettert und hatte ihm strahlend seine Urkunde entgegengehalten. Wie alt war er da bloß gewesen? Sieben oder acht? Kurt wusste es nicht mehr.

»Vielleicht können wir das mal zusammen machen«, fuhr Jette fröhlich fort. Sie deutete Kurts Schweigen als produktive Überlegung fehl.

»Für so einen Schnickschnack hab ich keine Zeit. Außerdem kostet das ein Vermögen«, sagte Kurt knapp und blickte auf die Uhr. »Soll ich dich zum Bahnhof mitnehmen? Ich muss den Blumenhändler befragen.«

Jette erstarrte kurz. Sie hatten sich doch gerade zum ersten Mal intensiver miteinander unterhalten. Ohne ihre Antwort abzuwarten, stand Kurt auf und räumte den Tisch ab.

»Hast du dir schon überlegt, wie du demnächst zur Arbeit fährst? Also, bis du ein Zimmer gefunden hast.«

Jette schwieg.

»Du könntest den Bus nehmen oder Omas Fahrrad. Das steht noch im Keller. Ist ein altes Schätzchen, aber noch voll funktionsfähig. Wenn du ausgezogen bist, kannst du dir ja ein neues kaufen.«

Jette verdrehte die Augen und warf ihr Brot auf den Teller zurück.

»Apropos altes Schätzchen«, sagte sie gereizt. »Im Bügelzimmer steht eine coole, alte Nähmaschine. Die würde ich gern mal ausprobieren. Ich kann nämlich nähen. Taschen. Kissenbezüge. Oder wie wär's mit neuen Gardinen fürs Wohnzi...«

»Das ist Lottes Maschine«, unterbrach Kurt sie ruppig. »Die ist kaputt und geht dich nichts an.«

Warum wurde Kurt plötzlich laut?

»Und was ist mit der Plattensammlung im Wohnzimmer? Da sind noch Scheiben von Led Zeppelin und Cream dabei. Ich wette, Mama würde ausflippen und dir ein Vermögen dafür zahlen.«

Kurt glaubte, sich verhört zu haben. Woher kannte Jette die alten Hippiebands? Die alten Platten hatten Thorsten gehört. Als er damals auswanderte, hatte er seine komplette Sammlung in Lübeck zurückgelassen. Ilona hatte ihm nämlich eingeredet, das sei alles unnötiger materieller Ballast. Kurt fragte sich, wieso sie dafür Geld zahlen würde. Wurde sie auf ihre alten Tage etwa nostalgisch?

»Was meinst du mit ausflippen? Vinyl will doch keiner mehr hören.«

»Bitte?«, platzte es aus Jette heraus. »Ich glaub, da hast du was verpasst. Die Manager fahren total auf Originalschallplatten ab. Je älter und seltener, desto besser.«

»Welche Manager?«, hakte Kurt nach.

»Na unsere gestressten Gäste.«

»Welche Gäste?«

»Die in Mamas Hotel kommen.«

»Welches Hotel?«

»Das *Great Woods Spa & Golf Resort*.«

12

»Herr Geiger?«

Kurt stellte sich neben den Blumenhändler und sah ihm dabei zu, wie er mit gezieltem Griff langstielige gelbe Rosen aus einem prall gefüllten Eimer rupfte und zu einem Strauß zusammenband. Der kleine, stämmige Geiger schwitzte und sah Kurt nur kurz von der Seite an.

»Was kann ich für Sie tun?«, fragte er beiläufig. »Sagen Sie nicht, Sie brauchen Kleingeld fürs Klo.«

Kurt schüttelte den Kopf.

»Hätt ich Ihnen auch nicht gegeben. Wir sind doch nicht die Heilsarmee und auch keine Wechselstube. Wie wäre es mit einem Strauß Blumen für die Liebste? Die *Stardust* sind gerade frisch eingetroffen.«

Bevor Geiger weiter schwadronieren konnte, zog Kurt seinen Dienstausweis aus der Tasche und begann mit der Befragung.

Geiger seufzte unüberhörbar, drückte den Strauß einer jungen Mitarbeiterin in die Hand und führte Kurt in ein kleines Hinterzimmer, das wie eine Mischung aus Lager für Floristendeko, Aufenthaltsraum und Büro aussah. Schnaufend setzte er sich auf den einzigen, verschlissenen Drehstuhl. Kurt blieb nichts anderes übrig, als zwischen den Utensilien zu stehen.

»Lassen Sie mich raten. Es geht um Sylke.«

Kurt nickte.

»Warum haben Sie Frau Grabzow im Dezember angezeigt?«, fragte Kurt sachlich.

»Steht doch alles in Ihren Akten, oder nicht?«

Geiger drehte sich im Halbkreis hin und her und wischte ein paar grüne Zweige vom Tisch auf den Boden.

»Ich möchte aber, dass Sie mir die Umstände noch mal genauer erklären.«

»Die alte Kuh hat die Penner in den Bahnhof gelockt und ihnen Kaffee gegeben. Hallo? Wo sind wir denn? Im Winter standen bis zu zwanzig Tippelbrüder vor dem Laden. Die Kundschaft macht um solche Gestalten einen großen Bogen. Gehen einfach weiter, und keiner kommt mehr in meinen Laden. War unserem selbsternannten Sozialapostel Sylke aber scheißegal.«

Der Blumenhändler spuckte sein Kaugummi auf den Boden, wo es zwischen Tannengrün und Zeitungspapier verschwand.

»Konnten Sie das nicht untereinander klären?«

»Bei solchen Leuten fackel ich nicht lange. Hab's einmal versucht. Als sie mir dann kam mit Verantwortung gegenüber der Gesellschaft und so 'nem Stuss, wusste ich gleich Bescheid. Ich habe ihr noch einen Brief geschrieben und eine Frist von zwei Tagen gesetzt.«

»Eine Frist?«

»Ohne klare Ansage geht's nicht. Aber was, glauben Sie, ist passiert? Die Grabzow kam hierher, hat aus dem Schreiben vor meinen Augen eine Papierblume gefaltet und zu den Tulpen gestellt. So was lass ich mir nicht gefallen.«

Geiger stand auf und zündete sich ein Zigarillo an.

»Waren Sie am Dienstagnachmittag hier?«, fragte Kurt betont förmlich. Leuten wie Geiger musste man einfache Fragen stellen.

»Nö, ich saß im Lieferwagen.«

»Geht's vielleicht etwas genauer?«

»Auf dem Rückweg vom Großmarkt in Holland. Wie jeden Dienstag.«

»Kann das jemand bezeugen?«, hakte Kurt nach.

»Fragen Sie die gelben *Stardusts*.«

Solche Befragungen mochte Kurt. Geiger aus der Reserve zu locken, machte Spaß. Es schien den Blumenhändler nicht zu stören, dass er zum Kreis der Verdächtigen gehörte. Die Suche nach Zeugen in den Niederlanden würde sich allerdings schwierig gestalten. Ohne Befugnisse konnte Kurt seine Kollegen im Nachbarland nicht befragen. Immerhin erzählte Geiger ihm noch mehr Details seines schwierigen Verhältnisses zu Sylke Grabzow. Eine starrköpfige Einzelkämpferin sei sie gewesen. Absolut unkollegial. Einmal hatte sie ihm sogar einen Penner vorbeigeschickt. Der sollte ein Praktikum bei ihm machen. Geiger hoffte nun, mit Annegret Jensen das Pennerproblem aus der Welt schaffen zu können.

»Die ist einsichtig und leicht zu führen«, sagte er selbstsicher.

Nach seinem Gespräch mit Geiger beschloss Kurt, den Bahnhof noch einmal unter die Lupe zu nehmen. Um die Uhrzeit hetzten hauptsächlich Pendler durch das Gebäude. Geschäftsleute rempelten mit dem Handy am Ohr durch die Menge. Schüler schwirrten herum und nickten abwesend im Takt der Musik, die ihre Smartphone-Kopfhörer ihnen einhämmerte. Eine große, laute, sich bewegende Masse, dachte Kurt und schlenderte zuerst an der Buchhandlung vorbei. Unauffällig warf er einen Blick durch die Fensterscheibe auf Jette. Sie stand neben einer blonden Frau und ließ sich erklären, wie sie Autozeitschriften sauber aufgefächert in die passenden Regale sortieren musste. Interessiert hörte sie ihrer Kollegin zu und gab sich Mühe, alles richtig zu machen. Ihr Gesichtsausdruck war konzentriert, und zwischendurch lächelte sie – wie Thorsten. Einen kurzen Moment lang fragte sich Kurt, ob er seine Enkelin auch erkannt hätte, wenn sie ohne Vorankündigung vor ihm aufgetaucht wäre, oder ob ihm zumindest die Ähnlichkeit mit seinem Sohn aufgefallen wäre. Kurt merkte, dass ihm flau wurde, und marschierte weiter. Vor dem kleinen Coffee-Shop wartete eine Menschenschlange, die bis zum nächsten Ladenfenster reichte. Wie bekloppt konnte man sein, um für einen Kaffee im Pappbecher so lange anzustehen? Direkt nebenan lag das *Grillo*, eine der besten Imbissbuden der Stadt. Hinter verschlossenen Türen schrubbten die Inhaber Tische und Verkaufstresen. Für Grillos Currywurst hätte er sich gern eine Viertelstunde angestellt.

»Jedes Mal das Gleiche! Kurz bevor der Zug kommt, musst du aufs Klo und hast kein Kleingeld.«

Kurts Blick wanderte in Richtung Damentoiletteneingang, der zwischen den Läden lag.

Es waren allerdings keine münzsuchenden Junkies, die er von seinen früheren Kontrollgängen kannte, sondern zwei hektische alte Damen, die zeternd ihre Börsen nach dem passenden Entree durchwühlten.

»Ich habe nur Scheine«, motzte die eine.

»Ich auch«, patzte die andere zurück.

»Dann geh halt zum Blumenhändler und lass es wechseln. Im Kaffeeladen brauchst du dich gar nicht erst anzustellen. Bis du an der Reihe bist, ist der Zug längst weg.«

Viel Spaß mit Herrn Geiger, dachte Kurt und lief weiter bis zum Hinterausgang Steinrader Weg. In der breiten Tür stoppte er schlagartig. Er wusste sofort, was sich dort abspielte, und musste schnell sein.

Der junge Bursche hatte gerade zur Straße geschaut und sich für einen Moment sicher gefühlt. Kurt packte ihn an der Schulter, schlug ihm das Werkzeug aus der Hand und drehte ihm den rechten Arm auf den Rücken. Bevor der Junge reagieren konnte, machte es klick. Sein linker Arm hing, mit einer Handschelle fixiert, am Handlauf eines Geländers.

»Ich geh davon aus, dass das nicht dein Rad ist?«, raunzte Kurt den jungen Dieb an. Er war höchstens sechzehn.

Seinen Trick hatte Kurt in über 30 Dienstjahren zu oft beobachtet. Stabile Schlösser mit einem Bolzenschneider aufzubrechen, bekamen die Profis in Sekundenbruchteilen hin. Dabei tat man so, als schließe man sein eigenes Rad auf, holte blitzschnell das Werkzeug aus dem Rucksack und zerschnitt mit einem tonlosen Knacken das Metall. Fahrräder klauen war Volkssport geworden.

»Was soll das?«, schrie der Junge. Seine Stimme sprang unkontrolliert zwischen Höhe und Tiefe hin und her.

»Ist das etwa dein Rad?«, fragte Kurt scharf.

»Klar«, antwortete der Junge. Seine Augen sahen suchend zur Seite. Einen Moment später räusperte er sich.

»Natürlich isch des mei Radli. I bin uf aner Radtour«, fügte er hinzu.

Kurt blieb für einen Moment der Mund offen stehen. Er kannte viele Ausreden, diese war ihm allerdings neu.

»Tatsächlich?«, entgegnete Kurt. »Woher kommst du denn?«

»Aus, äh, Zürich.«

Der Knirps versuchte ihm allen Ernstes weiszumachen, er sei aus der Schweiz. Sein Akzent klang wie ein krächzendes Dialektesammelsurium.

»Red doch keinen Quatsch«, sagte Kurt und zeigte auf den blauen Fahrradaufkleber, auf dem »Lübeck – I ♥ my Hometown« stand. Der Junge zuckte mit den Schultern und entgegnete in bestem Hochdeutsch: »Außerdem bin ich minderjährig!«

»Und ich bin der liebe Fahrradgott«, blaffte Kurt.

»Du darfst mich nicht festhalten, Alter«, bockte der Junge weiter. »Ich kenn meine Rechte.«

Kurt schnappte sich das Rad, drehte es um und stellte es auf Lenker und Sattel.

»Dann verrat mir mal die Rahmennummer.«

»Hä?«

Kurt schaute unter dem Tretlager nach und notierte sich die eingravierten Ziffern.

»Ja bitte, ich höre.«

Der Junge starrte ihn an und schüttelte den Kopf.

»Willst du mich verarschen, Alter? Keine Sau kennt die Nummer von seinem Fahrrad.«

»Ich schon«, antwortete Kurt knapp.

Der Junge fing an, mit der Faust in die Luft zu boxen.

»Du bist voll krass krank!«, zeterte er weiter. »Ich zeig dich an. Wegen Freiheitsberaubung.«

Nach diesem Satz zögerte Kurt nicht lang. Mit der einen Hand hielt er den Jungen fest, mit der anderen durchwühlte er den Rucksack. Eine Sekunde später zog er einen Bolzenschneider heraus und warf ihn dem Jungen vor die Füße. Dann hielt er ihm sein Handy vor die Nase.

»Ich habe alles gefilmt.«

»Boah, scheiße ey«, fluchte der Junge. »Das kannst du nicht machen, Alter.«

»Du hast Glück, dass ich nicht dein Alter bin. Dem sag ich aber gern Bescheid, wenn ich dich gleich nach Hause bringe.«

»Bloß nicht«, krächzte der Junge. Kurt sah, wie er blass wurde.

»Was ist dir das wert?«

Der Junge verstand nicht sofort und blieb schweigend stehen.

Kurt packte noch einmal in den Rucksack und fischte ein Portemonnaie heraus.

»Wie kommt ein junger Kerl wie du an hundert Euro?«, fragte er.

»Geschenkt bekommen«, lautete die patzige Antwort.

»Dann freue ich mich, dass du dein Geschenk für einen guten Zweck spendest. Kennst du die Fahrradstation an der Uniklinik?«

Der Junge nickte.

»Die brauchen jeden Cent für Instandhaltungen und Reparaturen.«

Eine Mitarbeiterin wie die junge Kanadierin habe ich mir immer gewünscht. Ich bin begeistert, wie schnell sie lernt und wie souverän sie die Kunden bedient. Nicht so bemüht wie Annegret. Die war ja immer schon schwer von Kapee. Das junge Ding hat genau das richtige Gespür für die Kunden. Selbst Gero bekommt sie mittlerweile in den Griff. Ich wünschte so sehr, ich hätte sie einarbeiten können. Das Einzige, das ihr noch Schwierigkeiten bereitet, ist die Anrede. Eben hat sie Stadtrat Wulfers einfach geduzt. Ist ja auch nicht leicht für jemanden, der mit dem einfachen you *aufgewachsen ist. Jedenfalls würden wir uns gut verstehen. Interessantes Phänomen, dass einem Menschen auf Anhieb sympathisch sind. So war das auch mit Lutz. Zwischen uns hat sofort alles gepasst. Als er Annegret das erste Mal im Laden abholte und mich ansah. Ihm ging es genauso, hat er mir später gesagt. Warum begegnet man dem Richtigen immer zum falschen Zeitpunkt?*

13

Obwohl sie keine 100 Meter entfernt arbeitete, bekam Jette von Kurts Sondereinsatz nichts mit. Auch nicht davon, wie er den jungen Dieb eigenhändig zur Fahrradstation bugsierte, die unfreiwillige Spendenübergabe überwachte und dem Langfinger vorschlug, ein Praktikum in der Werkstatt zu absolvieren.

Jette lernte schnell. Nach nur wenigen Tagen kannte sie bereits die Stammkunden. Als besondere Herausforderung versuchte sie sich deren Zeitungs- und Magazinvorlieben zu merken, wie auch die Uhrzeiten, zu denen sie in den Laden kamen.

»Macht der Job dir Spaß?«, fragte Annegret in der Mittagspause. Während Marie an der Kasse stand, gönnten Annegret und Jette sich ein paar ruhige Minuten im vollgestopften Mitarbeiterkämmerchen. Jette hatte für Annegret einen Milchkaffee und für sich einen Eistee organsiert und saß entspannt auf einem kleinen Hocker.

»Ich find's cool«, antwortete sie stolz. Sie musste die Gelegenheit nutzen.

»Seit wann arbeitest du eigentlich schon hier?«

»Seit fast acht Jahren.«

»Und Frau Grabzow, wie lange war die hier?«

»Vier.«

Jette spürte, dass Annegrets Plauderlaune schlagartig umschlug. Trotzdem probierte sie es weiter.

»Habt ihr euch auch mal privat getroffen?«, schloss Jette an.

»Eher weniger. Wieso fragst du?«

Annegret sah Jette durchdringend an, und Jette sog eifrig an ihrem Strohhalm, um zu überlegen.

»Ich kenne das so aus Kanada«, improvisierte sie. »Bei uns ist es üblich, dass die Arbeitskollegen auch in der Freizeit etwas gemeinsam unternehmen. You know, Cinema, After-Work-Partys, things like that.«

Annegret schüttelte den Kopf und biss mit schmalen Lippen in ihr Käsebrot.

»In Saskatoon haben wir uns sogar zu lustigen Bowling-Abenden mit den Partnern getroffen.«

»Gott bewahre!«, blaffte Annegret. »Mit den Partnern? Das wäre nichts für Lutz. So was gibt nur Ärger. Arbeit ist Arbeit, und Freizeit ist Freizeit.«

Jette verstand Annegrets Botschaft und wechselte das Thema. Die Laune ihrer Vorgesetzten hob sich gleich wieder.

Als die beiden aus der Pause in den Ladenraum zurückkamen, winkte Marie sie unauffällig zu sich.

»Guckt euch mal den Opi da drüben an. Ich frage mich, was der da macht.«

Sie zeigte auf einen hageren alten Mann, der im Trainingsanzug durch die schmalen Gänge schlich und sich hin und wieder bückte. Dabei schaute er unter die Regale und nickte leicht.

Jette tat so, als kenne sie Erwin nicht. Sie atmete tief durch und biss die Zähne zusammen.

»Harmlos«, diagnostizierte Annegret. »Den hab ich zwar noch nie gesehen, aber entweder sucht der Schmuddelheftchen und braucht zehn Minuten, bis er sich hin traut, oder er beschwert sich gleich, weil ein Buch nicht ordentlich im Stapel liegt.«

Jettes Kolleginnen kicherten und machten sich an die Arbeit.

Erwin konnte sich auf was gefasst machen. Schlimm genug, dass er sie beschattete. Wenn er jetzt auch noch anfing, Annegret zu überwachen, würde sie ihm den Marsch blasen. Das war ihr Job. Angespannt marschierte sie zu einer Kundin, die offensichtlich Beratung wünschte. Um nicht aufzufallen, musste sie professionell ihre Rolle weiterspielen. Erwin im Laden eine Szene zu machen, kam nicht in Frage. Bei seiner unberechenbaren Übermotivation würde er sich womöglich verraten und Jette ihn lautstark zur Raison bringen müssen.

Zur Raison brauchte niemand gebracht zu werden, doch lautstark wurde Erwin trotzdem. Eine Viertelstunde, nachdem er die Buchhandlung betreten und sich durchgängig seltsam verhalten hatte, stürmte er plötzlich auf Annegret zu.

»Droo-gen!«, rief er schnaufend, doch Annegret sah ihn nur milde lächelnd an. Sie hatte soeben beschlossen, ihn aus dem Laden zu werfen.

»Da drüben, hinter diesem komischen Esoterik-Schinken«, plapperte er weiter.

»Schon gut«, antwortete Annegret souverän, hakte Erwin am Arm unter und schob ihn Richtung Ausgang. »Wenn Sie bitte mit mir kommen möchten.«

Wie ein trotziges Kind wand Erwin sich aus Annegrets Griff und hastete zum Bücherregal. Dann zog er ein grünes Buch heraus und zeigte auf die Lücke, in der ein kleines, fest verschnürtes Plastikpäckchen lag.

»Ich will keine Fingerabdrücke hinterlassen. Sonst werde

ich noch verdächtigt. Wenn Sie mir nicht glauben, schauen Sie sich doch mal das hier an.«

Annegret verdrehte die Augen und folgte Erwin zum Regal. Als sie seiner Aufforderung nachkam, wurde ihr schwindelig.

»Glauben Sie, das ist Backpulver, oder was?«

Erwins stechender Blick wanderte von Annegret zu Marie und weiter zu Jette, der er verschwörerisch zuzwinkerte.

»Ich schlage vor, Sie rufen die Drogenfahndung.«

Kurze Zeit später trafen die ersten Beamten ein. Sie sicherten das Regal und besahen sich das Päckchen mit dem rätselhaften Inhalt.

»Interessant«, murmelte einer der Polizisten.

»Was heißt hier interessant?«, mischte Erwin sich ein. »Das ist doch Kokain, nicht wahr?«

»Wird sich zeigen«, brummte der Polizist und musterte die Buchhandlung. Dann drehte er sich zu Erwin und zog einen Notizblock aus der Tasche.

»Was genau haben Sie beobachtet?«, fragte er fast regungslos.

Erwin räusperte sich, zog den Reißverschluss seiner Trainingsjacke bis zum Anschlag hoch und stellte sich so gerade wie möglich vor dem Polizisten auf.

»Das war so: Ich stehe neben dem Regal und lese.«

»Wo genau standen Sie?«

Erwin zuckte mit den Schultern und sah zu den Zeitschriftenständern.

»Ähm, hier«, schoss es dann aus ihm heraus, »hab in den Gartenmagazinen geblättert. Wissen Sie, mein Sommerflieder ist voller Raupen. Eine widerliche Plage ist das, und ich denke: Schau mal, ob du etwas darüber in einem Fachblatt fin…«

»So genau wollte ich es auch wieder nicht wissen«, unterbrach ihn der Polizist.

»Ich steh da also und sehe einen jungen Mann mit dunklen Haaren, dunklem Vollbart und einer Lederjacke. Der ist mir schon draußen aufgefallen, weil er sich immer so suchend umgesehen hat.«

»Und dann?«

»Ich tu so, als wäre das Gartenheft sehr spannend, obwohl ich gar nichts über die Raupen gefunden habe. Dann marschiert der Typ zu diesen Hokuspokus-Büchern, und mir ist sofort klar, der sieht aber nicht aus wie jemand, der Kaffeesatz liest. Als wenn ein Rocker sich für Horoskope und so einen Firlefanz interessiert! Danach geht plötzlich alles ganz schnell. Er zieht die Tüte aus der Hosentasche, legt das Päckchen ins Fach und stellt das grüne Buch davor. Bevor ich Bescheid sagen kann, ist er auch schon wieder raus. Blitzschnell. Ich konnte doch nicht laut um Hilfe rufen. Wer weiß, ob der Typ nicht eine Knarre zieht und mich erschießt. Ist hier ja schließlich neulich schon mal passiert.«

In freudiger Erwartung einer ausführlichen Belobigung durch den Ordnungshüter stemmte Erwin die Hände in die Seiten. Der Beamte lächelte ihn stattdessen nur kurz an und kramte sein Handy aus der Jacke. Dann drehte er sich um und wählte.

»Goran? Kannst du bitte zum Bahnhof kommen?«

14

»Soll das heißen, ihr wart in Lebensgefahr?«

Kurt marschierte in seiner Küche auf und ab und schnaubte. Dabei ließ er Erwin wieder nicht zu Wort kommen.

Der kleine Rentner verstand die Welt nicht mehr und schmollte. Mit hochgezogenen Augenbrauen hockte er auf der schmalen Küchenbank und zupfte einen Faden aus dem schmuddeligen Ärmel seiner Trainingsjacke. Leicht zittrig goss er sich einen Korn ein und sah hilfesuchend zu Jette, die ihm müde gegenübersaß.

Nach dem Vorfall in der Buchhandlung hatte der Drogenfahnder Erwins Personalien aufgenommen und ihn nach Hause geschickt.

Kurze Zeit später war Goran im Geschäft aufgetaucht, und Jette hatte ein leises *Danke* zum Himmel geschickt, dass die beiden sich nicht begegnet waren.

»Eine Scheißwelt ist das«, maulte Kurt weiter. Über seinem karierten, kurzärmeligen Hemd trug er eine fleckige Grillschürze. Jette war nach Feierabend nicht direkt nach Hause gefahren, sondern vom Bahnhof über die belebte Wahmstraße und die Moltkestraße bis zur Wakenitz gelaufen. Dort hatte sie sich ein stilles Fleckchen am grasbewachsenen Ufer gesucht. Immerhin konnte sie mit ihrem Smartphone Musik hören. Florence & the machine's *Cosmic Love* ließ sie in Endlosschleife für eine Weile aus dem Chaos träumen. Kräftige Trommelschläge untermalten den ätherischen Sound der Harfe. Jette hatte eine Weile ihre Füße im Wasser baumeln lassen und gedankenverloren den Ruderern nachgeschaut. Dann waren ihr die Augen zugefallen. Als sie um kurz vor acht wieder aufgewacht war, fühlte sie sich besser.

»Nicht jeder Dealer schießt sofort um sich«, ergriff Fritz, der soeben eingetroffen war und eine Schale mit marinierten Steaks in den Händen hielt, für Erwin Partei. »Ich kenne welche. Die meisten sind arme Würstchen.«

Kurt strafte seinen Freund mit einem grimmigen Blick. Natürlich wusste er, dass Drogenkuriere nicht per se gewalttätig waren. Er ärgerte sich über Erwins leichtsinniges Verhalten in der Buchhandlung. Musste er Jette gleich mit in Gefahr bringen?

Schwitzend fischte er die Steaks aus der Schale, warf sie auf ein schweres Holzbrett und schlug sie mit dem Fleischhammer platt.

»Wie sah der Mann genau aus?«, versuchte Fritz den beleidigten Erwin aus der Reserve zu locken.

»Sag ich erst, wenn Kurt sich entschuldigt«, murrte Erwin und kippte einen zweiten Schnaps runter. »Ich setze mein Leben aufs Spiel – und das ist der Dank.«

Kurt verdrehte die Augen und holte ein Glas Zigeunersauce aus dem Kühlschrank.

»Dunkle Haare, dunkler Vollbart, dunkle Lederjacke«, antwortete Jette lächelnd. Die Frotzeleien zwischen den alten Freunden erschienen ihr wie ein Kasperltheater, und sie konnte sich einen kleinen Seitenhieb auf Erwin nicht verkneifen. Schließlich hatte sie geglaubt, er mische sich in ihre Arbeit ein und observiere sie.

»Mir reicht's«, schimpfte Erwin. »Wenn ihr meine Hilfe nicht braucht, kann ich genauso gut gehen.«

Er stand auf und stiefelte zur Terrassentür, wo er geradewegs Inge-Britt in die Arme lief. Die hielt den aufgebrachten Rentner fest und nahm ihn liebevoll in den Arm. Inge-Britt war gerade erst gekommen und hatte eine Schüssel Nudelsalat auf den Gartentisch gestellt.

»Du bleibst schön hier«, sagte sie aufmunternd und strich Erwin über die Wange. »Dein Drogenfund ist Gold wert.«

Inge-Britt schaffte es, die Streithähne zu versöhnen und alle Ermittler um den üppig belegten Grill zu versammeln.

Schließlich brachte Kurt mit viel Mühe ein »War nicht so gemeint« über die Lippen, und Jette hatte der übereifrigen Spürnase ein frisches Nackensteak kredenzt.

»Ist euch eigentlich klar, was jetzt passiert?«, fragte Inge-Britt, als alle am Tisch saßen.

Erwin schüttelte mampfend den Kopf. Auch die anderen waren mit dem Essen beschäftigt und wussten nicht, worauf Inge-Britt hinauswollte.

»Goran denkt, Grabzows Tod hat etwas mit dem Drogenfund zu tun. Er glaubt, dass die Buchhändlerin den Dealern auf die Schliche gekommen und in ihr Visier geraten ist.«

»Klingt plausibel«, sagte Kurt. »Wenn Goran auf Zack ist, holt er sich 'nen Zivilfahnder.«

»Richtig getippt«, bestätigte Inge-Britt ihren Freund. »Schippelmann vom Rauschgiftdezernat und Ploog stehen ab jetzt abwechselnd Schmiere. Vielleicht erwischen sie den Drogenabholer.«

Für einen Moment herrschte ratlose Stille zwischen den Ermittlern.

Dann sprach Kurt aus, was alle dachten.

»Ich glaube nicht, dass die Grabzow von einem Dealer erschossen wurde. Hinter dem Mord steckt was anderes.« Und nach einer kleinen Pause fügte er hinzu: »Ich weiß zwar noch nicht was, aber wir finden es schneller heraus als Goran.«

15

Um 11.30 stand Jette im großen, braun gefliesten Badezimmer vor dem Spiegel. Sie war zum ersten Mal seit ihrer Ankunft richtig ausgeschlafen und fühlte sich erholt. Die Spätschicht fing um 14 Uhr an. Genug Zeit, sich zu stylen, ohne Gesprächszwang zu frühstücken und endlich allein im Haus zu sein. Kurt war bei der Arbeit, und Jette hatte sich vorgenommen, ihrer Mutter eine ausführliche Mail zu schreiben. Ihrem Großvater hatte sie erzählt, sie wolle früh aufstehen und sich in der Stadt um eine neue Handykarte kümmern. Von da würde sie mit dem Rad zur Studienberatung und direkt weiter zur Buchhandlung fahren. Kurt hatte ihr befohlen, die Haustür abzuschließen und zur Zimmervermittlung für Studenten zu gehen. Tür abschließen war in Ordnung. Die Zimmervermittlung konnte Kurt sich abschminken.

Leise vor sich hin summend legte sie leichtes Make-up auf und flocht sich einen lockeren Zopf. Sie fingerte Wimperntusche und Kajalstift aus ihrer Kulturtasche und begann einen Lidstrich zu ziehen. Als sie am linken Auge ansetzte, klingelte das Telefon. Jettes Hand zuckte, und der Stift rutschte ab. Ein schwarzer Streifen verlief hoch bis zur Augenbraue. Für einen kurzen Moment erstarrte Jette, dann rannte sie die Treppen runter und hob ab.

»This is Eider«, sagte sie automatisch. Sie hatte noch gar nicht überlegt, wie sie sich an Kurts Apparat melden sollte.

»Schön, Sie direkt dranzuhaben«, erwiderte eine bekannte Stimme am anderen Ende. »This is Goran Pilz.«

Jette fühlte, wie ihr Blut in Wallung geriet.

»Wollen Sie noch etwas wissen?«, fragte sie.

»Jap«, antwortete Goran kurz. »Ich hab da noch ein paar Fragen.«

»Dann schießen Sie los. Ich muss gleich in die Stadt.«

»Das trifft sich gut«, sagte Goran nach einer kurzen Pause. »Da muss ich auch hin. Wie wär's, wenn wir gemeinsam essen?«

Hellwach sprang Jette die Treppen wieder rauf. In einer Dreiviertelstunde würde sie sich mit Goran an der Puppenbrücke treffen. Gegen ein dienstliches Essen würde auch Kurt nichts einwenden können. Als Jette den schwarzen Fleck über ihrem Auge sah, wurde sie hektisch. Der Eyeliner war wasserfest und ihre Packung mit Abschminktüchern leer. Sie öffnete den alten Spiegelschrank. Was hatte sie erwartet? Dass ihr Opa Schminkutensilien hortete? Vielleicht besaß er wenigstens eine Lotion. Sie warf einen kurzen Blick hinein und klappte die Tür gleich wieder zu. Dann öffnete sie die Schubladen unter dem Waschtisch. Augenblicklich stockte ihr der Atem. Hinter einem verstaubten Fach, in dem Nagelschere, Pinzette und ein Nasenhaarschneider lagen, glänzte etwas Schwarzes. Mit klopfendem Herzen zog Jette eine kleine Pistole hervor. Noch nie hatte sie eine Waffe in der Hand gehalten. Jette konnte nicht erkennen, ob sie geladen war, und hielt den Revolver in sicherem Abstand zu ihrem Körper. Kurz fragte sie sich, ob sich versehentlich ein Schuss lösen könnte. War das Kurts Dienstwaffe? Gerade als sie das Fundstück aus der Nähe betrachten wollte, hörte sie Geräusche von unten. Die Haustür flog knarrend ins Schloss. Eine Frauenstimme lachte laut, eine Männerstimme schloss sich an. Kein Zweifel, das waren Kurt und Inge-Britt. Jette schluckte und schob die Pistole vorsichtig in die Schublade zurück. Dann schlich sie sich aus dem Bad. Hatte Kurt nicht gesagt, sie würden sich erst nach Jettes Dienstschluss wiedersehen? Jette trat leise in den Flur. Inge-Britt lachte nochmals. Ihre markante Stimme hallte durch alle Zimmer des kleinen Häuschens.

»Möchtest du einen Krummesser?«, fragte Kurt seine Kollegin.

»Gottchen, um diese Uhrzeit? Bist du verrückt?«, säuselte sie lächelnd. »Ich will doch nur meine Kuchenplatte abholen. Oder möchtest du mich vorsätzlich im Dienst betrunken machen?«

Wieder lachten beide. Jette wurde neugierig und wagte sich einen Schritt näher zur Treppe. So ausgelassen hatte sie ihren Großvater bisher nicht erlebt. Sie versuchte durch die verschnörkelten Holzstreben des Geländers einen Blick nach unten zu werfen.

Kurt schlurfte in die Küche, um die Kuchenplatte zu holen, doch Inge-Britt marschierte ins Wohnzimmer.

»Ich muss dir was zeigen!«, rief sie gut gelaunt. »Fahr mal deinen Rechner hoch.«

Wenige Augenblicke später folgte Kurt Inge-Britt.

»Hast du nicht gesagt, sie sei eine weltfremde Öko-Tante?«, fragte Inge-Britt. Ihre Stimme konnte Jette auf die Entfernung gut verstehen. Kurt sprach leiser und nuschelte etwas, das wie »total verbohrt« klang. Jette wusste sofort, um wen es ging. Sie spürte, wie das Adrenalin durch ihren Körper schoss. Bei dem Gedanken, Kurt würde Inge-Britt nur seine persönliche störrische Sicht der Dinge erklären, bekam sie Herzklopfen. Egal wie nervtötend Ilona war, es war nicht fair, schlecht über sie zu reden, ohne sie wirklich zu kennen. Jette begann zu schwitzen.

Ein leiser, melodischer Dreiklang ertönte, und Inge-Britt diktierte ein paar Buchstaben.

»Resort schreibt man mit einem s – dann ein Punkt, dann ein c und ein a. Ich wundere mich, dass du nicht selbst schon gegoogelt hast«, fuhr Inge-Britt fort.

Kurt blieb still.

»Voilà!«, sagte sie dann. »Was sagst du nun? Wirkt alles andere als armselig, oder?«

»Das kann's nicht sein«, mokierte sich Kurt. »Niemals.«

»Doch, doch, schau dir das Foto von der blonden Frau vor dem protzigen Eingang an – darunter steht der Name: Ilona Eider.«

Kurt starrte gebannt auf den Bildschirm, und Inge-Britt stemmte triumphierend die Hände in die Seiten.

»Ein Wellness-Tempel vom Allerfeinsten«, stellte sie fest.

»Vielleicht arbeitet sie da als Empfangsdame«, murrte Kurt. »Leute begrüßen wird sie ja wohl noch hinbekommen.«

»Wart's ab«, gab Inge-Britt zurück. »Wollen wir doch mal ins ›about us‹ schauen. Nix da Empfangsdame. Ilona ist *owner and general manager*. Der Laden gehört ihr.«

Jette hockte im Flur und hörte mit an, wie ihr Großvater und seine Kollegin in der Mittagspause ihre Mutter auskundschafteten. Was Kurt zu sehen bekam, musste ihn irritieren, denn das Bild, das er jahrelang von Ilona im Kopf gehabt hatte, wurde von einer auf die andere Sekunde zerschlagen.

»Dumm gelaufen«, schoss es Jette durch den Kopf, als sie ins Bad zurückschlich und bei offener Türe den Föhn auf höchste Stufe einschaltete.

Es dauerte keine zehn Sekunden, bis Kurt vor ihr stand.

»Was machst du denn noch hier?«, fragte er fast tadelnd. »Wolltest du nicht früh in die Stadt fahren?«

Jette tat so, als erschrecke sie, und lächelte ihren Großvater verschmitzt an.

»Hab verschlafen. Muss jetzt aber los«, rief sie. Dann schaltete sie den Föhn aus und quetschte sich neben Kurt durch die Tür. Sie rannte in ihr Zimmer, schnappte sich Tasche und Jacke und hastete die Treppen runter. Kurt hatte Mühe, ihr zu folgen.

Vor der Haustür drehte sie sich noch einmal um. Von Inge-Britt war nichts zu sehen. Dann drückte sie Kurt einen Kuss auf die Wange und zuckte kurz mit den Schultern.

»Mensch, schade. Warum hast du mir nicht gesagt, dass du heute Mittag hier bist? Dann hätte ich uns beiden was gekocht«, sagte sie beim Rausgehen. »Jetzt bin ich zu spät dran.«

Sie warf die Tür hinter sich zu, holte das Fahrrad ihrer Großmutter aus dem Schuppen und radelte los.

»Ich dachte, Jette ist bei der Arbeit«, murmelte Inge-Britt, als sie verstohlen aus dem Wohnzimmer lugte.

Kurt atmete tief ein.

»Dachte ich auch«, antwortete er und hielt Inge-Britt die Kuchenplatte hin.

»Danke«, flüsterte Inge-Britt. »Wollen wir uns das Wellness-Resort noch einmal genauer ansehen? Das ist ja ein Wahnsinnshotel. Da könnte ich glatt Urlaub machen.«

16

Putziger Name, dachte Jette, als sie leicht schwitzend die breite steinerne Puppenbrücke erreichte. Die vielbefahrene Straße über den Stadtgraben verzierten große Statuen.

Goran Pilz wartete neben einer der Figuren und streckte ihr zur Begrüßung förmlich die Hand entgegen. Jette schlug ein, und ihre Aufmerksamkeit wanderte augenblicklich zu seinem festen, warmen Griff. Sie glaubte zu spüren, dass Goran sie länger festhielt als für einen Handschlag üblich.

»Sieht komisch aus«, sagte Jette ausweichend und zeigte auf eine Statue mit nacktem Po.

»Das ist, äh, Merkur«, stotterte Pilz. »Eine unserer Touristenattraktionen. Zu dem gibt es, glaube ich, sogar ein Gedicht.«

Mehr als das wusste Goran nicht über die berühmte Skulptur. Bevor Jette weiter nach historischen Themen nachfragte, musste er zum Thema kommen.

»Haben Sie nicht gesagt, Sie mögen das Wasser?«

Jette nickte.

»Dann möchte ich Sie mit jemandem bekannt machen.«

Die polizeiliche Fragestunde hatte Jette sich anders vorgestellt. Zielstrebig führte Goran sie zu einem kleinen Anleger, und Jette sah ihn skeptisch von der Seite an.

»Darf ich vorstellen? Das ist *Hedda*, mein Schiff.«

Goran zeigte auf ein kleines offenes Motorboot, das im seichten Wasser der Trave vor sich hin schaukelte.

»Steigen Sie ein.«

»Nicht schlecht so ein Boot, aber wollten wir Ihre Fragen nicht bei einem Essen besprechen?«

»Genau so ist es«, antwortete Goran, zog *Hedda* zu sich heran und half Jette beim Einsteigen. Dann blickte er sich kurz um, kappte die Leinen, sprang hinterher, startete den Motor und schipperte los.

Leicht verwirrt, aber begeistert vom kleinen Boot, saß Jette auf der schmalen Bank.

Kurt hatte sie vor seinem Kollegen gewarnt. Ein bisschen merkwürdig war dieser Goran schon, und Jette fragte sich, was diese Aktion sollte.

»Die Bistros sind um diese Zeit überfüllt«, rief Goran gut gelaunt. »Ich habe mir eine Alternative überlegt.«

Jette musterte den eigenwilligen Kommissar. Aus irgendeinem Grund gefiel ihr seine direkte Art. Und Überraschungen mochte sie auch, vor allem wenn sie so nett waren. Was also sprach gegen ihre kleine Bootstour? O. k. Sie war Zeugin in einem Mordfall und gondelte mit dem Chefermittler, der nebenbei der Erzfeind ihres Großvaters war, über die Lübecker Wasserstraßen. Trotzdem fühlte sie sich gut.

Kurt würde ausrasten, wenn er das wüsste. Aber woher sollte er? Schließlich studierte er gerade mit Inge-Britt die Hotelwebsite ihrer Mutter. Erwin Brockmeier pendelte mit der Bahn zwischen Lübeck und Bad Schwartau hin und her, und Fritz stand in seinem Kiosk. Es gab keinen Grund zur Besorgnis.

Souverän steuerte Goran *Hedda* über den Stadtgraben und erreichte nach einigen hundert Metern sein Ziel. Gerade noch rechtzeitig merkte Jette, dass ihr der Mund offen stand, als sie das große Haus sah, an dessen Steg er das Boot vertäute.

»Ist kein Bistro, aber kostenlos«, sagte Goran und führte Jette auf die Terrasse seines Apartments.

Er bot ihr einen mondänen Rattansessel an und lief in die Wohnung. Drei Minuten später kam er mit einem Tablett wieder heraus, und Jette war verschwunden.

»Hier unten«, rief Jette. Sie hatte sich ein schattiges Plätzchen neben dem Anleger gesucht und ließ ihre Füße im Wasser baumeln.

»O. k.«, sagte Goran leise und schleppte das beladene Tablett zum Ufer.

»Voilà, Rhabarberschorle und ein paar Tapas: Sardinenröllchen an Bärlauchschaum, Garnelen in Sherrysud und Pflaumen-Minz-Spieße.«

Jettes Blick blieb an der bunten Speisepalette hängen.

»Wie geht's Ihnen eigentlich nach dem Mordfall?«, begann Goran zu fragen.

Er setzte sich neben sie und hielt ihr ein Glas hin. »Haben Sie alles gut verarbeitet?«

Jette genoss die kühle Erfrischung und sah Goran fragend an.

»Glaube schon«, antwortete sie. »Ich wüsste, ehrlich gesagt, auch nicht, was ich anderes machen sollte.«

»Manche Menschen stecken so was nicht einfach weg. Die Probleme kommen oft erst später.«

Jette zuckte nur kurz mit den Schultern, dann probierte sie ein Sardinenröllchen.

»Bis jetzt ist alles gut«, entgegnete sie kauend. War Goran ernsthaft an ihrer Gesundheit interessiert, oder wollte er auf etwas anderes hinaus?

»Sobald ich was merke, gehe ich zum Arzt.«

Goran nickte zustimmend, aber er ließ nicht locker.

»Sicherlich hat Kurt Ihnen unsere Polizeipsychologin Frau Dr. Rohland empfohlen. Bei Angstattacken oder Alpträumen kann ich Ihnen einen Termin besorgen. Ihre Erstversorgung vor Ort war ja eine Katastrophe. Das widersprach allen Vorschriften und war unverantwortlich.«

Jette hatte gedacht, Goran hätte noch weitere Fragen zum Tathergang gehabt. Die Psycho-Nummer und die Anspielung auf Kurt gefielen ihr gar nicht. Sie nahm sich einen Pflaumen-Minz-Spieß und ging in die Offensive.

»Danke für Ihr Angebot, ich werde schon auf mich achten. Wenn Sie noch etwas über meinen Opa wissen möchten, fragen Sie ihn am besten selbst.«

Goran zog eine Augenbraue hoch, stand auf und holte eine zweite Karaffe Schorle aus dem Haus. Er goss nach und lächelte dann versöhnlich. Dabei musterten seine Augen Jettes Haar im Sonnenlicht.

»Auch wenn es Ihnen gutgeht und Sie nicht darüber sprechen wollen. Ich finde es mutig, dass Sie gleich zum Tatort zurückgekehrt sind und jetzt dort arbeiten.«

»Muss halt Geld verdienen«, konterte Jette. Dass sie den Job angenommen hatte, um dort zu recherchieren, würde sie Goran nicht auf die Nase binden.

»Das Verkaufen macht mir Spaß, und ich lerne noch besser Deutsch.«

Goran sah sie verständnislos an.

»Wieso besser? Sie sprechen doch perfekt.«

Jette grinste.

»Sieht nur so aus. Manchmal brauche ich eine Ewigkeit, bis mir das richtige Wort einfällt. Und dann diese bescheuerte

Anrede. Ich habe schon ganz oft Leute geduzt, die ich eigentlich siezen sollte.«

»Wenn das so schwer ist, können wir es doch ganz einfach halten«, sagte Goran und stieß mit ihr an. Dann trank er sein Glas in einem Zug leer. »Ich bin Goran.«

17

Von der Aufregung im Polizeipräsidium bekam Kurt in seinem Container nichts mit. Er hing in seinem Bürostuhl und grübelte. Vor ihm lag ein Stapel muffiger Akten, die er durchsehen wollte. Doch Jackie Trapko konnte warten. Kurt dachte immerzu an die letzten Tage. Er hatte viel erlebt – und überlebt. Thorstens Tod war das Schlimmste, das ihm passiert war. Lotte und er wollten damals seine Leiche nach Lübeck überführen lassen, doch Ilona hatte das verhindert. Nur zwei Tage nach seinem Unfall hatte sie ihn beerdigt. »An einem Kraftort in der Natur«, hatte sie damals gesagt. Ein Besuch sei zwecklos, da es nicht einmal einen Grabstein gab. Dieser Schock war für Lotte zu viel gewesen. Sie kam nicht mehr aus ihrer Trauer heraus und wurde depressiv. In den letzten Jahren bevor sie starb, hatte sie kaum noch das Haus verlassen. Sie nähte oder backte Kuchen. Und sie hielt Thorstens Zimmer sauber. Es war ein langsames Sterben gewesen. Doch von ihm, dem souveränen Kripobeamten, erwartete man die volle Kontrolle, auch in Krisensituationen. Diese Kontrolle hatte er, wie durch ein Wunder, all die Jahre behalten. Wie kam es dann, dass er sich plötzlich nur noch aufregte? Es musste an Jette liegen. Sie brachte alles durcheinander. Morgens schnappte sie ihm die Zeitung vor der Nase weg, obwohl er ihr gesagt hatte, dass er zuallererst den Lokalteil mit den Todesanzeigen las. Am nervigsten war ihre Angewohnheit, überall Klamotten zu verteilen. In sämtlichen Zimmern lagen

Taschen, Jacken, Pullis und Schuhe. Doch anstatt ihre Sachen aufzuräumen, hatte sie damit begonnen, die künstlichen Usambaraveilchen im Wohnzimmer durch echte Blumen zu ersetzen. Sogar die Gewürze, die seit Jahr und Tag im Küchenschrank über dem Herd standen, waren nicht vor ihr sicher. Ohne Kurt um Erlaubnis zu bitten, hatte sie die kleinen Döschen nach Farben sortiert. Kurt fragte sich, wie man mit derart schwachsinnigen Ideen durch die Welt gehen konnte. Das musste sie von Ilona geerbt haben. Am Vorabend war sie viel später als besprochen nach Hause gekommen. Sie musste bis 22 Uhr arbeiten. Kurt hatte vor dem Fernseher auf sie gewartet. Die Tagesthemen moderierte ein neuer Sprecher. Es folgte eine Dokumentation über die trostlosen Zustände in deutschen Altenheimen, und Kurt hatte nachgerechnet, wie lange sie mit dem Rad vom Bahnhof bis nach Hause brauchte. Schlafen konnte er erst, nachdem Jette sich um kurz vor eins zur Tür hereingeschlichen und sich ohne Entschuldigung mit einem »Good Night« in ihr Zimmer verkrochen hatte. Was fiel Jette ein, seinen Alltag dermaßen auf den Kopf zu stellen?

Das laute Klingeln riss Kurt aus seinen Gedanken. Auf dem Display leuchtete Inge-Britts Nummer, und er hob ab.

»Komm schnell rauf«, wisperte Inge-Britt in den Hörer.

»Wieso?«, fragte Kurt.

»Hier ist der Teufel los«, flüsterte sie und legte auf.

Kurt fühlte das Blut in seinem Hals pulsieren. Er schnappte sich einen Papierstapel, den er sich zu Alibizwecken unter den Arm klemmte.

»Wo genau ist das?«, schrie Ploog durch den Gang. Kurt bog gerade um die Ecke und sah, wie der junge Kollege hektisch auf ihn zulief.

»Kücknitz oder Dummersdorf?«

»Küück-nitz!«, tönte die Antwort aus einem der Sekretärinnenbüros.

»Und warum muss ich mich darum kümmern?«

»Anweisung von Goooran. Weil niemand anderes da ist.«

Der Zuruf-Dialog kam Kurt allzu bekannt vor. Bis vor wenigen Wochen war er es gewesen, der seinen Mitarbeitern Kommandos durch mehrere Bürowände entgegengeschmettert hatte.

Als Ploog mit starrem Blick an ihm vorbeihastete, hielt Kurt ihn am Ärmel fest.

»Was ist los?«, schoss es aus ihm heraus.

»Explosion in einem Mietshaus«, keuchte Ploog. »Ein Bewohner wird vermisst.«

»Ich helfe dir«, sagte Kurt ohne zu zögern.

»Scheiße«, fluchte Ploog. Mit hängenden Schultern betrachtete er die schwelenden Überreste des Mehrfamilienhauses in Kücknitz. Zwar hatte die Feuerwehr den Brand schnell unter Kontrolle gebracht, doch der Schaden war immens. Vom Dachstuhl stand nur noch ein verkohltes Holzgerippe. Sogar zwei Außenwände waren eingebrochen. Die Luft stank nach Rauch, verbranntem Kunststoff und Löschschaum. Ein Tross von Streifenpolizisten versuchte, die Schaulustigen auf Abstand zu halten. In dem kleinen Ort, auf halber Strecke zwischen Lübeck und Travemünde, hatte sich das Unglück längst herumgesprochen.

Einer der Beamten führte Ploog und Kurt zu einem älteren Paar, das, mit Decken behängt, kopfschüttelnd vor den Trümmern stand.

»Ist das Ihr Haus?«, fragte Ploog.

Der Mann nickte nur stumm, während die Frau sofort das Wort ergriff.

»Ich glaube, wir haben Glück im Unglück gehabt«, sagte sie mit brüchiger Stimme. »Mein Mann kam vom Baumarkt, und ich war bei der Nachbarin zum Kaffeekränzchen. Da gucke ich aus dem Wohnzimmerfenster und sehe die Flammen auf dem Dach.«

»Wissen Sie, ob sich noch andere Mieter im Haus befunden haben?«

»Ich kann keinen klaren Gedanken fassen«, murmelte der Mann. »Wir haben doch gerade erst das Dach neu decken lassen.«

Er schlug die Hände vors Gesicht und schluchzte.

»Krohns sind im Urlaub«, presste seine Frau hervor. »Mit dem Wohnwagen. Die kommen erst am Wochenende zurück. Wo hab ich bloß ihre Handynummer?«

Dabei zeigte sie auf die erste Etage.

»Und wer wohnt ganz oben?«, fragte Kurt.

»So ein komischer Kauz. Wir haben den nur ganz selten gesehen. Meistens abends. Oder besser gesagt, gehört. Polterte immer die Treppen rauf und runter. Keine Ahnung, wo der ist.«

»Wie heißt er denn?«

»Freisall, Hanno Freisall«, sagte die Frau und brach in Tränen aus.

18

»Ist euch auch aufgefallen, dass Inge-Britt neuerdings immer zu spät kommt?«

Erwin Brockmeier saß auf Kurts Terrasse und mischte mit zackigen Bewegungen den Kartenstapel. Neben sich hatte er bereits die Tischtennisplatte aufgestellt. Stifte und große Zettel lagen griffbereit in einem Körbchen.

»Was meinst du, was im Präsidium los ist?«, entgegnete Kurt und stellte einen frischen Mettigel von der Größe einer Katze auf den Tisch. »Seit über einer Woche herrscht dort Ausnahmezustand. Die Einbrüche in Travemünde, der Mord im Bahnhof, und jetzt noch ein Brand mit einem Vermissten in Kücknitz.«

»Mag ja sein, aber früher war Inge-Britt immer pünktlich. Wenn ihr das Kartenspielen nicht wichtig ist, kann sie ja zu Hause bleiben.«

»Über hart arbeitende Menschen meckern auch nur Senioren«, mischte Fritz sich ein und schlug seinem Kumpel auf die Schulter. Dann zeigte er auf seine Armbanduhr. »Es ist gerade mal fünf nach acht. Du könntest die Wartezeit nutzen, um deinen Rasen zu mähen. Ich sehe da extrem viele Gänseblümchen.«

Kurt lachte und stellte Gläser und Bier auf den Tisch.

Erwin warf einen kurzen Blick in seinen Garten und schnaubte verächtlich.

»Wenn die Polizei so viel zu tun hat, wieso schafft Kurt es dann, pünktlich hier zu sein?«

»Weil ich nur noch Akten sortieren darf«, antwortete Kurt scharf. Ein weiteres mäkelndes Wort, und er würde Erwin eigenhändig auf seinen Aufsitzmäher befördern.

Der beleidigte Rentner schnappte sich einen Stift und beschriftete den Block mit Vornamen.

»Spielt Jette auch wieder mit?«, murrte er knapp.

»Ich frage sie«, antwortete Kurt. »Sie hat sich heute ein neues Handy gekauft und stellt es gerade ein. An diesen Hightech-Teilen ist so viel Schnickschnack. Da lob ich mir das gute alte Telefon.«

Eine Stunde später hatten die drei Freunde den Mettigel verputzt. Auf der Platte lagen nur noch Reste von Zwiebelringen. Erwin schwadronierte 20 Minuten lang über das unkontrollierte unterirdische Wurzelwachstum von Giersch, und Fritz saß entspannt in seinem Stuhl und rauchte. Leicht schnaufend sah Kurt immer wieder zur Uhr. Entgegen ihrer Art hatte Inge-Britt sich überhaupt nicht gemeldet. Mit einem leisen Pfeifen überspielte Kurt sein Unbehagen und fing an, mit seinem Messer unter seinen Fingernägeln zu pulen.

»Kartenspielen können wir wohl vergessen«, maulte Erwin. Er sprang auf und schnappte sich einen blauen Filzstift. »Ich schlage vor, ich trage unsere Ergebnisse schon mal zusammen.«

»Kommt nicht in Frage«, sagte Fritz. »Wir fangen erst an, wenn die Runde komplett ist. Ich habe keine Lust, alles doppelt und dreifach zu besprechen.«

»Gibt's noch was zu essen?«

Kurzatmig, aber gut gelaunt, bog Inge-Britt um die Ecke. Ihre hochtoupierten Haare glichen einem zerrupften Nest.

Kurt ließ das Messer fallen, stand mit einem leisen Ächzen

auf und nahm Inge-Britt kurz in den Arm. Ihre hochroten Wangen führte er auf den Stress zurück. Fritz gab ihr die zigarettenfreie Hand, und Erwin schaute sie mit großen Augen an.

»Kannst du uns bitte mal verraten, wo du so lange warst?«, sagte er im Tonfall eines Oberlehrers. »Wir haben die ganze Zeit auf dich gewartet.«

Inge-Britt würdigte Erwin nur eines kurzen Blickes, dann schnappte sie sich eine Scheibe des übriggebliebenen Baguettes und ließ sich in einen Gartenstuhl fallen.

»Haft du«, sagte sie mampfend, »fonmal etwaf von Überftunden gehört?«

Erwin verstand Inge-Britt trotz ihres vollen Mundes und zuckte verständnislos mit den Schultern.

»Mein lieber Nachbar«, sagte Kurt bestimmt und zeigte Richtung Tischtennisplatte, »notier doch schon mal deine Neuigkeiten. Ich hole noch Kräcker für Inge-Britt und rufe Jette.«

Erwin reckte sich und begann mit dem ersten Blatt. Hinter seinen Namen malte er ein großes X.

»Soll das heißen, du bist nur mit der Bahn herumgefahren und hast nichts herausgefunden?«, analysierte Fritz das Symbol.

»So kann man das nicht sagen. Zwischenzeitlich habe ich im Bahnhof die beiden zivilen Drogenpolizisten im Dienst beobachtet – wie sie unauffällig durch die Läden laufen und so tun, als seien sie Kunden.«

»Und was soll das bringen?«, fragte Kurt ungläubig.

»Von denen kann ich eine Menge lernen. Ich bin ja quasi ein Undercover-Ermittler in der Ausbildung.«

Kurt schüttelte den Kopf und bat Fritz um seine Ergebnisse.

»Ich fürchte, ich kann heute auch nicht viel beisteuern. Bei mir ist nix passiert. Käthe hat sich noch mal bei der *Mahlzeit* umgehört. Die Grabzow war bei allen beliebt. Die wollen sogar eine eigene Trauerfeier für sie organisieren.«

»Dann hab ich ja nichts verpasst.«

Jette war mit ihrem neuen Smartphone in der Tür erschienen. Sie hatte sich ihre Haare zu einem kunstvollen Bauernzopf geflochten und strahlte.

»Endlich wieder online«, juchzte sie und setzte sich zwischen Kurt und Inge-Britt. Als Erstes hatte sie sich bei eBay einen Überblick verschafft. Kitschiges Geschirr und vergilbte Bettwäsche waren nicht angesagt. Dafür standen Vinyl-Platten, wie in Kanada, hoch im Kurs. Und alte Nähmaschinen erst mal!

»Hab wieder Facebook, und meine anderen Accounts funktionieren auch«, sagte Jette stolz.

»Kannst du mit dem Ding auch freie Zimmer suchen?«, fragte Erwin.

»Wieso?«, fragte Jette misstrauisch.

»Damit hier so langsam wieder Alltag einkehrt. Wofür gibt's Studentenwohnheime? Da ist es genauso schmuddelig, wie die jungen Leute gern leben.«

»Geht dich das was an?«, patzte Jette zurück. Dann sah sie Kurt an.

»Das besprechen wir später«, sagte er nur knapp.

Jette biss die Zähne zusammen und verschränkte die Arme vor der Brust.

»Ich mein ja nur«, sagte Erwin und drehte sich zur Schreibplatte. »Jetzt müssen wir sowieso erst mal weiterarbeiten. Wir haben bereits wertvolle Zeit verloren.« Dabei verengten sich seine Augen und fixierten kurz Inge-Britt.

Jette schüttelte den Kopf und berichtete von ihrem Gespräch mit Annegret Jensen. Die abwehrende Reaktion auf Jettes Fragen nach dem Partner fanden alle interessant. Sie stuften die Dreiecksbeziehung Jensen-Grabzow-Jensen als »dringend weiter zu verfolgen« ein.

Danach war Kurt an der Reihe. Auch er hatte nicht viel vorzubringen. Im Dienst musste er sich mit der Durchsicht und Ablage von Akten aus den Jahren 1992–1994 herumschlagen. Außerdem beschäftigte ihn der Einsatz in Kücknitz, bei dem er spontan, aber ohne Befugnis, dem gestressten Ploog geholfen hatte.

»Dieser vermisste Mieter verhält sich doch komisch«, sagte Kurt. »Wir haben mit der Hausbesitzerin gesprochen. Die hat Hanno Freisall nur selten zu Gesicht bekommen. Wenn, dann sei er abends mehrfach durchs Treppenhaus gelaufen. Tagsüber war er kaum zu Hause. Wie gesagt, seltsam, bringt uns aber nicht weiter.«

Inge-Britt saß die ganze Zeit über in ihrem Sessel und hörte gespannt zu. Plötzlich hob sie ihren Arm wie eine Schülerin.

»Wenn ich auch mal was sagen dürfte«, warf sie lächelnd ein. »Einen Zusammenhang zu unserem Fall sehe ich auch nicht«, sagte sie und wandte sich Kurt zu. »Es gibt aber neue Erkenntnisse, die dich interessieren dürften.«

Kurt lehnte sich vor und blickte Inge-Britt tief in die Augen.

»Die Wohnung des Vermissten wurde durch die Detonation ziemlich verwüstet. Trotzdem haben die Kollegen was gefunden. Jetzt ratet mal, was.«

Inge-Britt schaute nacheinander alle an.

»Koks?«, entfuhr es Erwin, der bereits den Deckel seines Filzschreibers abgezogen und sich vor Aufregung blaue Striche auf die Hände geschmiert hatte.

»Falsch«, antwortete Inge-Britt.

»Waffen?«, fuhr Jette dazwischen.

Inge-Britt schüttelte den Kopf.

»Komm schon«, sagte Kurt ernst.

»Dieser Freisall hatte ein Riesenarsenal an hochwertigen Elektroartikeln gehortet. Stereoanlagen, Computer, mindestens acht von diesen großen, platten Fernsehern.«

»Du meinst Flat Screens«, verbesserte sie Jette. Inge-Britt nickte.

Kurts Mundwinkel zogen leicht nach oben.

»Dann lasse ich morgen sofort die Herkunft checken«, beschloss er.

»Die Kollegen sind schon dabei. Sie gleichen die Liste der Einbruchserie mit den Geräten ab«, antwortete Inge-Britt. »Beziehungsweise mit dem, was von den Geräten übriggeblieben ist.«

Kurt richtete sich auf. Er ignorierte das leichte Stechen im Rücken und spürte, wie ein Energieschub seinen Körper erfasste.

»O. k., dann klemme ich mich hinter diesen ominösen Freisall.«

»Hab ich schon getan«, gestand Inge-Britt. »Im Melderegister gibt es keinen Hanno Freisall. Personenname unbekannt.«

Fritz, Erwin und Jette folgten dem Dialog zwischen den beiden Polizisten und kombinierten, dass die Kücknitzer Wohnung unter falschem Namen als Lager für Diebesgut gedient hatte.

»Arbeiten so rumänische Banden?«, fragte Fritz, der sich genüsslich die nächste Zigarette ansteckte.

»Daran glaubt auch nur Goran«, sagte Kurt. Er goss sich einen Krummesser ein und kippte ihn runter. »Die Rumänen transportieren ihre Beute sofort ab. Sind ratzfatz auf der A 20, und dann geht's nach Polen. Da wird nix zwischengelagert. Schon gar nicht in einem Wohnhaus in Kücknitz.«

Alle waren beeindruckt von Inge-Britts Ergebnissen. Allen voran Kurt, der seiner Kollegin ebenfalls einen Schnaps einschenkte.

»Halt. Halt. Es kommt noch besser«, sagte diese und stellte ihre Handtasche auf ihren Schoß. Dann kramte sie ein Blatt heraus.

»Ist das ein Phantombild?«, fragte Erwin und riss Inge-Britt das Papier aus der Hand. »So was habe ich noch nie in echt gesehen, nur im Fernsehen.«

»Ja, ein ziemlich gutes sogar. Angefertigt nach der Beschreibung der Nachbarin.«

Inge-Britt holte sich das Blatt zurück und hielt es in die Luft. Dann zwinkerte sie Kurt zu.

»Wer kennt diesen Mann?«, fragte sie fröhlich.

Alle musterten das Bild. Fritz und Erwin schüttelten nachdenklich den Kopf. Kurt blieb kurz der Mund offen stehen. Dann nickte er in einem Anflug von Genugtuung.

»Ich«, stammelte Jette plötzlich. Sie stierte auf das Foto.

»Bitte?«, platzte es aus Kurt heraus.

Jette zögerte einen Moment, dann legte sie ihr Handy auf den Tisch und holte tief Luft.

»Den hab ich gesehen. In der Buchhandlung. Er stand in einer Ecke, als die Grabzow erschossen wurde.«

Nie hätte ich gedacht, dass in meinem Laden mal so viel los ist. Zuerst werde ich erschossen, und dann missbrauchen auch noch irgendwelche Freaks eins meiner Regale als Umschlagplatz für Kokain, so dass sich Drogenfahnder unter die Kundschaft mischen. Ich werde das Gefühl nicht los, dass seit meinem Tod alles drunter und drüber geht. Wenn ich Annegret sehe, schlage ich nur noch die Hände über dem Kopf zusammen. Sie hat kommissarisch die Leitung übernommen, ist aber so was von überfordert! Seit kurzem trägt sie eine neue Frisur. Und dann dieser Blazer und die Hornbrille. Für meinen Geschmack zu viel Chefinnengehabe. Gestern hat sie es aber übertrieben. Dabei ging es nur um diese niedlichen Fußballalben, in denen die Kinder Aufkleber ihrer Lieblingsspieler sammeln. Als eine Gruppe von fünf oder sechs Jungs die Kiste mit den Stickern durchwühlte und einer der Knirpse Annegret fragte, ob sie schon neue nachbestellt hätte, platzte ihr aus heiterem Himmel der Kragen. Sie schmiss den Karton mitsamt den Aufklebern in die Mülltonne und schnauzte die Kinder an. Einer rief noch: Das sag ich meinem Papa. Dem hat sie hinterhergerufen, er könne sich seinen albernen Kinderkram sonst wo hinstecken. Ich dachte, mich trifft der Schlag. Keine Ahnung, was in Annegret gefahren ist. Wenn die so weitermacht, sehe ich schwarz für mein Geschäft.

19

Jette kam zehn Minuten zu spät zur Arbeit. Auf dem Weg zur Buchhandlung hatte sie an den vergangenen Abend gedacht. Fast wäre der spielfreie Doppelkopfabend in einem Fiasko geendet. Nach Inge-Britts überraschenden Ergebnissen waren zunächst alle aus dem Häuschen gewesen.

Der Mann auf dem Phantombild war Jackie Trapko. Einer der beiden Köpfe der T&T-Bande. Daran bestand kein Zweifel. Kurt hatte sich in seiner Prophezeiung bestätigt gefühlt und das auch noch mehrfach betont. Fritz war begeistert von Inge-Britts schneller Hilfe, Erwin fühlte sich übergangen, weil er Mühe hatte, alle Hinweise miteinander zu verbinden. Jette hatte sich beim Anblick des Phantombilds erschrocken, sich dann aber überraschend an weitere Details erinnert. Dieser Mann, der ihr wegen seiner hohen Stirn aufgefallen war, hatte neben ihr in der Buchhandlung gestanden. Während sie sich den Laden angesehen hatte, musste er ihr in den schmalen Gängen zwei Mal ausweichen. Dabei hatte er sie angelächelt und höflich »Pardon« gesagt. Ein Wort, das ihr sehr gefiel.

Mit Wein und Doppelkorn stießen anschließend alle auf die durchschlagenden Ermittlungsergebnisse an. Wie sich herausstellte, war das keine gute Idee, denn schon nach kurzer Zeit hatten sie ihre Promillespiegel drastisch erhöht. Nur mit Mühe schafften sie es, weitere Aufgaben zu verteilen. Erwin hatte so viel intus, dass er sich an der Tischtennisplatte festgehalten und sie samt Aufzeichnung umgerissen hatte. Das laute Scheppern hatte die Nachbarschaft aufgeweckt. Nur Inge-Britts überzeugendem Beschwichtigungsversuch war es zu verdanken, dass das Lehrerehepaar von nebenan nicht die Polizei rief.

Mit hämmerndem Schädel hastete Jette in den Laden. Entnervt wartete sie darauf, dass die Tablette, die sie nach einem hastigen Frühstück geschluckt hatte, zu wirken begann. Fast hätte sie Annegret nicht wiedererkannt.

»Was ist denn mit deinen Haaren passiert?«, fragte sie ihre Vorgesetzte. Die neue Frisur war jedoch nicht die einzige Veränderung, die ihr auffiel.

»Kaum arbeiten wir in verschiedenen Schichten, stylst du dich total um.«

»Wie wäre es damit? Kaum arbeiten wir in verschiedenen Schichten, kommst du zu spät«, konterte Annegret. Sie sah Jette durchdringend an. Dann erhellten sich ihre Gesichtszüge, und sie zeigte ihre Unterarme. An beiden Handgelenken baumelten großkugelige Armbänder und protzige Schmuckreifen. Ein klimperndes Sammelsurium aus bunten Steinen und Kettchen. Dazu hatte sie ihre Nägel neongrün lackiert.

»Wenn ich eins hasse, dann ist es Unpünktlichkeit. Normalerweise bekämst du eine Abmahnung. Weil ich aber gute Laune habe, drücke ich noch mal ein Auge zu. Ich habe nämlich heute noch was vor«, sagte Annegret mit spitzer Stimme, schaute demonstrativ auf ihre grellen Finger und ruckelte ihren BH zurecht. Dann drehte sie sich um und begann pfeifend die Freitagszeitungen auszupacken.

Jette ging zur Kasse und füllte Kleingeld nach.

Erst um kurz vor zwei ließen die Kopfschmerzen nach.

Trotzdem spürte sie noch immer jeden Pulsschlag in ihren Schläfen. Der Arbeitstag war anstrengend, und sie sehnte die ganze Zeit über den Feierabend herbei. Zwei Kunden beschwerten sich über ausverkaufte Magazine, und eine hochschwangere Frau kollabierte in einer Schlange vor der Kasse. Sie musste mit einem Krankenwagen in die Uniklinik gebracht werden. Zu allem Überfluss fühlte Jette sich von Drogenfahnder Schippelmann beobachtet, der sporadisch auftauchte und ihr jedes Mal zuzwinkerte. Wenigstens lungerte Erwin nicht im Bahnhof herum. Er überwachte abwechselnd das ausgebrannte Kücknitzer Apartment und Jackie Trapkos registrierten Wohnsitz, eine kleine Mietwohnung in Moisling.

Erschöpft wartete Jette darauf, von Marie abgelöst zu werden und den Nachmittag in Kurts Hollywoodschaukel im Garten zu verbringen. Ohne das Hämmern in ihrem Schädel wäre sie nach Travemünde rausgefahren, um endlich einen Nachmittag am Strand zu verbringen. Sie brauchte dringend Ruhe und wollte die Erkenntnisse des Vorabends überdenken.

»Scheiß Penner. Sieh zu, dass du rauskommst!«

Jette stand im Eingang der Buchhandlung und klebte ein Werbeplakat ins Fenster. Stammkunde Gero hastete durch die Bahnhofshalle und riss sie aus ihren Gedanken. Laut schnaufend blickte er sich immer wieder hektisch nach hinten um. Genau vor der Buchhandlung rempelte er aus Versehen einen Passanten an und verlor dabei seine Plastiktüte. Gero schaffte es nicht mehr, die Tasche samt der herausgefallenen *tabulosen Strandnixen* aufzuheben, denn Hans Geiger war ihm auf den Fersen. Mit Zigarillo im Mundwinkel stürmte der Blumenhändler hinter dem keuchenden Stadtstreicher her.

»Wenn du dich noch einmal hier blicken lässt, dreh ich dir den dreckigen Hals um.«

Genau in dem Moment, als Gero aus dem Hauptausgang rannte, stellte Jette sich dem fluchenden Geiger in den Weg. Sie tat so, als wollte sie Geros Tüte aufheben, und beugte sich vor.

»Verpiss dich!«, schrie Geiger und wollte an ihr vorbei. Das Ausweichmanöver riss den Grobmotoriker von den Füßen. Wild mit den Armen rudernd kam er ins Stolpern und taumelte durch den Gang, bis ein stattlicher Mann ihn auffing. Er war braun gebrannt und trug einen feinen, dunkelblauen Anzug, den Geiger mit seinen dreckigen Händen gleich beschmierte. Geiger riss sich los und drehte sich zu Jette um.

»Hast du sie noch alle?«, schrie er und merkte nicht, das er sein Zigarillo verloren hatte. Der Glimmstängel lag auf dem Steinboden und wurde von dem eleganten Mann ausgetreten.

Jette zuckte mit den Schultern und zeigte Geiger die Tüte, die an einem Henkel an ihrer Hand baumelte.

»Sorry. Die Lasche ist ausgerissen. Außerdem ist der gesamte Bahnhof rauchfrei.«

Geiger strich sich durchs eingefettete Haar und schoss auf Jette zu. Dabei krempelte er die Ärmel seines Kittels hoch.

»Jetzt werd bloß nicht noch frech, du Schlampe!«, schrie er. »Das war doch Absicht.«

Er spuckte auf den Boden und ballte die Faust. Der Anzug-Mann schaltete und schnappte sich blitzschnell Geigers rechten Arm. In derselben Sekunde holte der Blumenhändler mit der Linken aus und schlug dem Helfer die Faust ins Gesicht.

Hellrotes Blut schoss ihm aus der Nase. Ohne zu zögern, umfasste Jette Geros Tüte mit beiden Händen und schleuderte sie dem Angreifer von hinten an den Kopf. Das morsche Plastik zerriss, und Geros Habseligkeiten – ein paar Bierdosen, Zigaretten und zwei ungewaschene Unterhosen – fielen auf den Boden.

Geiger fasste sich kurz an den Kopf, dann drehte er sich um und zog eine Gartenschere aus seinem Kittel. Wie ein Rocker, der sein Messer aufklappen lässt, ließ er die Schere aufspringen. Mit einem lauten Schrei rannte er auf Jette zu.

Nur eine Sekunde später lag Geiger mit aufgerissenen Augen am Boden. Ein junger Bursche in Bundeswehruniform und der Mann im blauen Zwirn hatten den aufgebrachten Blumenhändler blitzschnell in die Zange genommen und zu Fall gebracht. Der Soldat kniete triumphierend auf Geigers verschwitztem Rücken. Die Gartenschere lag vor Jettes Füßen. Wenige Minuten später übernahm ein Streifenpolizist den Schläger.

Wo ist der Zwinkertyp von der Drogenfahndung, wenn man ihn braucht?, dachte Jette in diesem Moment.

»Meine Güte, Lutz!«, schrie plötzlich Annegret. Sie hatte den Vorfall nicht mitbekommen, da sie im Lager nach Stundenplänen gesucht hatte. Sie stürmte auf den blutenden Helfer zu und bedeckte sein lädiertes Gesicht mit Küssen. Lutz wehrte Annegret ab und wischte sich das Blut vom Kinn.

»Danke für Ihre Hilfe«, sagte Jette. »Und schön, Sie kennenzulernen.«

Ihren Gedanken *Und Sie sind also Lutz, der Mann, den die Buchhändlerinnen lieben* behielt sie für sich.

»Keine Ursache. So einen Verrückten muss man stoppen.«

»Was ist denn passiert?«, wollte Annegret wissen. Dabei zwirbelte sie aufgeregt eine ihrer frisch gefärbten Haarsträhnen.

Lutz schilderte ihr den Zwischenfall und stellte fest, dass ihm außer der geschwollenen Nase nichts weh tat.

»Warum bist du denn eigentlich hier?«, fragte Annegret ihren Mann mit einem verschmitzten Lächeln. »Kannst du es nicht abwarten bis heute Abend?«

Jette begriff, dass das Gespräch ins Private überging, und verabschiedete sich. Sie wandte sich dem jungen Soldaten zu und hörte nur noch, dass Lutz zu stottern begann und etwas wie »Unser Abendessen fällt aus« stammelte.

20

Aus Jettes ersehntem Feierabend in der Hollywoodschaukel wurde nichts. Als sie zur Tür hereinkam, klingelte das Telefon. Jette zögerte kurz und nahm dann ab.

»Endlich«, hörte sie Ilona am anderen Ende klagen. Doch statt einer warmherzigen, mütterlichen Begrüßung hagelte es Vorwürfe. Wieso sie nicht einmal angerufen und auf ihre Mails geantwortet hätte, wollte Ilona von Jette wissen. Schließlich wollte sie wenigstens wissen, ob es ihrer Tochter gutging bei ihrem rechthaberischen Großvater. Außerdem sollte sie sich endlich ein funktionsfähiges Handy zulegen und an Kurts Rechner Skype installieren.

Jette spürte, wie das Hämmern in ihrem Kopf wieder stärker wurde. Sie hatte schrecklichen Durst und marschierte mit dem Telefon zum Kühlschrank. Während Ilona weiterplapperte, öffnete sie eine Flasche Limo und trank sie leer.

»Sag doch was«, forderte ihre Mutter sie auf.

»Was denn?«, maulte Jette. »Wenn du nur anrufst, um mich zu beschimpfen, lege ich lieber wieder auf.«

Stille am anderen Ende. Jette nutzte die Pause und fuhr fort.

»Ich habe Kopfschmerzen, aber sonst geht's mir gut. Seit letzter Woche arbeite ich in einer Buchhandlung, und nächste Woche kümmere ich mich um einen Studienplatz. Zufrieden?«

Eigentlich hatte Jette sich auf das erste längere Telefonat

mit ihrer Mutter gefreut, jetzt wusste sie wieder, warum ihr der Abschied aus Kanada so leichtgefallen war. Das ewige Gemäkel und Ilonas genaue Vorstellungen davon, was für ihre Tochter gut sein sollte, nervten sie einfach nur. Widerwillig versuchte Ilona es mit einem versöhnlicheren Tonfall.

»Wie sieht es denn mit dem Essen aus? Kocht Kurt vegan, oder wenigstens veggie?«

Jette lachte laut auf.

»Na klar«, antwortete sie. »Wir braten uns jeden Tag eine Tofuwurst. Und wie geht's dir so?«

Am anderen Ende hörte sie Ilona seufzen.

»Alles bestens. Nächsten Monat kommt Bradley mit seinem Hofstaat.«

George Bradley kannte Jette gut. Ein Selfmade-Unternehmer, der es mit Forst- und Jagdgeräten zu viel Geld gebracht hatte. Einmal im Jahr lud Bradley seine Familie und alle Angestellten zu einem ayurvedischen Wellness-Wochenende mit Golf-Turnier ein. Dass Ilona ein Auge auf den smarten Seniorchef geworfen hatte, wusste außer Jette niemand. Nicht einmal Ilona selbst.

»Freu dich drauf«, säuselte Jette. »Seine Leute lassen doch immer viel Trinkgeld springen.«

Ilona überging Jettes Anspielung und begann zu erzählen: Sie wollte die Poollandschaft umgestalten. Die alte Themendekoration gefiel ihr nicht mehr. An den Wänden des Spa-Bereichs wolle sie die Weisheiten der Cree unterbringen und neue Energie in den Wasserkreislauf bringen.

Jette spürte, wie alles, was Ilona beschrieb, ihr gleichzeitig vertraut und fremd war. Ihr ganzes Leben hatte Ilona ihr irgendwelche spirituellen Theorien verklickert. Aber jetzt, da sie bei Kurt lebte und noch dazu in einen Mordfall verwickelt war, erschien ihr das Leben ihrer Mutter weit weg – und das war gut so.

»Da fällt mir noch was ein«, riss Ilona Jette aus ihren Gedanken.

»Gestern war hier so ein Typ, der wollte wissen, wo du bist. Jean-Luc oder so ähnlich.«

Jette stockte der Atem. Unwillkürlich drückte sie die Limoflasche zusammen. Zum Glück war nichts mehr drin.

»Jean-Luc?«, wiederholte sie so teilnahmslos wie möglich.

»Der kam mir irgendwie bekannt vor«, fuhr Ilona fort. »Ich weiß nur nicht, woher.«

Jette wusste aber genau, woher: Jean-Luc war Gast im Hotel gewesen. Er war mit fünf Freunden angereist. Angeblich alles erfolgreiche Jungunternehmer aus der IT-Branche. Nach einem Zechgelage hatten sie ihre Suiten demoliert.

»Sagt dir der Name nichts?«, fragte Ilona.

»Nö«, antwortete Jette zögernd. Sie dachte angestrengt nach, um keine falsche Antwort zu geben. Wenn Ilona eingefallen wäre, wer Jean-Luc war, hätte sie ihn garantiert in ihrer unnachahmlichen Art in die Mangel genommen. Entweder hätte Jean-Luc ihr dann erzählt, warum er hinter Jette her war, oder sie womöglich selbst bedroht.

»Na, jedenfalls wollte er dich unbedingt sprechen. Ein ziemlich schmieriger Typ. Überheblicher Juppie mit 'ner Corvette.«

»Was hast du ihm denn gesagt?«

Jettes Herz geriet aus dem Tritt. Zu dem Kopfschmerz spürte sie einen heftigen Schwindel. Niemals hätte sie damit gerechnet, dass Jean-Luc sich noch mal im Hotel blicken ließ. Seine sogenannten Kollegen und er waren nach dem Desaster mitten in der Nacht abgereist und hatten die Zeche bar auf den Betten liegen lassen. Wie sich hinterher herausstellte, hatten sie unter falschen Adressen eingecheckt.

»Hab ihm gesagt, dass du Verwandte in Deutschland besuchst.«

»Bullshit!«, rief Jette.

»Stimmt aber doch«, verteidigte sich Ilona. »Oder habe ich etwa versehentlich eine Romanze zerstört?«

Jette hörte Ilona am anderen Ende kichern.

»Quatsch«, antwortete Jette schwitzend. »Ich glaub, den Typen hab ich mal in einer Kneipe kennengelernt. Zwischen uns war nichts.«

»Dann bin ich ja beruhigt«, fügte Ilona hinzu. »Ich habe dich ja frei erzogen und dir nie Vorschriften gemacht. Aber mit diesem Typen hätte ich dir den Umgang verboten. So einen feigen Schnösel will ich nicht als Schwiegersohn. Als ich ihn nach seiner Telefonnummer gefragt habe, ist er nämlich in seinen Wagen gesprungen und weggefahren.«

Jette atmete stoßweise ein und aus und überlegte. Auf Verwandtschaftsbesuch in Deutschland. Sie selbst hatte ja nicht einmal Kurts Privatadresse herausgefunden, da würde es für Jean-Luc genauso schwierig sein. Außerdem gab es viele Eiders. Sie spürte ein Grummeln im Bauch und wechselte das Thema. In allen Einzelheiten beschrieb sie, wie schön sie Lübeck fand. Dass sie mit einem Polizisten Boot gefahren war, verschwieg sie. Ebenso den Schuss in der Buchhandlung und ihr neues Hobby: mit Kurts verschrobenen Freunden auf Mörderjagd zu gehen. Am Ende diktierte sie ihrer Mutter die neue Handynummer. Lieber bekam sie SMS von Ilona als weitere anstrengende Anrufe.

21

Mit knurrendem Magen riss Jette die Schränke auf und durchforstete die Regale. Bevor sie noch eine Schmerztablette einnahm, musste sie etwas essen.

Vom Vortag war nur ein winziger Rest Kartoffelpüree und Sauerkraut übrig. Kurt warf keine Lebensmittel weg, das hatte er ihr schon am ersten Abend klargemacht. Sie erwärmte die Portion in der Mikrowelle und garnierte ihre Mahlzeit mit Salzstangen, Silberzwiebeln und einem Fruchtquark, der gerade das Verfallsdatum überschritten hatte. Mit schweren Beinen machte sie es sich auf der Terrasse bequem und genoss das Alleinsein. Zu viele Gedanken schwirrten ihr durch den Kopf. Dass immer wieder Jean-Luc darin auftauchte, nervte sie am meisten. Nur zu gut erinnerte sie sich an den Vorfall in Ilonas Hotel. Dass sie sich in ihn verknallt hatte, war nicht das Schlimmste. Er sah besser aus als alle Typen aus der Umgebung. Schon beim ersten Treffen in der Lobby hatte es gefunkt. Das wirklich Ätzende war ihre Naivität, und dass sie seinen Vorschlag, ihn in den USA zu besuchen, toll gefunden hatte. Ein Wochenendausflug über die Grenze, rauskommen aus dem *no man's land* und zwei aufregende Nächte mit Jean-Luc verbringen. Vielleicht würde mehr daraus. Nicht einmal der Rucksack, den er bei seiner überstürzten Abreise vergessen hatte, und den sie mitbringen sollte, irritierte sie. Wie konnte sie so blöd sein? Obwohl, ganz so blöd war sie dann doch nicht gewesen. Sonst säße sie bereits im Knast und nicht auf einer kleinen idyllischen Veranda auf einem anderen Kontinent. Hier würde sie niemand finden, dachte Jette. Als sie aufgegessen und die Tablette genommen hatte, ging sie ins Wohnzimmer. Sie hockte sich vor das Regal mit den Schallplatten und zog eine nach der anderen heraus. »Stand up« von Jethro Tull war dabei. Und »The Band live at the Acadamy of Music« von 1971. Das war doch ein echtes Schätzchen. Sie kramte ihr Handy aus der Tasche und gab den Titel bei eBay ein. Als CD-Box wurde das Album schon mit 80 Euro gehandelt. Wie viel würde dann erst die Vinyl-Scheibe bringen? Ein breites Grinsen legte sich auf Jettes Gesicht. Hektisch studierte sie die anderen Platten – bis es an der Haustür klingelte.

Sie spähte durch den Spion. Ein zweites Klingeln schepperte genau über ihrem Kopf.

»Jette?«, rief von draußen eine Stimme, die ihr Herz schneller schlagen ließ. Sie sah, wie Goran einige Schritte zurücktrat und die oberen Fenster musterte.

Was machte er hier am frühen Nachmittag?

Nach dem dritten Klingeln siegte Jettes Neugierde. Sie warf einen schnellen Blick in den Spiegel und zerzauste sich die Haare. Dann riss sie die Tür auf und sah Goran überrascht an.

»Komme gerade von oben«, sagte sie atemlos. »Bin total fertig von der Arbeit und wollte unter die Dusche.«

»Ich will nicht lange stören«, antwortete Goran. Er betrachtete Jettes Styling. »Bin im Dienst. Quasi auf dem Weg zum Präsidium und dachte, ich schau mal, ob du hier bist.«

Goran grinste und sah Jette lange an.

»Bin ich«, antwortete sie knapp. Wo blieb bloß ihre Schlagfertigkeit?

»Ich habe was für dich«, sagte Goran, zog eine schmale Karte aus der Jackentasche und gab sie Jette.

»Ein Gutschein für einen Schnupper-Surf-Kurs?«

Goran nickte und lief Richtung Auto.

»Den hab ich im letzten Jahr gewonnen. Dachte, das wär was für dich.«

»Danke«, stammelte Jette und starrte auf das Papier.

Goran seinerseits musterte Jette.

»Immer gern«, rief er, wischte sich den Schweiß von der Stirn und stieg in seinen Dienstwagen. Mit aufheulendem Motor preschte er durch die schmale Siedlungsstraße davon. Jette schluckte.

22

»Ein Samstag im Präsidium ist auch nicht anders als ein Montag«, sagte Ploog und fügte ein »normalerweise« hinzu.

Der junge Kommissarsanwärter saß in seinem Büro und verrichtete Wochenenddienst. Wegen des öffentlichen Drucks hatte Goran ihm Dauereinsatz verordnet. Kurt war ins Büro gefahren, obwohl er von den wichtigen Fällen ausgeschlossen war. Er hatte keine Lust auf das Chaos in seinem Haus. Jettes Unordnung regte ihn auf. Also hatte er ihr die Samstags-Zeitung mit den Wohnungsanzeigen vor die Zimmertür gelegt und war gefahren. Lieber hockte er in seinem Arbeitscontainer, als mit Jette zu diskutieren. Vielleicht würde er im Präsidium noch etwas herausfinden.

»Soll ich dir was abnehmen?«, fragte Kurt seinen jungen Kollegen, der sich die schütteren blonden Haare raufte.

»Dass Sie mich nach Kücknitz begleitet haben, war schon grenzwertig. Wenn Goran das rauskriegt, krieg ich richtig Ärger.«

Ploog schaute Kurt an und sackte in seinem Drehstuhl zusammen.

Vor ihm lag eine Liste mit Aufgaben, die er abarbeiten musste. Er wusste, dass der Vermisste sich unter falschem Namen eingemietet hatte, auch das Phantombild kannte er. Nur hatte ihm bisher niemand sagen können, wer der Mann auf dem Porträt war. Ploog selbst war zu jung, um Jackie Trapko zu kennen, Goran hatte nur einen kurzen Blick darauf geworfen und einen südosteuropäischen Einschlag festgestellt.

Kurt dachte nicht im Traum daran, seinem Kollegen auf die Sprünge zu helfen. Natürlich war es eine Frage der Zeit, bis Ploog den entscheidenden Hinweis bekam. Doch bis dahin wollte Kurt ihn in dem Glauben lassen, der Gesuchte gehöre zur Rumänenbande.

Der junge Polizist überflog die Unterlagen und kratzte sich an der Stirn. Fast tat der eifrige Bursche Kurt leid.

»Also, Ploog«, sagte Kurt im Gehen, »wenn ich was für dich tun kann, sag mir Bescheid.«

Solange niemand seine Hilfe brauchte, würde er sich nicht aufdrängen. Er marschierte in die Kaffeeküche, stellte die Maschine an und beobachtete, wie die heiße braune Brühe aus der Maschine in die Tasse pladderte und mit drei Tropfen abschloss. Bis vor wenigen Monaten hatte Kurt ausnahmslos seine gesamte Energie in die Aufklärung wichtiger Fälle gesteckt und denselben Einsatz von seinen Mitarbeitern gefordert. Damals hätte die Zurückhaltung wichtiger Informationen Konsequenzen gehabt, doch in diesem Fall war alles anders. Was tat ein guter Kommissar nicht alles, um den Vorsprung gegenüber einem jungen Schnösel zu halten?

»Eine ganze Nacht im Knast. Ich verklage euch Arschlöcher!«, hörte er eine raue Stimme durch den Flur hallen.

Kurt steckte den Kopf zur Tür raus und erkannte von hinten den Blumenhändler, der gerade in einen Besprechungsraum geführt wurde. Wild zappelnd, aber im sicheren Klammergriff zweier Kollegen, schrie er das Präsidium zusammen.

»Hätte diese Schlampe aus der Buchhandlung mir nicht die Tasche vor die Füße geschoben, hätte ich den Penner erwischt.«

Ein unsanfter Ruck an seinem Arm ließ ihn auch nicht ruhiger werden. »Die müsst ihr einkassieren, nicht mich! Ich bin der Einzige, der im Bahnhof für Ordnung sorgt.«

Mit einem lauten Rumms wurde die Tür hinter Geiger zugeworfen, und Kurt griff entspannt zur Kaffeetasse.

»Was machst du denn hier?«

Auf dem Weg zu seinem Büro schlenderte Kurt an Inge-Britts Tür vorbei. Normalerweise hatte sie samstags frei. Wenn Kurts Dienstplan es zugelassen hatte, waren die beiden manchmal an den Wochenenden zusammen rausgefahren. Irgendwohin, wo es schön war. Vor zwei Monaten hatten sie eine Tour zu einem alten Gutshof in Holstein gemacht.

»Betriebsausflug unter alten Kollegen«, hatte Inge-Britt das genannt. Sie waren durch die malerische Landschaft gewandert und hatten die exzellente Küche des Landgasthofs genossen. Der gehörte zu einem alten Gestüt. Von der Terrasse aus hatten sie die Trakehnerstuten mit ihren Fohlen beobachtet.

»Ich könnte ewig hier sitzen«, hatte Inge-Britt damals gesagt. Und Kurt hatte es gedacht.

»Wenn so viel los ist, kann ich nicht untätig zu Hause sitzen«, meinte Inge-Britt. Das Büro ihres Chefs, des Polizeipräsidenten Junker, war leer. Sie wollte in aller Ruhe recherchieren und vor allem Goran auf den Fersen bleiben.

Mit einem kleinen Wink lotste sie Kurt in ihr Zimmer und schloss die Tür.

»Ich dachte, wir beide bereiten uns langsam auf die Rente vor«, säuselte sie. »Stattdessen steht hier alles kopf, und wir müssen arbeiten.«

Kurt lächelte.

»Goran hat den Laden eben nicht im Griff«, nuschelte er.

»Der ist unfähig. Bei mir hätte es so ein Chaos niemals gegeben. Aber wenn die Fälle gelöst sind, lade ich dich ein.«

»Ach Kurtchen«, seufzte Inge-Britt und strich sich den Rock glatt. »Wie wäre es mit dem 5-Sterne-Wellnesshotel deiner Schwiegertochter?«

Bevor Inge-Britt weitersprechen konnte, wurde sie von einem dumpfen Brummen unterbrochen. Kurts Handy vibrierte, und er sah aufs Display.

»Das ist Jette«, murrte er. »Was will sie denn nun schon wieder?«

Jette hatte Kurt nichts Wichtiges mitzuteilen. Sie wollte nur einige Funktionen ihres neuen Smartphones ausprobieren und brauchte einen Testgesprächspartner. Außerdem wollte sie ihm sagen, dass sie den Einkauf erledigen würde. Dass er im Büro war, schien sie nicht zu interessieren.

»Stell dich auf ein cooles Abendessen ein«, sagte sie am anderen Ende. »Es gibt Veggie Burger mit Coleslaw.«

»Cooles Essen? Veggie Burger? Was soll der Quatsch?«, entgegnete Kurt.

»Ich dachte, du freust dich«, hörte er Jette noch sagen. Dann legte sie auf.

Inge-Britt spitzte die Lippen und wechselte dann wieder zum Dienstlichen.

»Hast du schon was von Erwin gehört?«, fragte sie.

»Vor einer Stunde hat er mir eine SMS geschickt«, antwortete Kurt. »Er ist heute Nacht nach Moisling gefahren.«

»Heute Nacht?«

»Er meinte, er könne nicht schlafen.«

»Sag nicht, er ist die ganze Zeit über dort geblieben?«

Inge-Britt sah ihren Kollegen ungläubig an.

»Er pendelt im 2-Stunden-Takt zwischen Kücknitz und Trapkos Apartment hin und her. Aber ohne Ergebnis.«

Inge-Britt erzählte Kurt, was sie im Präsidium herausgefunden hatte. Goran hielt noch immer an zwei Taten fest, die nichts miteinander zu tun hatten. Schippelmann hatte einen stadtbekannten Dealer im Bahnhof gesichtet. Der war zwar nicht in die Buchhandlung gekommen, aber die Tatsache, dass er sich in der Nähe aufhielt, bestätigte Goran in seinem Glauben. Ploog durfte sich hingegen mit dem Fall in Kücknitz beschäftigen. Die Elektrogeräte stammten tatsächlich aus den Travemünder Einbrüchen, doch offensichtlich zweifelte noch immer niemand an der Täterschaft der rumänischen Bande. Goran hatte Kontakt zu Kollegen aus Rostock aufgenommen, die sich ebenfalls mit einer Diebstahlserie herumschlugen.

»Wir müssen Goran voraus bleiben«, sagte Kurt abschließend. »Ich frage mich nur, was Trapko in der Buchhandlung zu suchen hatte.«

Ein lautes Poltern riss Kurt aus seiner Überlegung. Ohne anzuklopfen, stürmte Ploog mit hochrotem Kopf herein.

»Hier sind Sie!«, meckerte er Kurt an. So aufgebracht und laut hatte Kurt ihn noch nie erlebt.

»Soll ich dir doch helfen?«, fragte Kurt gelassen.

»Danke, nein«, blaffte Ploog zurück. »Von Ihren Sheriff-Spielchen habe ich die Schnauze voll.«

Kurt und Inge-Britt starrten den aufgebrachten Ploog an.

»Ich weiß kaum, wie ich die Arbeit schaffen soll – und dann auch noch so was.«

Vor Aufregung biss Ploog sich einen Fingernagel ab. Dann holte er tief Luft und stellte sich vor Kurt auf.

»Gerade durfte ich einen durchgeknallten Blumenhändler wegen einer Schlägerei im Bahnhof befragen. Und was erzählt mir der Typ? Dass er es leid sei, andauernd von der Polizei belästigt zu werden.«

Kurt hielt Ploogs Blick stand, ahnte aber, was kommen würde.

»Ein alter grauhaariger Ermittler sei bei ihm aufgetaucht und habe ihn des Mordes verdächtigt.«

23

»Meine Güte, so alte Akten habe ich lange nicht mehr gesehen. Die sind ja noch mit Schreibmaschine geschrieben.«

Fritz staunte nicht schlecht, als Kurt einen Stapel vergilbter Papiere auf den Gartentisch warf. Wegen der rasanten Entwicklungen hatten die drei Freunde und Inge-Britt sich spontan zu einem Zwischenlagebericht bei Kaffee und Kuchen auf Kurts Terrasse verabredet. Bis auf Fritz zeigten alle deutliche Anzeichen von Übermüdung. Erwin war unrasiert und sonderte ein intensives Aroma ab, Kurts dunkelgraue Augenringe zeugten von Schlafmangel, und aus Inge-Britts perfekt gestylter Frisur ragten einzelne strohige Strähnen heraus.

»Sind das echte Polizeiakten?«, fragte Erwin. »Darfst du die mit nach Hause nehmen?«

Kurt grinste.

»Was soll ich machen? Ich habe so viel zu tun, ich muss die Arbeit sogar am Sonntag erledigen.«

»Dass wir die T&T-Fälle mitgebracht haben, bleibt unter uns, verstanden?«

Inge-Britt hielt sich den Zeigefinger vor den Mund. Dabei sah sie Fritz und Erwin ernst an, der unvermittelt aufsprang.

»Bevor wir anfangen, muss ich noch etwas loswerden.«

Erwin stellte sich räuspernd vor die Tischtennisplatte, die mittlerweile voll gespickt war mit Zetteln, Bildern und Pfeilen.

»Ich brauche einen Praktikanten.«

»Bitte?«

Kurt prustete los.

»Das ist nicht witzig«, patzte Erwin. »Seit über einer Woche bin ich Tag und Nacht im Einsatz.«

»Wir auch«, gab Fritz locker zurück und steckte sich eine Zigarette an.

»Aber nicht so wie ich. Ich bin der Einzige, der ununterbrochen unterwegs ist und die Leute beschattet.«

»Du bist ja auch der einzige Rentner. Wir anderen müssen arbeiten. Logisch, dass wir nicht so viel herumgondeln. Außerdem hat dich niemand gezwungen, eine Bahncard zu kaufen und halb Schleswig-Holstein unsicher zu machen.«

Erwin ließ sich nicht unterkriegen.

»Trotzdem brauche ich Unterstützung. Ich mach das gern, aber ich kann mich nicht aufteilen. Außerdem habe ich noch andere Verpflichtungen. Wenn ihr bitte einen Blick in meinen Garten werfen wollt.«

Inge-Britt, Fritz und Kurt sahen hinüber.

»Mein Rasen sieht bald aus wie die Hippiewiese von nebenan. Ich muss dringend mähen, die Bohnen ernten und Unkraut zupfen. Also, wie lösen wir den personellen Notstand?«

Die anderen bemühten sich, Erwins Einwand zu verstehen. Dass er Schwierigkeiten hatte, zwei Wohnungen gleichzeitig zu beobachten, war tatsächlich nachzuvollziehen.

Bevor Erwin wegen Überlastung absprang oder zusammenbrach, musste Kurt seine Teamleiterfähigkeiten einsetzen und seinem Nachbarn einen diplomatischen Vorschlag unterbreiten.

»Wie wär's, wenn wir zuerst unsere Ergebnisse zusammentragen und sehen, welche Aufgaben zu erledigen sind? Ich gehe davon aus, dass wir dich entlasten können.«

Erwin sah Kurt einen kurzen Moment skeptisch an, dann nickte er und setzte sich an den Tisch.

Kurt schlug die staubigen Polizeimappen auf und blätterte die Seiten durch.

»Wir müssen unseren Vorsprung nutzen. Die T&T-Fälle könnten wichtig sein.«

»Ploog und Goran denken zwar noch, der Mann auf der Phantomzeichnung sei ein Rumäne«, unterstützte Inge-Britt ihren Kollegen. »Aber spätestens, wenn das Bild ab morgen in der Presse ist, wird jemand Trapko erkennen.«

»Wofür stand noch mal T&T?«, fragte Erwin neugierig.

»Trapko und Tiesdorf«, antwortete Inge-Britt. »Erinnerst du dich nicht mehr?«

Erwin zog die Mundwinkel nach unten und kratzte sich unterm Arm.

»Ich schon«, warf Fritz ein. »Das war ein Riesending damals. Trapko und sein Kumpel haben zusammen krumme Dinger gedreht. Über Wochen gab's jeden Tag 'ne neue Schlagzeile, sogar in der BILD. Was haben wir damals am Kiosk über die raffinierte Diebesbande diskutiert.«

»Da steht's«, sagte Kurt und zeigte auf ein Registerblatt. »Einbruchserie in Lübeck, Timmendorfer Strand, Ratzeburg und Neustadt. Immer nach demselben Schema zwischen Oktober 93 und Februar 94. Sie haben reihenweise Villen geplündert, Elektromärkte und Schmuckgeschäfte überfallen und dabei zwei Wachmänner erschossen. Am zweiten März wurde Tiesdorf gefasst.«

»Ach klar, stimmt!«, rief Erwin. »Natürlich! Ich weiß es noch wie heute.«

Sein Gesicht erhellte sich, und die anderen grinsten.

»Ich hab ihn damals überführt«, sagte Kurt stolz und blickte versonnen in den Himmel. »Tiesdorf hatte eine Lagerhalle angemietet. Blöderweise hatte er sich aber von der geklauten Ware eine Stereoanlage und einen Fernseher zur privaten Nutzung abgezweigt und in sein Schrebergartenhäuschen gestellt.«

»War wohl doch nicht raffiniert«, mokierte sich Erwin. Inge-Britt goss ihm Kaffee ein.

»Gab's damals nicht einen anonymen Hinweis?« Fritz erinnerte sich bestens und beugte sich vor. Kurt nickte.

»Das war an einem Samstag«, fuhr er fort. »Ich hatte Bereitschaftsdienst. Mittags kam der Anruf. Mit verstellter Stimme sagte jemand – und ich bin sicher, es war Trapko –, er wüsste, wo das Diebesgut sei.«

Erwin stand auf, schnappte sich einen Filzstift und marschierte zur Tafel.

Inge-Britt winkte ihn zurück und hielt ihm die Akte vor die Nase.

»Steht doch alles in den Unterlagen.«

Erwin setzte sich wieder, und Kurt erzählte weiter.

»Es gab einen Hinweis auf die Laubenkolonie in St. Gertrud. Wir also dahin und die Hütten überwacht. Vier Tage lang. Dann tauchte Tiesdorf höchstpersönlich auf. Als er merkte, dass er umzingelt war, gab's noch 'ne Schießerei. Bis auf drei Blumenkübel und einen Gartenzwerg blieb alles heil. Ein miserabler Schütze war das.«

»Und was wurde aus Trapko?«, fragte Fritz dazwischen. »Der Tiesdorf hat ihn doch der Mittäterschaft beschuldigt.«

»Genau«, stimmte Erwin bei. »Was wurde aus dem?«

Kurt presste die Lippen aufeinander und atmete rasselnd ein

und aus. Dann stand er auf und holte eine Flasche Bier aus der Küche.

»Nix.«

»Wie? Nix?«

Erwin sah Kurt strafend an.

»Wir konnten ihm nichts nachweisen. Ich habe alles versucht. Trapko hatte für alles ein Alibi und beteuerte stur seine Unschuld. Dabei bin ich sicher, dass er der eigentliche Kopf der Bande war. Er war nur viel cleverer als Tiesdorf.«

»Ein wirklich zäher Brocken«, hauchte Inge-Britt und blickte bewundernd zu Kurt auf. »Du hast damals alles gegeben.«

Kurt lächelte seine Kollegin an.

»Das Schlimme ist, dass er zwei Menschen auf dem Gewissen und die Kohle hat. Ein Teil des Schmucks, mit einem Marktwert von damals mehr als 8 Millionen DM, ist nie mehr aufgetaucht. Ich wollte Trapko unbedingt einbuchten.«

»Aber er lebt doch in Moisling in einem Hochhaus«, schaltete Erwin sich ein. »Wenn er noch Geld aus den Überfällen gehabt hätte, wäre er doch nicht dort geblieben. Dann könnte ich ihn jetzt an der Côte d'Azur beschatten.«

»Das ist ja das Perfide. Trapko behielt sein schäbiges Apartment all die Jahre.«

»Wie kommst du dann darauf, dass er die Beute hat?«

»Er ist kaum in Lübeck. 1997 habe ich ihn zufällig am Bahnhof gesehen. Ich bin direkt hinter ihm her und in denselben Zug gestiegen. Bis zum Hamburger Flughafen. Dort wartete eine exotische Schönheit auf ihn, und die beiden checkten in eine Maschine nach Abu Dhabi ein.«

»Ist nicht möglich«, murmelte Erwin. Inge-Britt beobachtete, wie er sich Trapkos Reise vorstellte.

»Dass der mir durch die Lappen gegangen ist, verzeihe ich mir nie«, sagte Kurt abschließend. »Ich weiß, er hat die Wachmänner getötet. Im Gegensatz zu Tiesdorf waren seine Schießkünste in der ganzen Szene bekannt. Die Kugeln stammten aus einer alten Walther TP. Jeder wusste, dass Trapko so eine hat. Natürlich wurde auch die nie gefunden.«

Erwin und Fritz schwiegen betroffen.

»Komm schon«, sagte Inge-Britt aufmunternd. »Das ist zwanzig Jahre her. Echte Gerechtigkeit gibt's halt nur im Film.«

Kurt genehmigte sich eine zweite Flasche Pils und setzte sich wieder. Seine Schläfenadern pulsierten mit erhöhter Schlagzahl weiter.

»Wo ist eigentlich Jette?«, fragte Erwin.

24

Aus dem Surfkurs wurde nichts. Obwohl die Bedingungen mit Sonnenschein und einer kräftigen Brise optimal waren, musste Goran umdisponieren. Der Wochenenddienst ging vor, und so blieb Jette und Goran nur der Sonntagnachmittag.

Um dreizehn Uhr hatte Jette sich mit Rucksack und Handtüchern verabschiedet und Kurt erzählt, sie brauche etwas Ruhe und wolle ans Wasser radeln.

»Warum bist du denn nicht früher aufgestanden?«, hatte Kurt moniert. »Um vier kommen Fritz und die anderen. Bis dahin bist du wieder hier. Und überhaupt. Wann willst du eigentlich mal deine dreckige Wäsche waschen?«

Jette hatte Kurts Einwand nicht mehr gehört. Statt zum Wakenitzufer fuhr sie zu Goran.

»Tut mir leid, dass wir unser Programm ändern müssen«, begrüßte der Kommissar sie mit einem selbstbewussten Lächeln. Durch ihre Sonnenbrille musterte sie Goran. Sein legerer Look aus Shorts und engem T-Shirt gefiel ihr besser als die Dienstkleidung. Er hatte alles gepackt und führte Jette zu seinem Auto.

Als sie das Gefährt erblickte, entfuhr ihr ein leises »Holy cow!«. Der schwarze Chrysler Crossfire glänzte im Sonnenschein, und Goran öffnete in vollendeter Gentleman-Manier die Beifahrertür.

»Für den Surfkurs ist es zwar zu spät«, sagte er schmunzelnd. »Ich hab mir aber eine Überraschung überlegt.«

Schon wieder eine Überraschung?, wunderte sich Jette und stieg ein.

Obwohl die Kundschaft ihrer Mutter nicht mit Protzereien sparte, hatte sie sich nie etwas aus Statussymbolen gemacht. Dafür hatte Ilona gesorgt. Jette überlegte, wie oft ihre Mutter gepredigt hatte, sie solle sich gefälligst einen soliden Ranger suchen. Alles andere käme als Freund nicht in Frage. Die meisten von Jettes kanadischen Kumpels fuhren alte Pick-ups oder Geländewagen. Sie schraubten an den Karren herum und motzten sie auf. Mit einem teuren Flitzer konnte man vielleicht durch S'toon, wie sie Saskatoon nannten, cruisen. In den kanadischen Weiten machten elegante Sportwagen aber wenig Sinn.

Als Goran den Motor anließ, den Wagen auf Knopfdruck in ein Cabrio verwandelte und Richtung Fackenburger Allee brauste, kam Jette sich vor wie in einem Roadmovie.

Ich mache mir gerade mein eigenes Bild darüber, wer für mich gut ist, liebe Mum, dachte sie und lehnte sich entspannt zurück.

»Wohin fahren wir denn?«, rief Jette.

»No comment«, rief Goran zurück.

Wenige Minuten später bog er auf die A1 Richtung Norden ein.

Jette genoss die leicht hügelige Landschaft, die an ihr vorbeischoss. Der Fahrtwind war warm, und die Sonne schien ihr ins Gesicht. Endlich bekam sie etwas anderes außer Bahnhof und Kurts Playmobil-Häuschen zu sehen.

»Oh my god. Da ist das Meer!«, rief sie plötzlich und zeigte auf den blauen Streifen, der unvermittelt zwischen den vorbeirasenden Sträuchern und Bäumen am Horizont hervorstach.

Immer wieder versuchte sie, einen Blick auf das Wasser zu werfen, und reckte ihren Hals. »Fantastisch! Da draußen sind lauter Segelboote!«

»Was sonst?«, kommentierte Goran ihre fast kindliche Begeisterung. »Gleich wird's aber noch besser.«

Wenige Minuten später steuerte Goran den Crossfire durch eine kleine Ortschaft.

»Pelzerhaken – witziger Name«, stellte Jette interessiert fest. »Hab ich ja noch nie gehört.«

Goran schaute sie fragend von der Seite an und suchte einen Parkplatz.

»Ich war erst einmal am Meer«, murmelte Jette.

»Erst einmal?«, wiederholte Goran. »Kanada hat doch eine Pazifik- und eine Atlantikküste. Die musst du doch kennen.«

»Ich war nur in Vancouver, mit der Highschool-Klasse«, murmelte Jette verlegen. »Das liegt in so einer bescheuerten Bucht. Und nebelig war es außerdem. Also nix mit Strand.«

»Dann wollen wir mal hoffen, dass die Sonne sich heute hält und du nicht wieder im Nebel stehst«, scherzte Goran.

Sie stiegen aus und spazierten durch die engen Straßen, zwischen Campingplätzen hindurch bis zur Uferpromenade.

Als Jette das bunte Treiben am Strand sah, schluckte sie. Hätte Goran nicht neben ihr gestanden, wären ihr Tränen in die Augen gestiegen. Sie riss sich zusammen und holte tief Luft. Der frische Wind wehte den salzigen Geruch vom Meer über den warmen Sand. Kinder bauten Sandburgen, Senioren schlenderten Eis essend die Promenade entlang, und die Sonne zauberte funkelnde Reflexe auf die Wasseroberfläche. Zielstrebig stapfte Goran auf einen freien Strandplatz zu, bis er merkte, dass Jette nicht kam.

»Was sind denn das für Kisten?«, rief sie ihm nach und zeigte auf den Strand.

»Was meinst du?«, fragte Goran.

Jette schlich durch den Sand um einen Strandkorb herum. Sie starrte das Gehäuse an und strich über das Dach. Als sie sich kopfschüttelnd vor den Strandkorb stellte, fiel der braungebrannten Rentnerin, die dort saß, vor Schreck die Sonnencreme aus der Hand. Jette hob die Flasche auf und entschuldigte sich. Grinsend drehte sie sich um und lief weiter. Nach einigen Metern hockte sie sich in den Sand und ließ sich die feinen, hellen Körnchen durch die Finger rieseln. Dann zog sie die Schuhe aus, sprang auf und folgte Goran.

»So was Schönes habe ich noch nie gesehen«, schwärmte sie benommen.

»Komm schon«, erwiderte Goran. »Wenn es irgendwo grandiose Landschaften gibt, dann in Kanada.«

Er amüsierte sich über Jettes überschwänglichen Enthusiasmus. Für einen Lübecker gehörte die Ostsee zum Alltag. Natürlich war sie schön, besonders an einem herrlichen Sommertag. Aber sie war halt immer da. Vielleicht hatte er über die Jahre verlernt, den Anblick zu genießen.

»Of course«, pflichtete Jette ihm bei. »Wir haben Berge und Seen und Wälder und Bären und die Grasslands. Aber dieser Strand hier ist ...«

Jette suchte nach einem passenden Wort. »Pure energy.«

Goran breitete eine Decke aus und setzte sich.

»Können wir nicht auch in so einer Kiste sitzen?«, fragte sie.

»Die Kisten heißen Strandkörbe, und sie werden vermietet. Ich fürchte, heute ist keiner mehr frei. Bei dem Wetter sind die ruck, zuck weg.«

Goran warf einen Blick in seine Tasche und verharrte. Jette

ließ ihren Rucksack neben ihn fallen und watete schnurstracks weiter. Am Wasser zog sie ihre Shorts und ihr T-Shirt aus und sprang juchzend in die Fluten. Ausgelassen paddelte sie herum und winkte Goran zu. Als sie merkte, dass er auf der Decke sitzen blieb, schwamm sie wieder ans Ufer. Im Seichten beugte sie sich vor und schöpfte etwas Wasser. Sie nahm einen kräftigen Schluck und verzog das Gesicht. Ein kleiner Junge, der neben ihr spielte, starrte sie verblüfft an und bekam nicht mit, wie eine Welle seinen Eimer umwarf.

»Salty!«, rief sie Goran zu.

»Ach was?«, murmelte er.

Eine Minute später lag Jette neben ihm. Sie hielt ihr Gesicht in die Sonne und grinste.

»Hast du Durst?«, fragte Goran und begann, in seiner Tasche zu kramen.

Jette nickte und sah zu ihm hinüber.

»Ist das etwa ein Sektkühler?«

Goran stellte den durchsichtigen Behälter samt Flasche in die Mitte der Decke. Vorsichtig wickelte er zwei Glaskelche aus einem Tuch und drückte sie Jette in die Hand.

»Voilà«, sagte er, öffnete die Flasche mit einem lauten Plopp und goss den Champagner ein.

»Auf deinen ersten Tag an der Ostsee«, prostete er Jette zu.

»Auf unseren Tag«, erwiderte sie und versuchte Gorans Augen hinter den Gläsern seiner Sonnenbrille zu finden. »Unsere Nebelküste ist nix gegen Pelzerhaken!«

Eine halbe Stunde später lagen Goran und Jette nebeneinander und plauderten. Jette erfuhr, dass Goran als zweites Kind kroatischer Einwanderer in Lübeck aufgewachsen war. Innerhalb weniger Jahre hatte sein Vater nicht nur mehrere Restaurants mit jugoslawischen Spezialitäten eröffnet, sondern auch einen europaweit florierenden Großhandel. Der schnelle Reichtum hatte es der Familie ermöglicht, den Sohn aufs Gymnasium und später sogar drei Jahre auf ein Internat zu schicken. Schon als Kind hatte er davon geträumt, Polizist zu werden. Während sein älterer Bruder in die Fußstapfen der Eltern trat, absolvierte Goran die Polizeischule mit Bestnoten.

»Und wie bist du in Kanada aufgewachsen?«, fragte Goran. Dabei verteilte er den Rest Champagner auf die beiden Gläser.

»Zuerst lebten wir in der Wildnis«, antwortete Jette knapp. »Dann merkte meine Mutter, wie schwierig es ist, ohne Mann und Job ein Kind großzuziehen. Wir sind in die Nähe von Saskatoon gezogen, sie hat in einem Hotel gejobbt und es später übernommen.«

Wie Ilonas Sinneswandel vom Hippiemädchen zur Businessfrau zustande gekommen war, wollte Jette nicht erzählen. Es ging Goran nichts an, dass der Seniorchef des Hotels sich in Ilona verliebt und sie nach seinem Tod mit einem stattlichen Erbe bedacht hatte. Paddy Brickell war für Jette stets ein gutmütiger, alter Onkel gewesen. Als Papa hätte sie ihn nie akzeptiert.

»Wie wär's mit 'ner Runde Tretbootfahren?«, fragte Goran. Er zeigte auf die kleine Flotte bunter Kunststoffbötchen, die am Strand lagen. Jette zog die Augenbrauen hoch und stand auf.

»Ups«, säuselte sie. »Champagner und Sonnenschein.«

Zwei Minuten später strampelten Jette und Goran auf das offene Wasser hinaus.

»Hätte nicht gedacht, dass die Dinger so schaukeln.«

Der Wind sorgte für leichten Wellengang, und Jette spürte eine aufkommende Übelkeit.

»Bist du seekrank?«, scherzte Goran.

»Quatsch«, antwortete Jette. »Mir ist einfach warm.«

»Dagegen hilft nur eine Abkühlung«, schlug Goran vor. Ohne Jettes Antwort abzuwarten, stand er auf und stellte sich auf den Sitz. Balancierend legte er seine Sonnenbrille ab, zog sein T-Shirt aus und sprang kopfüber in die Fluten.

Jette kicherte beschwipst. Sie beobachtete Goran, wie er wieder auftauchte und im Gegenlicht in den Wogen auf und ab glitt.

Schwankend erhob sie sich und hopste hinterher. Die Kälte des Wassers ließ ihr Herz rasen, und sie prustete.

»Ist halt nicht die Südsee«, rief Goran und kraulte um sie herum.

Als Jette sich an die Temperatur gewöhnt hatte, tauchte sie einige Male unter. Sie holte tief Luft und machte eine Rolle vorwärts. Dabei genoss sie das Wasser an ihrem Körper. Sie fühlte die kraftvolle Strömung und strampelte, damit ihr wärmer wurde.

Plötzlich streifte etwas ihren Arm. Unwillkürlich dachte Jette an einen Fisch oder eine Qualle und zuckte zusammen. Es war Goran, der neben ihr schwamm, und der sie noch ein zweites Mal wie zufällig berührte.

Jette kraulte zum Tretboot und hielt sich fest. Goran folgte.

»Willst du wieder rauf?«, fragte er.

»Noch nicht«, antwortete Jette. Sie schaukelte neben Goran am Bootsrand und sah ihn an. Lächelnd beugte er sich vor, so dass sie seinen Atem spürte. Sie merkte, wie sich das Innere ihres Körpers im kühlen Wasser erhitzte und sich alles zu drehen begann. Auf den Schwindel folgte Dunkelheit. Jette wurde schwarz vor Augen, und ihre Hände glitten vom Holz.

»Scheiße! Was machst du?«

Gorans Stimme drang in Intervallen zu ihr vor. Als Jette zu sich kam, fühlte sie den harten Kunststoff des Tretbootes unter ihrem Rücken.

»Mir ist schlecht«, sagte sie. Dabei versuchte sie, sich aufzurichten.

»Alles wieder o. k.?«, rief ein Mann von der Seite. Jette drehte ihren Kopf und sah einen Rettungsschwimmer in einem Schlauchboot.

»Yes«, gab Jette zurück. Goran nickte dem Mann zu und strich Jette über die Stirn.

»Hast du mir einen Schrecken eingejagt. Zum Glück war der Typ in der Nähe. Allein hätte ich dich nicht wieder raufbekommen.«

Der Helfer hatte Jette eine Decke übergelegt. Ihr Kopf schmerzte, und sie fragte sich, was passiert war. Goran kletterte leise fluchend auf seinen Sitz und fuhr das Boot zum Ufer. Sie konnte sich nur noch an ihre Vorwärtsrolle erinnern.

Kurz bevor sie den Strand erreichten, hörte Jette ihr Handy im Rucksack vibrieren. Mit einer Hand kramte sie es aus der Seitentasche. Sie war noch immer benommen und hob ab.

»Wo bleibst du?«

Kurts Stimme dröhnte so laut durchs Telefon, dass sogar Goran ihn hören konnte. Er drehte sich zu Jette um und sah sie fragend an. Sein rechter Mundwinkel zuckte.

»Was gibt's denn?«, motzte Jette zurück.

»Jetzt ist es fünf. Alle sind hier und warten auf dich. Wo steckst du?«

25

»Lass Jette doch ihre Freiheit.«

Die Hände in die Hüften gestemmt, stand Inge-Britt vor Kurts Schreibtisch. Draußen liefen die Bauarbeiten auf Hochtouren. Ein Planierer verrichtete seinen Dienst so eifrig, dass die Fensterscheiben des Containerturms vibrierten. Das dumpfe Hämmern machte Kurt rasend. Er saß schmollend an seinem Platz und kritzelte Muster auf ein Blatt Papier.

»Was heißt hier Freiheit?«, murrte er. »Wenn wir 16 Uhr sagen, dann hat sie sich daran zu halten. Sie hatte doch den ganzen Tag Zeit, um zur Wakenitz zu fahren. Und sie weiß, wie wichtig die Ergebnisrunden sind.«

Inge-Britt seufzte. Kurt ging es um mehr als die Ergebnisse.

Schließlich war Jette um 18 Uhr angekommen, hatte kurz Bericht erstattet und sich dann mit dem Hinweis, sie habe Kopfschmerzen, in ihr Zimmer zurückgezogen. Inge-Britt hatte sofort ihren Sonnenbrand auf Wangen und Nase bemerkt und sich an ihre eigene Jugend erinnert. Bei einem Familienausflug nach Holland hatte sie damals einen Jungen kennengelernt und mit ihm den ganzen Tag in den Dünen verbracht. Ihren besorgten Eltern hatte sie erzählt, sie hätte sich verlaufen, woraufhin sie eine Woche Hausarrest bekam. Dass Jette lieber einen unbeschwerten Sonntag am Wasser genoss, statt mit einer Gruppe Senioren Kaffee zu trinken, war verständlich. Sie konnte aber auch Kurt verstehen. Was wusste der Über-Nacht-Opa schon über die Träume eines zwanzigjährigen Mädchens?

»Um zehn war Teamsitzung«, lenkte Inge-Britt Kurts Aufmerksamkeit auf ein anderes Thema.

Laut ausatmend drehte er sich um und sah sie erwartungsvoll an.

»Danach habe ich Ploog erst mal einen schönen, frischen Kaffee und ein Päckchen Traubenzucker gebracht. Goran scheucht ihn ziemlich herum. Der Arme musste das ganze Wochenende arbeiten. Du glaubst ja nicht, wie er sich über meine kleine Aufmerksamkeit gefreut hat.«

Kurt konnte sich Inge-Britts charmantes Schauspiel gut vorstellen. Sie wurde nicht ohne Grund die *Mutter Teresa* des Präsidiums genannt. Alle im Kollegium schätzten ihre fürsorgliche und bodenständige Art. Gleichzeitig arbeitete sie hoch professionell. Ohne Inge-Britt wäre nicht nur ihr Chef aufgeschmissen. Kurt erinnerte sich daran, wie sie unzählige interne Streitereien mit ihrem diplomatischen Geschick geschlichtet hatte. Vor langer Zeit, es mochte 15 oder 16 Jahre her sein, hatte sie es geschafft, ihren damaligen Chef, der eine Putzfrau des Diebstahls beschuldigt und fristlos entlassen hatte, von der Wahrheit zu überzeugen. Dem Polizeipräsidenten war die Geldbörse in den Müllschlucker gerutscht. Er hatte auf dem Weg zum Parkplatz eine alte Keksschachtel aus seiner Aktentasche entsorgen wollen und nicht gemerkt, dass sein Portemonnaie darin steckte. Bei einer von Inge-Britt befohlenen, groß angelegten Suchaktion des gesamten Kollegiums wurde das Portemonnaie wenige Tage später im Abfall gefunden. Die Putzkraft Gomez, eine integre Frau, verweigerte sechs Wochen lang die Entschuldigung des Präsidenten – bis Inge-Britt schließlich eine Versöhnung hinbekam.

»Eine wie dich«, hatte Kurt damals gesagt, »könnte die UN nach Palästina schicken, und schon hätten wir Frieden.«

Ganz so einfach war es dann doch wieder nicht. So sehr Inge-Britt sich auch bemühte, den Streit zwischen Goran und Kurt konnte sie nicht aus der Welt schaffen. Dafür hätte sie übernatürliche Fähigkeiten und eine Anordnung vom lieben Gott höchstpersönlich gebraucht.

»Ich habe die Aufnahmen«, sagte sie triumphierend.

»Welche?«, fragte Kurt.

»Die Videobänder aus der Buchhandlung.«

Inge-Britt beugte sich zu Kurt vor und stützte sich mit beiden Händen auf den Tisch. Dann rückte sie noch etwas näher zu ihm heran und flüsterte: »Plus die Namen der Zeugen.«

Kurts grimmige Miene erhellte sich. Sein Herz schlug einen Zwischentakt schneller.

»Lass uns gucken, ob Trapko dabei war«, schlug er vor.

»Komm um vier in mein Büro«, wisperte Inge-Britt. »Dann ist der Chef unterwegs, und wir haben Ruhe.«

Bis zum Nachmittag versuchte Kurt so viel wie möglich über Trapko und Tiesdorf herauszubekommen. Die alten Akten hatte er am Sonntag bereits zu Hause studiert. Er musste sich an Details erinnern. Vielleicht fand er Hinweise in seiner »Schatzkiste«. Seit Jahren sammelte er seine persönlichen Notizen über Fälle, die ihn besonders beschäftigt hatten. In der untersten Schublade seines Schreibtisches lag eine verschlossene Schachtel mit Kladden, Schmierzetteln und Kalendern der Vorjahre. Von seinem geheimen Archiv, der dokumentierten Seele seines langen Polizistenlebens, wusste nicht einmal Inge-Britt. Kurt fingerte den schmalen Schlüssel von seinem Bund und öffnete das kleine Sicherheitsschloss. Der Stapel war chronologisch geordnet, die ältesten Notizen lagen unten.

Wie besessen durchwühlte er die Zettel, Schnipsel und Fotos, fand aber nichts. Die T&T-Fälle hatten ihm damals schlaflose Nächte und haufenweise Aufzeichnungen beschert. Waren etwa genau diese Notizen bei seinem Umzug in diese gottverdammte Abstellkammer verloren gegangen? Seine Finger zitterten. Er sprang auf und nahm sich einen Schrank nach dem anderen vor. Am Ende trat er mit leeren Händen den Papierkorb um.

Um fünf vor vier marschierte Kurt nach oben. Auf dem Weg zu Inge-Britt kam er an Gorans Büro vorbei. Die Tür stand offen, und Kurt wagte einen Blick hinein.

Goran telefonierte mit dem Rücken zu ihm und trommelte mit einem Kugelschreiber gegen die Fensterscheibe. Sein Geschrei war nicht zu überhören.

»Wie kann man dermaßen stümperhaft arbeiten? Warum hat Schippelmann ihn nicht verfolgt?«

Kurt konnte sogar die Stimme am anderen Ende der Leitung verstehen. Es war Gregor Hüsing, der Chef der Drogenfahndung. Er schrie ebenfalls, wurde von Goran aber sofort unterbrochen.

»Wenn ihr zu blöd seid, müssen wir die Beschattung eben komplett übernehmen. Ich glaub's einfach nicht.«

Im Bruchteil einer Sekunde legte Goran auf und drehte sich um. Als er Kurt erblickte, schmiss er den Kuli auf den Tisch und stürmte auf ihn zu. Kurz vor dem Gang stoppte er.

»Wie nennt man so was? Bespitzelung im Dienst?«

Auf den Sprühregen von Spucketröpfchen war Kurt nicht gefasst, obwohl er schon häufig Gorans feuchte Aussprache erlebt hatte, wenn der unter Strom stand. Noch ehe er nach einem Papiertaschentuch in seinem Sakko suchen konnte, knallte Goran ihm die Tür vor der Nase zu. Hätte Kurt nicht einen wichtigeren Auftrag gehabt, wäre diese Aktion anders ausgegangen. Stattdessen schüttelte er den Kopf, streckte den Mittelfinger in die Luft und lief weiter.

»Hat Pilz 'nen Sonnenstich?«, fragte Kurt, als er in Inge-Britts Büro trat.

»Wie kommst du darauf?«, antwortete sie.

»Völlig hysterisch. Außerdem ist seine Stirn knallrot.«

Inge-Britt grinste.

»Die Stirn ist mir heute früh auch schon aufgefallen. Entweder war er zu lange in der Sonne, oder sein Hirn ist heißgelaufen in den letzten Tagen. Viel denken verträgt nicht jeder.«

Kurt schloss die Tür hinter sich. Nervös schaute er an Inge-Britt vorbei in Junkers leeres Büro.

»Können wir loslegen?«, fragte er.

Inge-Britt sah ihn für einen Moment an. Sie fühlte ihren trockenen Mund und benetzte sich die Lippen.

»Gern«, hauchte sie.

Kurt schluckte. Er spürte, wie sich kleine Schweißtröpfchen auf seiner Stirn bildeten. Ruckartig drehte er sich Richtung Bildschirm. Seine Arme umklammerten seine Alibi-Akten.

»Ja dann, äh, zeig mal.«

Inge-Britt holte tief Luft, zog ihre Schublade auf und kramte eine DVD heraus. Sie schob die Scheibe ins Laufwerk und räusperte sich.

»Ich bin die Liste der identifizierten Zeugen bereits durchgegangen«, murmelte sie, während sie auf den Bildschirm starrte.

»Und?«

»Nichts und. Zumindest ist niemand dabei, der nicht ordnungsgemäß gemeldet ist. Alles Normalbürger und keiner in Trapkos Alter. Laut Goran fehlen allerdings noch immer drei Zeugen, die sich nicht gemeldet haben. Eine Frau und zwei Männer.«

»Habt ihr keine Foto-Ausschnitte von denen?«, fragte Kurt.

»Ich nicht, aber Goran. Er will sie morgen veröffentlichen. Wenn Trapko auf dem Film ist, werden wir ihn schon erkennen.«

Inge-Britt klickte auf Play. Auf dem Bildschirm startete ein unscharfer Schwarz-Weiß-Film.

»Da ist Jette!«, rief Kurt. Er sah, wie seine Enkelin die Buchhandlung betrat. Auf der Stelle wurde ihm schwindelig. Mit dem schweren Rucksack auf dem Rücken lief Jette neugierig durch den Laden. Vor Aufregung vergaß Kurt, auf die anderen Kunden zu achten.

»Kann er das sein?«, wollte Inge-Britt wissen und zeigte auf einen Mann, der Jette an einem schmalen Gang höflich den Vortritt ließ.

»Man sieht ihn nur von hinten«, murrte Kurt und verfolgte die Szenen. »Die Größe könnte passen.«

Es fiel ihm schwer, seine Augen von Jette zu lösen. Er wusste ungefähr, was folgen würde, doch das Geschehen in bewegten Bildern zu sehen, setzte selbst ihm als erfahrenem Polizisten zu.

»Jetzt spricht sie mit der Buchhändlerin«, konstatierte er.

»Und der Mann schlendert weiter nach hinten. So erkennt man nichts.«

Kurt beobachtete, wie die Buchhändlerin Jette ein Buch empfahl und zur Kasse lief.

»Da isser wieder im Hintergrund«, begleitete Inge-Britt die Szene.

Jette blätterte in dem Buch und reckte immer wieder den Hals.

»Nach wem hält sie Ausschau?«, fragte Inge-Britt.

»Nach mir«, antwortete Kurt und musste schlucken.

Wenige Sekunden später passierte das Unglück.

»Da kommt der Täter«, rief Inge-Britt. Der Schütze war auf dem Film nur seitlich zu sehen. Zielstrebig marschierte er durch die Buchhandlung und blieb stehen, ohne sich umzusehen. »Von dem haben wir ja genügend Fotos von den anderen Bahnhofskameras.«

Jette, hau ab!, dachte Kurt unwillkürlich, doch er musste mit ansehen, wie der vermummte Schütze blitzschnell seine Waffe zog und abfeuerte. Die Buchhändlerin, die gerade wieder auf Jette zulief, sackte zusammen und stürzte zu Boden.

Kurt realisierte, dass Jette alles mit angesehen hatte.

»Armes Kind«, sagte Inge-Britt und klickte hektisch mit der Maus herum.

Kurt schnaufte und schwitzte stärker. Er versuchte, sich auf den Mann zu konzentrieren.

»Spul noch mal zurück«, befahl er.

Inge-Britt suchte die Schussstelle, drückte auf Slowmotion und kommentierte die Sequenz wie eine Sportmoderatorin.

»Der Mann steht hinter Jette und der Buchhändlerin – er scheint eine Zeitschrift zu lesen – okay, rechts vorne kommt die Grabzow zurück – sie ordnet einen Stapel Bücher – und jetzt der Schuss – der Mann erschrickt – und dreht sich um.«

»Heilige Scheiße!«, schrie Kurt. »Das ist Trapko!«

Inge-Britt sah zu ihrem Kollegen auf. Er biss die Zähne zusammen und schüttelte den Kopf. Sie versuchte zu erahnen, was in ihm vorging.

»Ich hätte ihn nicht erkannt«, sagte sie schnell. »Ist doch ziemlich unscharf von weitem. Sieht aus wie ein netter alter Herr.«

»Er ist ja auch ein alter Herr«, sagte Kurt. »Nur nicht nett.«

Die beiden begannen zu kombinieren. Wieso tauchte Trapko in der Buchhandlung auf? War er zufällig Kunde? Was, wenn der Schuss nicht der Buchhändlerin, sondern Trapko gegolten hatte? Gab es eine Verbindung zwischen den beiden? Wie sollten sie das herausfinden, und wo sollten sie ansetzen? Kurt rieb sich die feuchte Stirn. Noch nie war es ihm so schwer gefallen, seine Gedanken zu ordnen. Sein Herz klopfte mal wieder wie verrückt.

Wie auf Kommando klingelte Kurts Handy. Er schaute aufs Display und nahm das Gespräch an.

»Wo bist du?«, schmetterte eine rauchige Stimme durch das Mobilteil.

»Bei Inge-Britt«, sagte Kurt. »Wir sehen uns die Videoaufzeich...«

»Kommt sofort zum Kiosk!«, schrie der sonst so gelassene Fritz.

26

»Lübecks Kioske sind vielleicht nicht jung, aber hip. Sie gehören zum Stadtbild wie das Holstentor.«

So stand es in dem Reiseführer, den Sylke Grabzow Jette empfohlen hatte.

Die Beschreibung passte, doch es fehlte ein wichtiger Zusatz: Die Kioskbesitzer versorgten ihre Kunden mit Lebens- und manchmal auch Überlebenswichtigem, aber vor allem sind sie gute Zuhörer und Menschenkenner. Fritz Brinktrine gehörte zu den Menschen, die für ihren Laden leben. Zwar galt er nach 47 Jahren in Lübeck noch immer als Zugereister, doch er hatte aus seiner Herkunft auch nie einen Hehl gemacht.

»Einmal Ostwestfale, immer Ostwestfale«, sagte er gern und stellte seine Kundschaft damit vor ein Rätsel. Nur wenige wussten, wo der Landstrich mit dem paradoxen Namen genau lag.

»Sie sprechen irgendwie anders«, hatte ihm mal ein Kunde gesagt. »Nicht richtig nordisch. Ist das Plattdeutsch?«

Fritz empfand die Frage als Kompliment und gab dem Kunden ein Bier aus. Als er der Liebe wegen nach Lübeck gezogen war, glaubte er noch, er würde sich nie heimisch fühlen und irgendwann wieder in seine ländliche Heimat zurückkehren. Doch seine Marlis dachte nicht daran wegzuziehen und hatte ihn zum ersten ostwestfälischen Lübecker ernannt. 42 Jahre hatten sie gemeinsam in ihrem Kiosk gestanden. Als Marlis vor fünf Jahren gestorben war, überlegte Fritz nicht eine Sekunde. Eher würde die Welt untergehen, als dass er Lübeck und seinen kleinen Laden verließ.

»Was ist los?«, fragte Kurt seinen Freund.

In dem Moment bog auch Erwin um die Ecke.

»Wenn du mich noch einmal so auf die Folter spannst, hole ich die Motorsäge und zerlege deine Bretterbude.«

In seinem Trainingsanzug sah Erwin aus, als wäre er von seinem Beobachtungsposten in Moisling hergejoggt.

»Muss ja was ungemein Wichtiges sein, wenn du uns einbestellst.«

Fritz stand hinter seinem kleinen Tresen und nickte nur stumm. Dann blickte er zur Uhr.

»Jette müsste auch gleich da sein«, sagte er knapp.

»Bitte?«, prustete Erwin. »Diesen Verspätungsmist hatten wir gestern schon. Wir haben viel zu tun, und wenn sich jetzt alles wieder nach unserem eigensinnigen Küken richtet, werden wir nie fertig.«

»Das ist ja mal 'ne coole Location«, hörten die vier Jette sagen. Sie war mit dem Rad gekommen und ebenfalls aus der Puste. »Teambesprechung am Kiosk. Crazy«, lobte sie Fritz. »Gut, dass ich heute Frühschicht hatte. Sonst würdet ihr glatt ohne mich weitermachen.«

Jette stupste Erwin in die Seite und warf einen Blick auf die Eiskarte.

»Ich brauche erst mal 'ne Abkühlung. Ihr auch?«

Die anderen schüttelten ihre Köpfe und warteten, bis Jette sich ein Erdbeerhörnchen ausgesucht hatte.

»Jetzt sag endlich, was los ist«, forderte Inge-Britt Fritz auf.

Der ging nach hinten und ließ seine Freunde durch die schmale Tür herein.

»Meint ihr, das zeige ich euch in aller Öffentlichkeit?«

Kurt, Inge-Britt, Erwin und Jette betraten den kleinen Verschlag. Sie quetschten sich in eine Ecke, um von draußen nicht gleich gesehen zu werden.

»Echt witzig«, attestierte Jette, die sich interessiert umsah. »Hier drinnen ist es total miefig, aber trotzdem arbeitest du an der frischen Luft.«

So hatte Fritz seinen Arbeitsplatz noch nie betrachtet. Als gerade kein Kunde da war, kramte er sein Handy hervor. Dabei sah er Kurt an.

»Den Trick habe ich von dir«, sagte er stolz.

Kurt hob die Augenbrauen.

Jette wusste, was gemeint war. Sie erinnerte sich an den Lieferwagen-Raser, den Kurt mit seiner Filmlüge erfolgreich eingeschüchtert hatte.

»Im Gegensatz zu dir benutze ich mein Handy aber wirklich.«

»Komm zur Sache«, drängte Erwin seinen Freund. Er stand hinter Inge-Britt und hatte Mühe, an ihrer toupierten Frisur vorbeizuschauen.

»Also gut. Mein altes Schätzchen besitzt zwar keine Kamera, aber ein Diktiergerät.«

Fritz patschte mit seinen riesigen Fingern auf den abgegriffenen Tasten herum.

Dann warf er noch einen kurzen Kontrollblick nach draußen und drückte auf das Abspielknöpfchen. Gespannt steckten alle die schwitzenden Köpfe zusammen.

Zuerst hörten sie nur ein leises Rauschen.

»Musste es erst mal ausrichten«, entschuldigte sich Fritz. »Außerdem fehlt der erste Teil. Bis ich kapiert hab, worum es ging, war bestimmt schon 'ne Minute vergangen.«

Aus dem winzigen Lautsprecher quäkten abwechselnd zwei Männerstimmen. Die tiefe war deutlich lauter und besser zu verstehen als die andere.

»Du kannst dich auf mich verlassen«, sagte die Bärenstimme, woraufhin der zweite Mann etwas wie »letzte Chance« und »Tote« und »Bahnhof« wisperte.

»Wer spricht denn da?«, fragte Erwin dazwischen und trat von einem Bein aufs andere. Kurt und Inge-Britt drängten ihn mit einem kollektiven *Pssst* zur Ruhe.

Die Fistelstimme sprach weiter, doch wieder waren nur Bruchstücke zu verstehen.

»Zimmer für vier Tage gemietet« und »Entweder er oder du«.

Erwin riss die Augen auf. Jette biss von ihrem Eis ab und beugte sich vor.

»Sonnentau?«, fragte der Bass, dann endete die Aufnahme.

»Friiiitz?«, rief ein junger Mann in Latzhose und lugte in den Kiosk. Als er die fünf dicht gedrängt in der Ecke stehen sah, entfuhr ihm ein Rülpser.

»Eine Stange Pall Mall und 'ne Dose Becks!«

Fritz legte sein Handy zur Seite und zwinkerte seinen Freunden zu. Er bediente den Kunden und kam nach einem kurzen Pläuschchen zurück.

»War das Trapkos Stimme?«, fragte Erwin. Man sah ihm an, wie er versuchte, das Gehörte zu deuten. »Eigentlich müsste ich das jetzt mitschreiben. Ohne unsere Tischtennisplatte kriegen wir das sonst nicht zusammen.«

Kurt schüttelte den Kopf. Dann schloss er für einen Moment die Augen.

»Ich glaube nicht. Kann mich aber auch nicht mehr genau erinnern, wie seine Stimme klang. Aber die andere, diese hohe Stimme kommt mir bekannt vor.«

Inge-Britt fächelte sich Luft zu.

»Gesichter kann ich mir gut merken«, sagte sie. »Auch Telefonnummern und Frisuren, aber bei der Stimme muss ich passen.«

»Wie sahen die Typen denn aus?«, fragte Jette.

Fritz ging zu einem gläsernen Kühlschrank und holte vier Bierdosen heraus. Dann drückte er jedem eine in die Hand.

»Auf meinen Scharfsinn!«, flüsterte er und zog an der Lasche. »Die meisten Kunden, die ich nicht kenne, sind Touristen. Die beiden sahen aber gar nicht wie Urlauber aus. Dem Großen fehlte ein Schneidezahn, und der kleine Alte hatte 'ne Glatze mit einer Tätowierung hinterm Ohr.«

Erwin hielt die Spannung nicht mehr aus und presste seine Bierdose zusammen.

»Die haben sich was zu trinken bestellt und sind dann hinter die Bude gegangen. Das macht sonst nur meine Stammkundschaft. Irgendwie kamen die mir seltsam vor. Ich also mein kleines Hinterfenster auf Kippe gestellt und zugehört. Solche muss ich im Auge behalten. Sonst pinkeln die mir womöglich an die Wand.«

Inge-Britt schüttelte sich.

»Vorbildlich geschaltet«, lobte Erwin. »Ich hätte es nicht besser gemacht.«

»Also, der dünne Alte hat den Großen beschimpft, und irgendwann fiel der Name Jackie. Da habe ich mich erschrocken, sofort mein Handy gezückt und es unauffällig auf die Fensterbank gelegt. Ich kann euch sagen, als ich dieses Diktierding endlich eingeschaltet hatte, war ich nass geschwitzt.«

»Sehr gut«, brummte Kurt, der sich aufrichtete und den Rücken hielt. »Beschreib die beiden.«

»Wie gesagt, dem Großen fehlt ein Zahn. Er hat dunkle kurze Haare, so um die 40.«

»Und der andere?«

Bevor er weitersprach, machte Fritz eine genüssliche Pause und trank einen Schluck Bier.

»Den kannte ich von eurem Foto.«

»Foto?«, platzte es aus Kurt heraus.

»Von einem, das ihr gestern dabeihattet.«

Kurt und Inge-Britt sahen sich fragend an. Erwins offenen Mund bekam niemand mit.

»Das war aber nicht Trapko«, zischte Fritz, »sondern Tiesdorf – nur mit Glatze und in alt.«

27

Jette saß an der Obertrave und sah das Wasser nicht. Ihre Augen folgten zwar den Rundfahrtenschiffen, die sich jede halbe Stunde mit Touristen füllten und tuckernd ablegten, doch ihre Gedanken waren woanders.

Goran und sie hatten einen wunderschönen Nachmittag in Pelzerhaken verbracht.

Es konnte doch nichts dabei sein, dass ein Kommissar und eine Zeugin sich gut verstanden. Und überhaupt: Wen, außer Kurt, sollte das stören? Sie waren ja schließlich rein privat unterwegs gewesen. Auch der Altersunterschied von acht Jahren war nicht so schlimm. Goran nahm sie ernst, und bei ihren Gesprächen lagen sie auf einer Wellenlänge. Er war kein unreifes Muttersöhnchen wie viele ihrer kanadischen Freunde. Auch nicht so ein krimineller Loser wie Jean-Luc. Sollten doch alle gegen ihn wettern. Jette fand Goran interessant. Basta. Am Strand hatte sie ihn jedes Mal, wenn er wegschaute, verstohlen gemustert. Es war das erste Mal, dass jemand sie auf diese Art faszinierte. Bei Jean-Luc war es anders gewesen. Er war offensiv, fast stürmisch auf sie zugekommen. Ein großes Abenteuer und eine willkommene Abwechslung in Jettes eintönigem kanadischem Alltag. Mehr nicht. Gegen Jean-Luc wirkte Goran erwachsen. Auch passte keine von Kurts Beschreibungen auf ihn. Goran war weder asozial noch unfreundlich. Dass er auf Kurts Anruf verstockt reagiert hatte, verstand sie sogar. Beim nächsten Treffen würde sie ihr Handy einfach ausschalten.

Jette überlegte, wie schön und einfach alles sein könnte, wenn Kurt bloß ein bisschen friedfertiger wäre. Sie schloss die Augen und dachte nach. Fünf Minuten später hatte sie eine Idee. In wenigen Tagen würde sie ihm ein Geschenk machen, das ihn umstimmen würde.

Bevor Jette nach Hause fuhr und am Abend wieder mit dem Ermittlerteam zusammentraf, wollte sie Musik hören und chillen. Sie setzte sich ein Baseballcap auf, um ihre gerötete Haut zu schützen. Dann streifte sie die Schuhe ab und kramte ihr Smartphone aus der Tasche. Kurz warf sie einen Blick auf die eBay-Gebote für ihre Ware. Jethro Tull lag bei 14 Euro, The Band schon bei 43, und auch die anderen versprachen gute Ergebnisse. Zufrieden schaute sie auf. Durch ihre Sonnenbrille bekam alles einen Schleier von Unwirklichkeit. Die Promenade war ein beliebter Tummelplatz von Touristen und Lübeckern. Die aufgeheizte Luft der Stadt vermischte sich mit der kühlen vom Wasser. Neben Jette lud ein älterer Mann lautstark die Passanten zu einer Rundfahrt auf sein Schiff ein. Zuerst nahm eine große Gruppe Japaner sein Angebot an. Jette fragte sich, warum sie einen Mundschutz trugen. Kichernd und schwatzend balancierten sie über den Metallsteg an Bord und suchten sich Plätze mit freiem Blick. Es folgte eine Horde älterer Damen. Eine von ihnen zeigte immer wieder auf die Schilder der Konkurrenzschiffe und rief etwas wie »da drüben billiger!«. Jette amüsierte sich darüber, dass die anderen Frauen ihrer Freundin kurzerhand unter die Arme griffen und sie hektisch über den Steg zogen.

Kurz darauf hastete ein Paar heran. Die Frau trug ein wallendes, weißes Kleid und einen Sonnenhut. Sie strahlte ihren Begleiter an, der sie in vollendeter Kavaliers-Manier an Bord begleitete. Zum Dank hauchte sie ihm ein Küsschen auf den Mund. Augenblicklich zuckte der Mann zusammen, rückte seine Sonnenbrille gerade und sah sich um. Die Frau hörte auf zu lächeln und reichte ihm seinen Hut.

An wen erinnerte der Mann Jette? Sie überlegte, wo sie ihn schon einmal gesehen hatte, doch es fiel ihr nicht ein. Mit zusammengekniffenen Augen beobachtete Jette, wie er sich den Stetson aufsetzte und ins Gesicht zog. Niemand außer Jette schien sein Verhalten zu registrieren. Die anderen Fahrgäste lauschten bereits den Lautsprecherdurchsagen des Kapitäns. Offenbar erzählte er etwas Lustiges, denn alle lachten. Der Schiffsausrufer löste die Taue und warf sie auf den Bootsrand. Dann setzte das Schiff sich in Bewegung. Es fuhr einige Meter zurück, drehte bei und steuerte Richtung Untertrave.

Vielleicht ein Hollywood-Star, überlegte Jette amüsiert und schaute dem Ausflugsdampfer nach. In diesem Moment unterbrach das Klingeln ihres Smartphones die Musik. Jette schaute aufs Display. *Anruf anonym* stand darauf. Sie zog die Kopfhörer aus den Ohren und dachte sofort an Erwin. Er war der Einzige, dessen Telefonnummer unterdrückt war. Drei Mal hatte sie ihn schon gebeten, sein Handy erkennbar zu schalten, doch er weigerte sich standhaft mit der Begründung, nur so ließe sich verdeckt und spurenfrei ermitteln. Außer Goran, Ilona, Kurt und seinen Freunden kannte niemand Jettes neue Nummer.

»Hey, Erwin. Was gibt's?«, fragte sie provozierend. »Wir treffen uns doch nachher bei uns.«

Am anderen Ende vernahm sie ein leises Rauschen.

»Alles o. k. bei dir?«, hakte sie nach. Bei Erwin wusste man nie, was als Nächstes passierte.

»Where are you?«, wisperte eine heisere Stimme. »We have to talk.«

Als Jette begriff, wer am anderen Ende war, fielen ihr die Kopfhörer aus der Hand. Sie starrte auf das Display. Dann legte sie auf, ohne ein Wort zu sagen. Ihre Hände zitterten. Kurz glaubte sie, sich übergeben zu müssen. Das Ausflugsschiff tutete in der Ferne, und unpassenderweise fiel Jette genau in diesem Moment ein, woher sie den Mann an Bord kannte.

28

»SONNENTAU. Soll das ein Codewort sein?«

Kopfschüttelnd stand Erwin vor seinen Freunden und schrieb das Wort in Großbuchstaben an die Tischtennistafel.

Nach Fritz' Enthüllung im Kiosk waren sich alle einig, dass zügig weiterermittelt werden musste. Wenn die Ereignisse zusammenhingen, mussten sie die Verbindung finden. Die Gruppe hatte sich spontan für den Abend auf Kurts Terrasse verabredet. In der Zwischenzeit war Inge-Britt ins Präsidium zurückgefahren, um etwas über Tiesdorfs Freilassung in Erfahrung zu bringen. Fritz musste bis zum Feierabend im Kiosk bleiben. Erwin hatte seine Apartment-Beschattung fortgesetzt, war aber eine halbe Stunde früher nach Hause gefahren und hatte die Schreibutensilien vorbereitet.

»Surprise. Surprise«, rief Jette. »Pünktlich auf die Minute.«

Sie deckte den Gartentisch und trug eine Platte mit Sandwiches heraus.

Erwin sah sich staunend die mehrschichtigen Türme aus Weißbrot, Salat, Tomaten, Gurken, Erdnussbutter, Mayonnaise, Zwiebeln und allerlei anderen Zutaten an. Er setzte sich brav auf seinen Platz und überlegte, wie er abbeißen sollte, ohne sein Gebiss zu gefährden.

Jette saß der Schock über Jean-Lucs Anruf noch immer in den Gliedern. Nachdem sie aufgelegt hatte, war sie aufgesprungen, nach Hause geradelt und hatte versucht, Ilona zu erreichen. Sie war die Einzige, von der Jean-Luc ihre neue Handy-Nummer haben konnte. Ilona ging allerdings weder ans Telefon, noch hatte sie eine Mail geschrieben. Eine Hotelangestellte erzählte Jette schließlich, Ilona sei für Besorgungen in die Stadt gefahren.

Jean-Luc kannte ihre Nummer, wusste aber nicht, wo sie war. Das beruhigte Jette nur wenig. Vor allem aber war sie sauer auf ihre Mum. Sie hatte ihr doch versprochen, die Nummer niemandem zu geben.

Um sich abzulenken, war Jette auf die Idee gekommen, die Verköstigung für den Abend zu übernehmen und eine kanadische Sandwich-Platte à la Jette zu zaubern.

»Neumodischer Kram«, hatte Kurt dazu gesagt und sich widerwillig auf das Experiment eingelassen. »Morgen gibt es aber wieder richtige Butterbrote.«

Als auch Fritz dazustieß, war die Runde komplett.

»Bedient euch«, forderte Jette die Gruppe auf. Fritz langte beherzt zu. Er drückte sein Sandwich auf ein Drittel der ursprünglichen Höhe zusammen und biss genüsslich ab.

Inge-Britt sicherte Rock und Bluse mit Servietten. Kurt plumpsten die ersten Tomatenscheiben auf den Boden. Genervt bückte er sich und spürte ein kurzes heftiges Ziehen im Rücken.

»Was für ein Blödsinn«, murrte er leise.

»Ist da kein Fleisch drin?«, mäkelte Erwin. Er teilte sein Sandwich in vier Einzelschichten und probierte es mit Messer und Gabel.

Jette schüttelte den Kopf.

»Vegetarisch«, antwortete sie mampfend.

»Nicht mal Schinken?«, legte er nach.

»Ich finde diese Erdnussbutter irgendwie interessant«, bemerkte Inge-Britt. »Möchte aber nicht wissen, wie viele Kalorien die hat.«

Jette ließ die Schultern hängen und schwieg.

Zehn Minuten später war die Platte leer und Erwin stolz, sein Sandwich geschafft zu haben, ohne seine dritten Zähne in Gefahr gebracht zu haben. Dass es ihm geschmeckt hatte, behielt er ebenfalls für sich.

»Was habt ihr rausgefunden?«, schoss Kurt los. Bereits während der kanadischen Brotzeit hatte er unablässig mit den Füßen gewippt. Nur mit Mühe hatte er seine Ungeduld unterdrückt. Endlich konnte er aufstehen. Er schnappte sich einen Filzschreiber und marschierte zur Tafel. Erwin verschränkte die Arme vor der Brust und verdrehte die Augen.

»Die wichtigste Info zuerst. Haltet euch fest«, sagte Inge-Britt verschwörerisch. »Der kleine Glatzkopf am Kiosk könnte wirklich Bruno Tiesdorf gewesen sein. Ich habe im System nachgesehen, und mich traf der Schlag – er ist seit drei Wochen auf freiem Fuß. Ganz klassisch. Vorzeitig entlassen wegen guter Führung.«

»Was?«, presste Kurt hervor.

»Bekommt ihr denn keine Info, wenn so etwas passiert?«, fragte Fritz die beiden Polizisten.

»Meistens, aber nicht immer«, sagte Inge-Britt mit ernster Miene. »Es kommt tatsächlich vor, dass Täter rauskommen und es nicht alle mitbekommen.«

»Dilettantisch«, maulte Erwin.

»Das ist nicht dilettantisch, sondern Polizeialltag«, berichtigte ihn Kurt. »Allerdings gehe ich davon aus, dass Goran davon wusste.«

Fluchend legte er ein neues Ermittlungsblatt für Tiesdorf an.

»Die T&T-Fälle interessieren ihn aber nicht. Also hat er die Meldung nicht weitergegeben. So einfach ist das.«

Jette kniff die Augen zusammen. Was sollte diese ewige Mäkelei? Sie nahm ihr Bierglas und trank es in einem Zug leer.

»Gorans Pech – unser Glück«, schob Fritz nach. »Solange er Trapko und Tiesdorf nicht auf dem Schirm hat, können wir ungestört weiterarbeiten.«

»Guter Punkt«, lobte Kurt seinen Freund. »Ohne dich wären wir längst nicht so weit. Gut, dass du so schnell geschaltet hast.«

»An dir ist ein Top-Ermittler verloren gegangen«, ergänzte Inge-Britt.

Fritz hob sein Glas und prostete zufrieden in die Runde. Erwin verweigerte sein Bier.

Jette schnappte sich ihr Handy und klickte darauf herum.

»Wenn du bitte an unserer Diskussion teilnehmen möchtest«, wies Erwin sie zurecht. »Ich finde es unhöflich, damit herumzuspielen, während wir unsere Ergebnisse zusammentragen. Überhaupt scheint das bei den jungen Leuten gerade Mode zu sein. Neulich habe ich eine ganze Gruppe im Restaurant gesehen – und alle haben mit ihren Smartphones herumgespielt.«

»Ich spiele nicht. Ich arbeite«, gab Jette zurück, ohne aufzusehen. »Wo, bitte schön, ist die Ziegelstraße?«

»In Buntekuh«, antwortete Fritz.

Jette schaute ruckartig auf. Alle wussten warum.

»Das ist ein Stadtteil, kein Tier«, fügte Fritz erklärend hinzu.

»Cooler Name«, sagte Jette.

»Manche Leute glauben, Buntekuh wurde nach einem alten Schiff benannt«, fuhr Erwin dazwischen. »Das stimmt aber nicht. Der Name kommt von einem alten Bauernhof.«

Alle nickten, und Jette sah wieder auf ihr Handy.

»Dann macht es Sinn, was ich grad gefunden habe«, sagte Jette. »In der Ziegelstraße gibt es eine Pension namens ›Sonnentau‹. Vielleicht hilft uns das weiter.«

Kurt kratzte sich am Kopf und blickte fragend in die Runde.

»Die müsste ich doch kennen«, brummte er. »Habt ihr schon mal davon gehört?«

Alle schüttelten den Kopf.

»Hauptsache, eine weiß es«, sagte Inge-Britt diplomatisch und wandte sich Jette zu. »Toll, wie schnell du das rausgefunden hast. Wozu so ein Hightech-Handy doch gut ist.«

»Mein Reden«, sagte Jette, doch Kurt schüttelte nur den Kopf und sah auf den Boden.

»Mir geht dieser ganze Technik-Schnickschnack auf die Nerven. Genau wie der Ami-Fraß, den keiner vernünftig essen kann. Guckt mal, wie es unterm Tisch aussieht. Alles voller Gurken und Remoulade. Und wer wischt die Sauerei nachher auf?«

Jette erstarrte wieder, dann stand sie auf und verließ wortlos die Runde.

Kurt atmetet laut schnaufend aus und wischte sich mit der Serviette den Schweiß von der Stirn. Inge-Britt strafte ihren Kollegen mit einem vorwurfsvollen Blick, blieb aber stumm.

»Dann bin ich jetzt wohl an der Reihe«, beendete Erwin die kurze Pause. Er genehmigte sich einen Krummesser und erzählte, dass er Trapko nicht ein einziges Mal zu Gesicht bekommen hatte.

»Seine Wohnung in Moisling ist so was von unbewohnt. Die Fenster sind immer dunkel. Da passiert nichts. Und in Kücknitz auch nicht. Nix. Niente, oder nothing, wie man in Kanada sagen würde. Wetten, Trapko ist gar nicht in der Stadt, und ich hab da umsonst rumgestanden. Mittlerweile frage ich mich, ob ich meine wertvolle Zeit vergeude. Mein Garten sieht aus wie ein Acker, und mir steht's bis hier.«

Erwin zeigte auf seinen Hals und goss sich nach.

»Meinst du etwa, Polizeiarbeit ist immer nur aufregend und Action – wie im Film?«, versuchte Inge-Britt ihn zu besänftigen.

»Wir sind ja hier nicht im *Tatort*«, ermahnte ihn Kurt. »Für solche Fälle braucht man Geduld. Das ist harte Arbeit und nichts für Weicheier, die sofort aufgeben.«

Kurts Kripoweisheiten gaben Erwin den Rest. Er stand auf und rülpste leise.

»Dass es nicht einfach wird, habe ich erwartet. Aber nicht, dass ich ausgenutzt werde. Ich beantrage hiermit meine sofortige Freistellung.«

Als Kurt seinen Nachbarn beruhigend in den Arm nehmen wollte, drehte er sich wieselflink weg.

»Eure Sprüche wie *Du bist wichtig* und *Wir brauchen dich* könnt ihr euch sparen. Die Trotteljobs könnt ihr schön selbst machen. Wie ich sehe, kommt ihr ja auch gut ohne mich klar.«

Erwin goss sich noch einen dritten Schnaps ein, schüttete ihn runter und schlurfte Richtung Gartentor. Die anderen schauten ihm perplex hinterher.

Als er den Zaun erreichte, drehte er sich um und sah Kurt an.

»Wenn ihr die Tischtennisplatte nicht mehr braucht, bringt sie mir zurück. Ich bin so großzügig und leihe sie euch. Und Kurt: Du solltest aufpassen, dass Jette dein Haus nicht in eine Hehlerbude verwandelt. Die verscherbelt nämlich fleißig deine Sachen.«

29

»Danke, dass du meine Sandwiches gestern vor allen schlechtgemacht hast.«

Jette saß neben Kurt im Auto und blickte suchend aus dem Fenster. Der dunkelgrüne Passat tuckerte hinter einer langen Schlange die belebte Ziegelstraße entlang. Der Fahrer hinter Kurt hupte erfolglos. Kurt trug eine Sonnenbrille und reagierte nicht.

»Ich hab dich nicht gebeten, welche zu machen«, murrte er.

Nachdem Erwin am Vorabend seinen Dienst quittiert hatte, war die restliche Runde sehr still geworden.

»Von solchen Mimosen, die ständig gelobt werden wollen, habe ich die Schnauze voll. Die taugen auf Dauer nichts«, hatte Kurt gesagt.

Inge-Britt hatte versucht, Erwins Entscheidung zu verteidigen. Er sei der Älteste, und dass er sich abgeschoben fühlte, war ihm nicht zu verdenken. Man hätte sein Engagement nicht genügend gewürdigt, stellte sie klar. In einem guten Team zähle jedes Mitglied.

Am Ende des Abends wurden neue Aufgaben verteilt. Schneller als sonst hatte Fritz sich danach verabschiedet. Kurt und Inge-Britt räumten schweigend den Tisch ab. Dann fuhr die kleine Sekretärin nach Hause. Sie hatte keine Energie mehr, Kurt in die Schranken zu weisen. Jette war vom Tisch direkt in ihr Zimmer gegangen. Sie hatte mehrmals versucht Ilona zu erreichen – ohne Erfolg – und war schlecht gelaunt eingeschlafen. So bekam sie auch nicht mit, dass Kurts Telefon kurz nach Mitternacht geklingelt hatte.

Seit Jette aufgestanden war, hatte sie außer einem »Moin« nichts von ihrem Großvater gehört. Am Frühstückstisch hatten sie kein Wort miteinander gewechselt. Bis zu ihrem gemeinsamen Aufbruch nach Buntekuh hatte Kurt lediglich die Zeitung überflogen und demonstrativ den Besen auf die Terrasse gestellt.

Der Plan sah vor, dass Kurt und Jette gemeinsam die Pension »Sonnentau« beobachteten. Jette hatte einen freien Tag und Kurt sich krank vom Dienst abgemeldet.

»Da vorne links«, rief Jette und zeigte auf ein Schaufenster im Erdgeschoss eines alten Wohn- und Geschäftshauses. Die Fassade war marode und das kleine Schild, auf dem »Sonnentau« stand, nur zu lesen, wenn man genau wusste, wonach man sucht.

»Normalerweise kenne ich doch alle Schuppen wie diese«, sagte Kurt. »Wahrscheinlich hat der Laden vor kurzem den Namen gewechselt.«

Er bremste ab und hielt nach einem geeigneten Parkplatz Ausschau. Der Fahrer hinter ihm hupte erneut und überholte wild gestikulierend.

Kurt kutschierte seinen Wagen auf den kleinen Stellplatz einer Imbissbude auf der gegenüberliegenden Straßenseite der Pension. Er parkte ihn so, dass er nicht auffiel, Kurt und Jette aber eine gute Sicht hatten.

»Wirkt eher wie eine Spielhalle«, sagte Jette, die das Hotel musterte. Neben dem verklebten Schaufenster befand sich der Eingang – eine verrostete, mit Graffiti dekorierte Metalltür, über der ein schiefes Schild baumelte. Die Buchstaben S, O, E und T waren ausgeblichen. An der Hausnummer fehlten zwei Ziffern.

»Drecksspelunke«, kommentierte Kurt Jettes Fund. »Mal sehen, wer sich hier verkriecht.«

»Warten wir jetzt auf den kleinen Glatzköpfigen oder auf den großen Bären?«, fragte Jette, die mit ihren Gedanken immer wieder zu Ilona abschweifte. Wahrscheinlich ging ihre Mutter nicht ans Telefon, weil sie genau wusste, wie sauer Jette war. Das sah ihr ähnlich. Wie oft schon hatte sie sich hinter ihrem Rücken in ihre Angelegenheiten eingemischt? Als Jette noch die Highschool besuchte und mit einem Lehrer Stress wegen eines nicht abgelieferten Referats hatte, hatte Ilona dafür gesorgt, dass Jette trotzdem die Bestnote bekam. Vor versammelter Klasse erfuhr sie, dass ihre Mutter sich durch tägliche Kontrollanrufe bei der Schulrektorin nach ihren Leistungen erkundigte. Außerdem hatte sie ihren Klassenlehrer, wenn Jette beim Basketballtraining gewesen war, zu Kaffee und Kuchen ins Resort eingeladen, gratis Wellness-Behandlung inklusive. An diesem Tag hatte Jette das erste Mal den Wunsch verspürt, in den Flieger zu steigen und zu Opa Kurt zu ziehen.

»Wahrscheinlich der Große«, lenkte Kurt Jettes Gedanken zurück zu ihrem Einsatz. »Nach Fritz' Aufzeichnung hat Tiesdorf für ihn das Zimmer angemietet.«

»Können wir nicht einfach reingehen und fragen?«

Kurt verdrehte die Augen und konzentrierte sich wieder auf die Fassade.

»Was machen wir denn, wenn der auf einmal rauskommt?«, versuchte Jette es erneut. Sie hatte noch gar nicht darüber nachgedacht, was alles passieren könnte und wie es dann weiterging.

»Das entscheide ich, wenn es so weit ist«, knurrte Kurt.

Langsam spürte Jette Wut in sich aufsteigen. Die gemeinsame Zeit mit ihrem Großvater sollte doch anders verlaufen, als schweigend und übellaunig in einem muffigen Auto zu sitzen.

»Hol erst mal die Fotos raus, und steck sie hier rein«, befahl Kurt seiner Enkelin. Dabei zeigte er auf einen kleinen Halter neben dem Handschuhfach.

Jette öffnete ihre Umhängetasche und zog eine Mappe mit Kopien heraus. Die Bilder zeigten Trapko und Tiesdorf. Es waren Zeitungsausschnitte und Archivfotos.

»Wie alt sind die?«, wollte Jette wissen.

»Meinst du die Fotos oder die beiden?«, fiel ihr Kurt ins Wort. »Du musst dich schon deutlich ausdrücken.«

Was war eigentlich mit Gramps los? Sie beschloss, ihm keine Antwort zu geben, befestigte die Bilder in dem Halter und kramte ihr Handy heraus.

Eine kleine rote Eins blinkte in ihrem Nachrichtenordner. Jette lehnte sich zurück und öffnete die SMS. Gorans Einladung zum Essen für den nächsten Abend kam genau richtig. Sie dachte nicht im Traum daran, sich in der alten Karre die Nächte um die Ohren zu schlagen. Wahrscheinlich war bis morgen eh alles geklärt.

Ohne zu zögern, antwortete sie und hängte ein kleines Bootsmotiv an ihre Nachricht. Kurt starrte noch immer nach draußen und bemerkte ihre roten Wangen nicht.

»Mein Po ist eingeschlafen«, mokierte sich Jette. »Außerdem habe ich Hunger.«

Kurt hatte es tatsächlich geschafft, vier Stunden nicht zu sprechen. Jette hatte sich ebenfalls stur gestellt, sich die Zeit aber mit ihrem Handy und lesen vertrieben.

»Kannst uns ja was holen«, sagte Kurt und zeigte auf die Imbissbude. Jette sah, dass er schwitzte.

»Wollen wir uns nicht reinsetzen? Von da aus haben wir das Haus doch genauso gut im Blick.«

Kurt schüttelte den Kopf.

Dann verlagerte er sein Gewicht nach links und zog seine Geldbörse aus der Hosentasche. Daraus fingerte er einen Zwanzig-Euro-Schein und hielt ihn Jette hin.

»Currywurst, Pommes Mayo?«, fragte sie versöhnlich.

»Tomaten-Zwiebel-Salat«, antwortete Kurt, ohne sie anzusehen.

Jette kletterte aus dem Passat und streckte sich. Ihre Schultern schmerzten. Sie begann, die Arme zu kreisen und ihre Muskulatur zu lockern.

»Hast du sie noch alle?«, hörte sie Kurts Stimme dumpf aus dem Wageninneren rufen. »Deine auffälligen Turnübungen kannst du zu Hause machen.«

Jette biss sich auf die Unterlippe und marschierte in die Imbissbude.

»Warum hat das so lange gedauert?«

Kurts Laune war noch immer nicht besser. Als Jette einstieg und ihm den Salat und das Wechselgeld in die Hand drückte, nahm sie seinen stechenden Mundgeruch wahr.

»Ich hab mich nett unterhalten«, antwortete sie. Dabei kurbelte sie demonstrativ die Fensterscheibe ein Stück runter.

»Und in aller Ruhe meinen Veggie Burger verspeist. Der Wirt hat mich gefragt, warum wir seit Stunden seinen Parkplatz blockieren. Dann hat er sich einen krass üblen Scherz erlaubt.«

Ohne eine Reaktion abzuwarten, fuhr Jette fort. »Er dachte, ich sei vom Straßenstrich und du mein Freier, und meinte, so lange Preisverhandlungen hätte er noch nie erlebt. Dann hat er mir einen Milchshake ausgegeben und gesagt, weil ich so nett sei, könnten wir noch drei Wochen bei ihm parken. Hauptsache, wir bestellen das Essen bei ihm. Sein Döner sei der beste der Stadt.«

Jette genoss, ihrem Spielverderber-Opa die Stirn zu bieten. Egal wie erfahren er als Kriminalbeamter war. Seine miese Laune konnte er an anderen auslassen, aber nicht an ihr.

Eine Stunde später hörte Jette ein leises Schnarchen. Kurt saß steif hinter dem Lenkrad, sein Kopf war nach vorn gekippt.

Jette übernahm die Überwachung und musterte der Reihe nach alle Fenster. Dabei versuchte sie sich vorzustellen, was hinter den Scheiben passierte. Als sie in der zweiten Etage angekommen war, erschrak sie. Die zerschlissene Gardine des äußeren Fensters bewegte sich. Jette beugte sich vor, um besser sehen zu können. Jemand zog den Vorhang leicht zur Seite, und der Umriss eines großen Mannes tauchte auf.

»Gramps!«, schrie sie im selben Moment. Kurt reagierte nicht sofort, und sie stieß ihm die Faust in die Seite.

»Da oben ist einer!«

Kurt schnaufte kurz. Ein kleines Speichelrinnsal war ihm aus dem Mund gelaufen. Er brauchte einen Moment, um zu realisieren, wo er war. Dann beugte auch er sich vor und sah die Silhouette.

»Wetten, das ist der Bär«, schrie Jette.

»Kamera!«, knurrte Kurt.

Vier Sekunden später war das Schauspiel vorbei. Jette hatte sich bemüht, so schnell wie möglich ein Foto zu schießen, doch als sie knipste, hing die Gardine wieder glatt vor dem Fenster, und der Mann war verschwunden.

»Gosh!«, rief sie enttäuscht.

»Du bist zu langsam«, kommentierte Kurt.

»Und was bist du, Gramps?«, platzte es aus Jette heraus, während sie die Linse putzte. »Müde, wenn es spannend wird. Wisch dir wenigstens die Spucke vom Kinn.«

Bis auf seinen rasselnden Atem, der nach Zwiebeln stank, blieb Kurt still.

Plötzlich unterbrach ein Klingelton das Schweigen.

Jette sah auf ihr Handy. Ein Anrufer ohne erkennbare Nummer. Ihre Hände begannen zu zittern. Sie schluckte und versuchte einen Gedanken zu fassen.

Bevor Jette reagieren konnte, riss Kurt ihr das Smartphone aus der Hand und hob ab.

»This is Chief Inspector Kurt Eider. Lübeck Police Department. What do yo want from Jette?«, schrie er in holprigem Englisch in den Hörer. Am anderen Ende klickte es.

Jette konnte keine Fragen stellen, das übernahm ihr Großvater. Zeit zu antworten ließ er ihr nicht.

»Wer ist dieser Jean-Luc? Wieso schuldest du ihm 30 000 Dollar? Wolltest du mich verarschen?«

Jette versuchte vergeblich, das Bombardement ihres Großvaters abzuwehren. Die Unterstellungen, Gedanken, Fragen und Bilder vermischten sich in ihrem Gehirn zu einem breiigen Klumpen. Seine Stimme war so laut, dass sie überhaupt nicht klar denken konnte. Ihre Unterlippe begann zu zittern. In ihrer Brust spürte sie ein stechendes Brennen.

»Hör aaaauf!«, schrie Jette. Sie hielt sich die Ohren zu und schloss die Augen. Einen Augenblick später ging der Schrei in ein Heulen und schließlich in ein tränenloses Wimmern über.

Woher wusste Kurt von Jean-Luc?, war ihr einziger Gedanke.

30

Statt sich auszusprechen, schrien Kurt und Jette sich wenige Augenblicke später an. Es sprudelte geradezu aus Kurt heraus, dass er in der Nacht einen Anruf von Ilona bekommen hatte. Da Jette schon schlief, wollte er zuerst gleich wieder auflegen. Als Ilona ihn aber anflehte, sich anzuhören, was sie sagen wollte, gab er nach.

Mit derselben nörgelnden Stimme wie vor 20 Jahren berichtete Ilona von einem Besuch eines jungen Typen namens Jean-Luc. Er kam bereits zum zweiten Mal und fing Ilona auf der Zufahrt zu ihrem Hotel ab. Dann forderte er sie auf, Jettes Nummer rauszurücken. Als Ilona sich weigerte und nach dem Grund fragte, hagelte es eine Salve Ohrfeigen. Ilona wehrte sich mit einem gezielten Tritt und drohte, den in der Ferne vorbeifahrenden Rasenpfleger des Golfplatzes um Hilfe zu rufen. Jean-Luc ließ von ihr ab und erklärte, es wäre ihm egal, wer das Geld bezahle. Wenn Jette nicht da wäre, könne sie ihm auch gern die 30 000 Dollar geben. Ilona wollte wissen, was Jette angestellt hatte, doch Jean-Luc blieb hartnäckig und verriet nichts über die hohe Summe.

In diesem Augenblick sei sie einfach nur sauer auf Jette gewesen, erklärte Ilona. Sich mit einem windigen Typen einzulassen und sich mit dessen Geld nach Deutschland abzusetzen, ging zu weit. Ilona würde ihre Schulden ganz sicher nicht bezahlen. In ihrer Wut hatte sie Jean-Luc Jettes neue Nummer diktiert mit der Aufforderung, das mit ihr persönlich zu klären. Wenn Jette ihre Hilfe brauchte, sollte sie sich gefälligst zuerst bei ihr entschuldigen und alles erklären – dann würde sie ihrer Tochter die Leviten lesen. Außerdem sei ihr in diesem Moment klargeworden, dass Jette eine erwachsene Frau war, die lernen musste, ihre Probleme selbst zu lösen. Ilonas Aufgabe als Erzieherin und Vermittlerin aller elementaren Werte sei abgeschlossen. Zum Abschluss ihres Monologs hatte sie hinzugefügt: »Wenn Jette das nicht kapiert, bist du als Großvater an der Reihe. Hast dich ja lang genug davor gedrückt.«

Kurt hatte Mühe, sich zu beherrschen. Zuerst glaubte er, Ilona sei mittlerweile völlig übergeschnappt. Er hielt ihre Geschichte für ein Märchen und fragte seine Schwiegertocher, welche Indianerdrogen sie genommen habe, dass sie ihn mitten in der Nacht anrief? Ilona und Kurt stritten noch zehn Minuten. Dabei warf Kurt ihr vor, Jette einer geordneten Kindheit beraubt zu haben. Ilona ihrerseits legte Kurt nahe, sich in psychiatrische Behandlung zu begeben und endlich seine eingeschränkte Weltsicht zu erweitern. Dann befahl sie ihm, ein Auge auf Jette zu haben. Wenn ihr etwas zustieß, sei er schuld. Danach legte sie auf.

»Was für einen Mist hast du gebaut?«, blaffte Kurt Jette an. »Ich habe die ganze Nacht nicht geschlafen.«

Jette saß wimmernd neben ihrem Opa. Sie konnte überhaupt nicht mehr aufhören zu zittern. Es schüttelte sie am ganzen Körper. Sogar die Seitenscheibe des alten Passats vibrierte. Sie versuchte, das Gehörte zu verstehen und sich zu konzentrieren.

Offenbar kannten Kurt und Ilona nur die halbe Wahrheit. Dass Jean-Luc hinter seinem Stoff her war, hatte er zum Glück nicht verraten – und das würde sie ihrem Großvater auch sicher nicht erzählen.

Sie wollte sich gar nicht ausmalen, was passieren würde, wenn er erfuhr, dass sie Jean-Lucs Angebot, ihm den vergessenen Rucksack hinterherzubringen und für ein Wochenende in die USA zu fahren, angenommen hatte und gar nicht auf die Idee gekommen war, was sie für ihn transportierte.

Nur durch Zufall hatte sie die weißen Kristalle entdeckt. Auf einem Rastplatz vier Kilometer vor der Grenze war ihr eine Coke umgekippt. Sie hatte den Rucksack ausgeleert, um Jean-Lucs durchnässte Klamotten herauszunehmen. Dabei war sie mit ihrem Ring in einem losen Faden hängen geblieben und hatte eine Naht aufgerissen. Als sie gesehen hatte, was sich hinter der Naht befand, begriff sie, worauf sie sich eingelassen hatte. In ihrer Not und gleichzeitig wütend über ihre Naivität bog sie an der nächsten Abfahrt in eine kleine Straße ab und fuhr eine Stunde geradeaus durch die menschenleere Landschaft. Im Halbdunkel erreichte sie einen einsamen kleinen See. Sie stopfte Steine in den Rucksack und versenkte ihn mitsamt dem Meth.

Diese Infos schienen Kurt und Ilona nicht zu haben, und das musste so bleiben. Kurt würde seine Enkelin nicht nur für kriminell, sondern auch für unehrlich und strohdumm halten. Nach ihrer Affekthandlung hatte sie sich einfach nicht mehr bei Jean-Luc gemeldet. Die Polizei zu informieren, kam auch nicht in Frage. Sie hätte Jean-Luc verpfeifen und sich für den Transport von Drogen verantworten müssen. All das erschien ihr in diesem einen panischen Moment unlogisch, und wie aus heiterem Himmel war ihr die Idee gekommen, nach Deutschland abzuhauen. Die Drogen lagen für immer auf dem Grund des Sees. Was also war das Problem?

Jette rieb sich die Augen. Kurt ließ nicht locker. Seine sonore Stimme drang in ihren Kopf. Was wollte er von ihr hören?

»Pass auf, Gramps«, sagte sie schließlich und drehte sich zu ihm um. »Du weißt doch, wie Mum ist. Ständig übertreibt sie. Oder sie muss Jean-Luc missverstanden haben. Es geht nicht um 30 000 Dollar, sondern um 3000. Ich habe sie ihm auch nicht gestohlen, sondern mir das Geld geborgt. Für einen neuen Computer und das Ticket. Mum wollte schließlich nicht, dass ich nach Deutschland fahre. Sie wollte auch kein Geld dazutun. Es ist alles o. k. Bald krieg ich meinen ersten Lohn und Jean-Luc eine erste Anzahlung. Auf eBay hab ich auch noch was laufen. Keine Sorge.«

Kurt wäre nicht so viele Jahre erfolgreicher Kriminalpolizist gewesen, wenn er die kleinen mimischen Anzeichen für Lügen nicht hätte erkennen können. Erbost hatte Jette ihr Kinn nach vorn geschoben. Eine Geste, die Wut demonstrieren sollte, die bei ehrlichen Menschen aber fast nie vorkam. Nichts von dem, was Jette ihm gerade aufgetischt hatte, stimmte. Dazu brauchte er keinen Polizeipsychologen.

»Wenn du mir nicht auf der Stelle die Wahrheit sagst, bringe ich dich eigenhändig nach Hamburg und setze dich in den nächsten Flieger nach Kanada«, sagte er schließlich. Jette versuchte, seinem Blick standzuhalten. In kurzen Abständen zuckte ihr linkes Augenlid. Doch statt ihm zu beichten, was wirklich passiert war, ging sie in die Offensive.

»Wenn du mir nicht glaubst«, blaffte sie, »ist das dein Problem. Was bist du überhaupt für ein Opa? Seit ich angekommen bin, bevormundest du mich. Mum hat recht. Du bist ein ekeliger, alter Knössel.«

Jette sprang aus dem Auto und schmetterte die Beifahrertür hinter sich zu.

Im Rückspiegel verfolgte Kurt, wie sie die Ziegelstraße entlanghastete. Sein Herz raste. Mit zittrigen, geschwollenen Fingern zog er ein löchriges Taschentuch aus der Jacke und wischte sich den Zwiebelschweiß aus dem Gesicht.

31

»Das Seniorenstift hat gerade angerufen.«

Inge-Britt stand vor ihrem Chef und wackelte verlegen auf ihren Highheels hin und her.

»Lore ist ja sonst immer so robust. Aber sie hat plötzlich hohes Fieber bekommen. Du weißt doch, wie das ist in dem Alter. Ein böser Infekt, und es wird ganz schnell bedrohlich.«

Inge-Britts Stimme war deutlich höher als sonst. Unter normalen Umständen hätte sie ihre 91-jährige Mutter niemals als Alibi benutzt, um früher gehen zu können. In diesem Fall brauchte sie die Notlüge, denn den wahren Grund für ihr überstürztes Aufbrechen konnte sie Junker nicht sagen. Wie erwartet, kam er Inge-Britts Anliegen nach. Seine verstorbene Mutter und Lore waren beste Freundinnen gewesen, und diese alten Bande rührte immer an seiner sentimentalen Seite.

»Lores Gesundheit geht natürlich vor«, gab er Inge-Britt noch mit auf den Weg. »Wenn du die Amtsschreiben gleich morgen früh rausschickst, geht das in Ordnung. Und richte ihr gute Besserung aus!«

Inge-Britt nickte lächelnd, schnappte sich ihre Handtasche und stürmte zum Parkplatz. Sie beschloss, ihr schlechtes Gewissen am Abend zu beruhigen und Lore, die ahnungs- und fieberlos in ihrem kleinen Seniorenapartment Bridge spielte, ein Geschenk vorbeizubringen.

»Soll ich einen Arzt rufen?«, fragte Inge-Britt. Mit besorgter Miene schloss sie die Tür zu ihrer kleinen Wohnung in der Dorotheenstraße auf und winkte Kurt herein. »Du siehst aus, als würdest du jeden Moment umkippen.«

Nach dem Streit mit Jette war Kurt noch eine Stunde wie erstarrt sitzen geblieben. Um kurz vor vier hatte er dann etwas getan, das er noch nie getan hatte: Inge-Britt um Hilfe gebeten.

Mit leiser, kraftloser Stimme hatte er sie im Präsidium angerufen und sie angefleht, sich sofort bei ihr zu treffen. Er müsse dringend mit ihr sprechen.

»Was bildet diese Göre sich ein?«, fluchte Kurt und schlurfte hinter Inge-Britt her.

In ihrem kleinen Loft hatten die beiden sich bisher selten getroffen. Bis vor wenigen Monaten war das auch kaum möglich gewesen, denn Inge-Britts Mutter Lore hatte dort seit dem Tod ihres Mannes ebenfalls gewohnt.

Niemals hatte Inge-Britt daran zu denken gewagt, Lore in ein Heim abzuschieben. Doch vor zwei Jahren war alles anders gekommen. Während Inge-Britt bei der Arbeit war, war Lore mehrfach gestürzt. Nach der letzten Platzwunde und einem gebrochenen Knöchel hatte die alte Dame ihrer Tochter ihre überraschende Entscheidung verkündet: Sie wollte in eine Anlage für betreutes Wohnen ziehen. Das Seniorenstift, in dem ihre Freundin Meta Junker lebte, mache einen guten Eindruck. Lore wusste, dass Inge-Britt ihren Job nicht aufgeben konnte, und hatte sich in der engen Stadtwohnung sowieso nie wohl gefühlt. Dass sie im Seniorenstift wider Erwarten aufblühte und sofort einen Kreis von Bridge-Freundinnen um sich scharte, half Inge-Britt über die Entscheidung hinweg.

Inge-Britt verpflanzte ihren angeschlagenen Freund auf die Couch und brachte ihm ein Glas warme Milch. Dann setzte sie sich zu ihm und sah ihn liebevoll an.

Kurt brauchte ein Weilchen, um sich zu sammeln. Er atmete ein paarmal tief ein und begann, Inge-Britt von Ilonas Anruf und seinem Streit mit Jette zu erzählen.

Geduldig hörte Inge-Britt zu und tätschelte mit schnell klopfendem Herzen seine Hände. Einen kraftlosen und zaghaften Kurt kannte sie nicht. Matt hing der alte Kommissar im Polster.

»Jettes Verhalten ist das Letzte«, konstatierte er. »Weißt du, wie sie mich genannt hat?«

Inge-Britt schüttelte den Kopf.

»Einen alten, ekeligen Knössel.«

Kurt starrte auf seine Milch und merkte nicht, wie Inge-Britts Mundwinkel leicht nach oben gingen.

»Du musst noch mal mit ihr reden«, versuchte Inge-Britt es versöhnlich.

»Wie denn, wenn sie einfach abhaut?«, entgegnete Kurt. »Ich wette, hinter der Geschichte mit dem Geld steckt mehr. Vielleicht ist ja auch was dran, an Erwins Hinweis, Jette würde mein Haus in eine Hehlerbude verwandeln. Keine Ahnung, was er damit meinte, aber wundern würde es mich nicht.«

Kurt beugte sich vor und trank die Milch in einem Zug aus.

»Gott, Kurt«, schnaubte Inge-Britt. »Erwin sagt viel, wenn der Tag lang ist. Und noch mehr, wenn er beleidigt ist.«

»Man lügt mich nicht an. Niemand lügt Kurt Eider an. Schon gar nicht die eigene Enkelin.«

Inge-Britt begriff, dass ein normales Gespräch unter diesen Voraussetzungen keine gute Idee war. Die beiden Streithähne mussten sich erst einmal beruhigen, bevor sie wieder aufeinander losgelassen wurden. Sie stand auf und riss das Fenster auf.

»Zuallererst brauchst du Sauerstoff und danach ein gutes Essen. Wenn du willst, kannst du heute Nacht hier bleiben. Das Gästebett ist frei.«

Kurts Züge entspannten sich nur leicht.

»Wie wär's, wenn ich mit ihr spreche? Von Frau zu Frau.«

An Kurts Augen sah sie, wie angestrengt er nachdachte.

»Überleg's dir«, sagte sie dann. »Ich mache dir jetzt ein Schinken-Omelett. Um sieben fahre ich kurz zu Lore. Sie braucht frische Rosen. Danach haben wir den ganzen Abend Zeit – und morgen kannst du ausgeruht weiter observieren.«

Ich finde nicht eher Ruhe, bis ich weiß, wer mich auf dem Gewissen hat. Diese Ungewissheit macht mir zu schaffen. Und diese grausame Passivität. Wenn ich bloß mithelfen könnte. Ich würde alles dafür tun, den Polizisten ein bisschen auf die Sprünge zu helfen. Als Erstes würde ich ihnen sagen, dass sie auf dem Holzweg sind. Es wäre ja auch zu einfach gewesen, wenn ich gewusst hätte, was die Drogendealer in meinem Laden anstellen. Aber davon hatte ich natürlich keine Ahnung. Und wenn, dann hätte ich die ganze Bande auffliegen und mich nicht erschießen lassen. Das »Aus-dem-Weg-räum-Motiv« ist Quatsch.

Was mir an dieser verdeckten Ermittlungsaktion allerdings gut gefällt, sind die jungen Polizisten. Im Schichtdienst stehen sie Spalier und beobachten die Kundschaft. Einer von ihnen blättert immer in den Motorradmagazinen. Passt irgendwie. Neulich war da aber auch so ein dünner, hagerer. Er ist nicht so der Haudegen, scheint sich in unserer Buchhandlung aber wohl zu fühlen. Was mir als Erstes an ihm aufgefallen ist, sind seine langen dunklen Wimpern. Wenn ich jünger und noch am Leben wäre, hätte ich ihn angesprochen. Der interessiert sich jedenfalls für Bücher. Letzte Woche hat er sich einen Krimi geschnappt und konnte gar nicht aufhören zu lesen. Ein junger Mann, der so fasziniert ist von einer Geschichte, dass er alles um sich herum vergisst. Der Traum jeder Buchhändlerin.

32

»Wie siehst du denn aus?«

Annegret musterte Jette von oben bis unten. Ihre junge Angestellte wirkte nicht nur unausgeschlafen, sondern auch ungepflegt.

»Liegt an der Frühschicht«, murmelte Jette und stopfte ihre Tasche in den Spind. Dann wankte sie ins Geschäft zurück und schleppte die Tageszeitungen rein.

Annegret folgte ihr und beobachtete sie.

»Bist du krank?«, fragte sie besorgt. Dass mit Jette etwas nicht stimmte, war offensichtlich.

Jette schüttelte energisch den Kopf, zählte die Zeitungen und hakte sie auf dem Lieferschein ab.

Nach ihrem Streit mit Kurt war Jette mit dem Bus nach Hause gefahren. Sie hatte sich in ihrem Zimmer verschanzt, das Handy ausgeschaltet, Stofflöwe Thorsty in den Arm genommen und sich ein Kissen über den Kopf gelegt. Als sie es in dem kleinen, stickigen Raum nicht mehr aushielt, war sie mitten in der Nacht abgehauen. Wie ein beleidigter Teenager war sie im Dunkeln die Treppe hinabgestiegen und hatte sich aus dem Haus geschlichen. Ihr Bedürfnis nach frischer, klarer Luft hatte sie schon als Kind nach draußen getrieben. Immer wenn sie Ärger hatte, war sie in ihr altes Baumhaus geklettert und hatte dort die Nacht verbracht.

In Lübeck gab es kein Jette-Baumhaus, und ein Kind war sie

auch nicht mehr. Trotzdem musste sie raus. Einen kurzen Moment hatte sie daran gedacht, zu Goran zu fahren.

Sie verwarf die Idee aber gleich wieder, denn noch mehr Chaos hätte sie in ihrem Zustand nicht verkraftet.

Mit benebeltem Kopf hatte Jette sich das Rad ihrer Oma geschnappt und war in die Nacht geradelt. Dabei hatte sie gar nicht gemerkt, dass in der Einfahrt kein Auto parkte. Kurts Passat stand an einem anderen Ort.

»Moin«, sagte ein freundlicher Geschäftsmann in dunkelblauem Zwirn. Er legte einen *Spiegel* und eine *auto, motor und sport* neben die Kasse und lächelte Jette an. Sie gab sich Mühe, schaffte aber nur ein gedämpftes »Passt«, als sie das abgezählte Geld entgegennahm.

Keine zehn Minuten später wurde es Annegret zu bunt.

»Reiß dich zusammen, oder wir beide bekommen ganz großen Ärger«, raunzte sie Jette an. »Du bist eine Zumutung für die Kunden. Wie deine Haare aussehen! So, als hättest du sie zwei Tage nicht gekämmt. Außerdem stinkst du. Normalerweise würde ich dich auf der Stelle rausschmeißen, aber weil so viel los ist, musst du bleiben.«

Jette verstand nicht, warum Annegret so überreagierte. Sie hatte einen Riesenkrach mit ihrem Großvater. Ihre Mutter war ebenfalls sauer auf sie, und ein ätzender kanadischer Dealer bedrohte sie. Da konnte man schon mal müde wirken. Und gegen den Gestank konnte sie auch nicht viel tun. In ihrer Verzweiflung hatte Jette die ganze Nacht auf dem Wasser verbracht. Heulend war sie zum Stadtgraben gefahren und hatte ein winziges Holzboot losgemacht. Ohne Ruder war sie eine Weile über den schwarzen Nachtfluss getrieben. In der kleinen Nussschale war nicht genug Platz, um sich hinzulegen.

Also war sie frierend sitzen geblieben auf dem schmalen, harten Sitzbrett, hatte Thorsty aus der Tasche genommen und zärtlich seine Mähne gestreichelt. Ihr Papa hätte sie aus dieser beschissenen Situation rausgeholt. Da war sie sich sicher. Irgendwann blieb das Boot im Ufergebüsch hängen. Kurz vor Dienstbeginn war Jette ausgestiegen, zu ihrem Rad zurückgelaufen und von dort aus zum Bahnhof gefahren. Annegret konnte froh sein, dass sie überhaupt erschienen war.

Jette schluckte und blickte ihre Chefin an. Erst jetzt stellte sie fest, dass Annegret auch nicht viel besser aussah als sie. Ihre Augen waren verquollen und ihr sonst so rosiges Gesicht fahl. Der Glanz, den sie nach ihrem neuen Styling ausgestrahlt hatte, war verflogen.

In diesem Moment fiel Jette der Mann ein, der wie ein verkleideter Popstar auf dem Ausflugsschiff mit der hübschen Frau herumgeturtelt hatte. Dieser Mann war Frauenschwarm Lutz gewesen, die Dame an seiner Seite aber nicht seine Ehefrau Annegret. War Annegret vielleicht hinter das Doppelleben ihres Mannes gekommen? Die Grabzow, die Bootsfrau – offensichtlich ließ er nichts anbrennen. Ein guter Grund, grantig zu sein. Aus Mitleid beschloss Jette, sich für den Rest des Tages zusammenzureißen.

»Gib mir zehn Minuten«, sagte sie zu Annegret.

Mit einem hämmernden Schmerz über den Schläfen sauste sie zum kleinen Bahnhofsmarkt und kaufte Zahnbürste, eine Tube Zahnpasta und ein günstiges Duftwasser. Notdürftig ordnete sie ihre struppigen Haare mit den Fingern und band sie zu einem Zopf. Dann lief sie zum Coffee-Shop und bestellte zwei Becher Kaffee.

»Einer für dich, einer für mich«, sagte sie zu Annegret, die sie perplex musterte. Die Ringe unter ihren Augen konnte Jette nicht kaschieren. Um kurz vor Mittag ging es Jette schließlich erstaunlich gut. Sie hatte sich überwunden, den Kaffee zu trinken. Mit drei Löffeln Zucker und einem doppelten Schuss Milch war er gerade so genießbar. Das ungewohnte Koffein leistete ganze Arbeit und weckte Jettes Lebensgeister. Als der Feierabend nahte, war sie so wach, dass sie sich einen Plan zurechtlegte.

33

»Machst du eine Wanderung, oder was hast du da in deinem Rucksack?«

An Spitzel a. D. Erwin hatte Jette gar nicht mehr gedacht. Der drahtige Nachbar stand in einem wild gemusterten Tarnanzug zwischen zwei Oleanderbüschen in seinem Vorgarten. Über seiner Schulter hing ein Riemen, an dem eine große gelbe Kunststoffflasche baumelte.

»Geht dich gar nichts an«, antwortete Jette knapp. Erwins seltsame Frage wunderte sie nur kurz. Seine Gedankengänge musste sie nicht verstehen. Darum versuchte sie, das Thema zu wechseln, und zeigte auf die Flasche. »Und du, willst du tauchen?«

Erwin verstand ihre Anspielung nicht und sah an sich herab.

»Ich bitte dich, in meinem Alter. Außerdem hab ich Wichtigeres zu tun«, sagte er mürrisch. »Bei Schildläusen darf man keine Zeit verlieren, sonst ist hier ruck, zuck alles befallen. Bei mir herrscht eben noch Ordnung. Ich verstecke ja auch kein Diebesgut in meinem Haus – oder in einem Rucksack.«

»Was soll denn das heißen?«, fragte Jette.

»Meinst du, ich habe nicht mitbekommen, was du hinter Kurts Rücken treibst?«

»Hä?«

Jette hatte keine Ahnung, was Erwin meinte.

»Ich sag nur: Hehlerei ist bei uns strafbar.«

Jette verdrehte die Augen. Erwin pumpte drei Mal den Flaschenhebel auf und ab und begann mit einer langen Spritzdüse die Sträucher zu benetzen.

»Spinner«, murmelte Jette und stöpselte sich zur Ablenkung Kopfhörer in die Ohren. War der garstige, kleine Kauz jetzt völlig übergeschnappt, oder hatte er nur zu viel von seinem Ungeziefergift inhaliert?

»Übertreib's nicht«, rief Erwin Jette hinterher. »Und richte Kurt aus, dass ich euch erst wieder helfe, wenn er sich bei mir entschuldigt.«

»Könnte es sein, dass du eine Stunde zu früh dran bist?«

Goran stand mit einer gestärkten, schwarzen Schürze um den Bauch vor Jette und prüfte sichtlich irritiert, ob seine Uhr stehen geblieben war.

»Hattest du nicht 19 Uhr gesagt?«, entgegnete Jette und lächelte Goran an. Dann kramte sie ihr Handy aus der Tasche, um so zu tun, als schaue sie zur Kontrolle noch mal auf seine SMS. Die störende Nachricht von Inge-Britt drückte sie ungelesen weg.

»Ähm, eigentlich 20 Uhr«, stotterte Goran. Sein Blick blieb an Jettes großem Rucksack hängen, den sie neben der Haustür abgestellt hatte.

»Ich stecke noch mitten in der Vorbereitung.«

Jettes frühe Ankunft war keinesfalls ein Versehen. Nach der Arbeit war sie heimgeradelt. Dort hatte sie geduscht und ihre Sachen gepackt. Sie hätte gern noch ein paar Stunden geschlafen, doch die Befürchtung, sie könne Kurt begegnen, war stärker als ihre Müdigkeit. Um kurz vor fünf hatte sie ihren schweren Rucksack geschultert und einen letzten tränenverschwommenen Blick in das Zimmer ihres Vaters geworfen. Den Haustürschlüssel hatte sie auf den Küchentisch gelegt und das Rad ihrer Großmutter in den Gartenschuppen gestellt. Dort blieb sie wie angewurzelt stehen. Neben dem Rasenmäher stand Lottes Nähmaschine – repariert und blitzblank poliert. Fritz hatte ganze Arbeit geleistet. Jette würde nicht mehr mitbekommen, wenn Kurt ihre Überraschung fand. Wahrscheinlich hätte er Jette sowieso wieder angeschnauzt. Sie würde ihm keine neuen Gardinen nähen und auch keine Kissenbezüge. Zitternd zog sie ein Blatt Papier aus ihrer Tasche und krakelte los. »Für dich! Mein Abschiedsgeschenk«, schrieb sie drauf und legte den Zettel auf die Nähplatte. Dann hatte sie die Tür von dem Schuppen geschlossen und war zur Bushaltestelle gegangen. Kurt würde bald merken, dass sie es ernst meinte.

»Sorry, Goran, mein Fehler«, stammelte Jette betroffen. Sie blickte von ihrem Handy auf und zuckte mit den Schultern. »Soll ich lieber in einer Stunde wiederkommen oder dir helfen?«

Gorans Unsicherheit verflog, und er öffnete die Tür ein Stück weiter.

»Wenn es dich nicht stört, dass ich noch in Shorts und T-Shirt rumlaufe, komm rein.«

Eine Stunde später saßen Goran und Jette an einem üppig gedeckten Tisch im Garten.

»Blitva Dalmatiner?«, fragte Jette und betrachtete ungläubig die Schüssel. »Ist das Hundefleisch?«

»Dalmatinski«, verbesserte sie Goran und lachte.

»O. k. Meine Mutter kocht schon schräge Sachen mit irgendwelchen kanadischen Kräutern, Pilzen und Algen. Aber so was hab ich noch nie gegessen«, sagte Jette und stach mit der Gabel in ihr Gemüse.

»Das ist kein Hund, sondern eine kroatische Spezialität aus Mangold und Kartoffeln«, erklärte Goran stolz und goss Jette ein Glas Wein ein. »Normalerweise eine Beilage zu Fleisch, aber weil ich nicht wusste, ob du Vegetarierin bist, habe ich es mit wildem Spargel und Eiern kombiniert.«

Jette war beeindruckt von Gorans Kochkünsten. Hatte er bei ihrem ersten Treffen schon eine üppig belegte Platte mit Kleinigkeiten aufgetischt, war dies noch mindestens eine Kategorie besser. Jette fühlte sich wie eine Pionierin, die ein neues Land des Essens entdeckte.

Obwohl Jette immer wieder an Kurt dachte und keine Ahnung hatte, wie es weitergehen sollte, wollte sie den Abend genießen. Das hatte sie sich fest vorgenommen. Es fiel ihr nicht leicht, die Gedanken an ihren sturen Opa auszublenden. Nach Kanada würde sie garantiert nicht zurückfliegen. Mit einem Großvater unter einem Dach zu leben, der sie lieber anschnauzte, statt zu ihr zu halten, war auch nicht besser.

Wenn du ein Problem lösen willst, gehe es in kleinen Schritten an, war die einzige brauchbare Weisheit, die ihre Mutter ihr eingeimpft hatte. Sie würde den nächsten Schritt schon finden. Nach diesem Abend.

Einen Schritt weiter ging auch Goran, als er Jette nach dem Essen in das geräumige Wohnzimmer führte.

Während er sein iPhone an die Anlage anschloss, schlenderte Jette zur Fensterfront und genoss den Ausblick auf den Garten, den Fluss und das gegenüberliegende Ufer. Die Lübecker Altstadt mit ihren malerischen Häusern versank gerade im warmen Abendlicht. Einen kurzen Moment fragte sich Jette, ob Goran die Wohnung gehörte. Dass ein junger Polizeibeamter sich eine der besten Lagen der Stadt leisten konnte, erschien ihr seltsam.

Unterstützten ihn seine Eltern, oder war er einfach nur extrem fleißig und konnte gut mit Geld umgehen? Ohne sich auf eine Antwort festzulegen, verwarf sie ihren Gedanken wieder. Der Abend war zu schade für komplizierte Fragen.

Vom Wein benebelt, schaute sie in die Dämmerung. Die Lichter der Stadt spiegelten sich im dunklen Wasser. Aus den Boxen ertönte sanfte Soulmusik. Einen Augenblick später spürte Jette Gorans Atem in ihrem Nacken. Er hatte sich hinter sie gestellt und nahm sie sanft in seine Arme. Dann begann er sich im Rhythmus der Musik hin und her zu wiegen. Jettes Körper folgte ihm, und die schweren Gedanken an Kurt verflogen. Sie fühlte sogar einen Anflug von Genugtuung.

Goran begann, Jettes Hals zu küssen. Sie schloss die Augen. Ein warmes Kribbeln durchströmte ihren Körper. Seine Hände streichelten sanft ihren Bauch und schoben ihr T-Shirt hoch. Jettes Atem ging schneller. Wie in Trance schmiegte sie sich an ihn. In dem Moment, als sie sich zu ihm drehte und ihre Hände seinen Körper ertasteten, klingelte das Telefon.

»Shit«, stieß Goran leise hervor und löste sich aus der Umarmung.

Jette lächelte ihn an und strich ihm über die Haare. Das Feuermal auf seinem Hals leuchtete dunkelrot.

»Sorry«, murmelte er und lief zur Anlage. »Das ist der dienstliche Klingelton. Du weißt, dass wir uns gerade im Ausnahmezustand befinden.«

Jette nickte und beobachtete, wie er das Smartphone aus der Halterung zog und abhob.

»Mann, Ploog«, herrschte er seinen Mitarbeiter an. Seine Stimme war plötzlich doppelt so laut. »Ich hab dir doch gesagt, du sollst mich nur im Notfall anrufen.«

Goran zwinkerte Jette kurz zu und zog sein T-Shirt zurecht.

»Halt. Stopp. Noch mal«, befahl Goran. »Du störst mich, weil ein Typ vor dem Haus in Kücknitz herumschleicht? Sorry, aber wegen eines neugierigen Gaffers will ich nicht angerufen werden.«

Goran ging Richtung Küche, denn Ploog ließ sich offenbar nicht so leicht abwimmeln. In seiner Erregung sprach er aber so laut weiter, dass Jette ihn trotzdem verstehen konnte.

»Wie? Ihr habt den schon länger beobachtet, und er lässt sich nicht vertreiben? Habt ihr nichts Wichtigeres zu tun?«

Ploog quasselte weiter.

»Was meinst du mit *randalierender Rentner*?«

Bei dem Wort Rentner wurde Jette hellhörig. Sie begann, lautlos Flaschen, Teller und Gläser von einer Seite des Tisches auf die andere zu schieben, und spitzte die Ohren.

»Im Tarnanzug? – Dann bringt ihn in die Psychiatrie. – Personalien?«

Als hätte er eine unsichtbare Tür geschlossen, wurde Gorans Stimme leise. Jette schlich Richtung Küche und lugte hinein. Goran stand mit dem Rücken zu ihr und nickte vor sich hin.

»Das war der Typ, der die Drogen in der Buchhandlung gefunden hat? Wie bitte? Der wohnt in der Siedlung Gärtnergasse?«

Mittlerweile war Gorans Befehlston in ein Flüstern übergegangen.

»Kurts Nachbar? Haltet ihn bis morgen fest.«

Jette schlug sich die Hand vor den Mund und schlich zurück ins Wohnzimmer.

Als Goran kam, stand sie wieder am Fenster und spielte verlegen mit den Tasten ihres Handys herum. Dass ihr Kopf rot war, konnte Goran von hinten nicht sehen.

Als sei nichts passiert, begann er sein Programm zu wiederholen. Er startete die Musik und umfasste Jettes Taille.

»Tut mir leid«, hauchte er. »Wo waren wir stehen geblieben?«

Mit festem Griff zog er Jette zu sich heran.

»Du hast telefoniert«, sagte Jette ausweichend und legte ihr Handy zur Seite.

»Es ging um einen Fall in Kücknitz«, antwortete Goran.

Jette konnte sich nicht auf seine Küsse konzentrieren. Vor ihren Augen sah sie Bilder von Erwin, der strampelnd und um sich schlagend von zwei Polizisten verhaftet wurde. Wieso trieb er sich abends in Kücknitz herum? Er hatte doch seinen Dienst quittiert und vor ein paar Stunden noch eifrig seine Sträucher mit Pestiziden besprüht?

»Ach so, ich dachte schon, es sei etwas Schlimmes passiert«, antwortete Jette betont beiläufig.

»Nicht wirklich«, murmelte Goran. Seine Hände schoben sich wieder unter ihr Shirt. Dann küsste er ihr Ohr und flüsterte: »Aber sag mal, kennst du einen Erwin Brockmeier?«

Jette wand sich aus der Umarmung und sah ihn lächelnd an. Sie hatte weiche Knie und versuchte ihre Gedanken zu ordnen.

»Brockmeier?«, wiederholte sie langsam. »Sagt mir nichts. Ich bin grade erst aus Kanada gekommen. Wie soll ich da irgendwelche Lübecker kennen?«

»Dein Großvater hat einen Nachbarn namens Erwin Brockmeier.«

Gorans Miene war ernst geworden. Auch sein Blick hatte sich verändert. Er fixierte Jette, ohne zu blinzeln. Seine Gesichtszüge wirkten wie eingefroren. Jette tat so, als überlege sie.

»Nebenan wohnt so ein komischer, alter Kauz«, sagte sie gelassen. »Ich habe ihn ein, zwei Mal im Garten gesehen. Ob der Brockmeier heißt, weiß ich nicht, und es interessiert mich auch nicht.«

»Komm schon«, forderte Goran Jette mit beißendem Unterton heraus. »Dein Großvater hat seinen Nachbarn auf seinen Lieblingsverbrecher angesetzt. Erzähl mir ein bisschen über ihn, und wir können gleich da weitermachen, wo wir aufgehört haben.«

»Wie kommst du auf so einen Mist?«, blaffte Jette empört. Sollte das jetzt ein Verhör werden?

»Pass mal auf«, zischte Goran. Dabei wurde seine Stimme lauter. »Dein allerliebster Opa ist nicht halb so lieb, wie du vielleicht denkst.«

Jette holte tief Luft. Sie wusste nicht, wie ihr geschah, doch Goran fuhr fort, ohne sie zu Wort kommen zu lassen.

»Wenn ein alter Sack sich aufspielt und meint, er hätte die Weisheit mit Löffeln gefressen, ist das alles andere als lieb. Was hat er vorzuweisen? Ein paar aufgeklärte Einbrüche in 30 Jahren. Ab und zu ein Mord, aber seine Rate ist miserabel. Ich hätte ihn schon viel früher degradiert.«

Jette trat einen Schritt zurück und schüttelte den Kopf.

»Hast du 'ne Meise?«, fragte sie. »Was soll das jetzt?«

»Es ist die Wahrheit«, antwortete Goran. Er ging zum Tisch und goss Wein nach. Grinsend hielt er Jette ihr Glas hin. »Wenn ich rauskriege, dass er einen Kumpel in einen Fall einschleust und seine eigenen Ermittlungen durchzieht, ist er fällig.«

Jette begann zu schwitzen und schlug ihm das Glas aus der Hand.

»Reicht's dir nicht, dass er in seinem schäbigen Container auf dem Hof hockt?«

Mit beiden Händen stieß sie Goran gegen den Tisch. Der verschränkte die Arme vor der Brust und schürzte die Lippen.

»Sorry, wenn du ein anderes Bild von deinem Opi hast, aber Amtsmissbrauch reicht locker für eine Suspendierung. Gott, bin ich froh, wenn der alte Starrkopf endlich eine Quittung bekommt für seine Unfähigkeit. Dann braucht er auch nicht mehr in seinem Container zu hocken und kann seinen Vorruhestand zu Hause genießen.«

Er hob das zerbrochene Glas auf und legte es auf den Tisch. Dann griff er blitzschnell Jettes Hand und zog sie zu sich heran.

»Du solltest möglichst schnell lernen, Berufliches und Privates zu trennen. Dann können wir beide trotzdem viel Spaß miteinander haben. Ich spüre ziemlich genau, wenn Frauen etwas von mir wollen.« Ohne abzuwarten, presste er seine Lippen auf Jettes Mund. Seine Hände umfassten zielsicher ihren Po. Augenblicklich riss sie ihr linkes Knie hoch. Goran schnappte nach Luft, ließ sie los und sackte zusammen. Mit glühenden Wangen schnappte sie sich ihr Handy, stürmte in den Flur und warf sich ihren Rucksack über die Schulter.

»Apropos Unfähigkeit«, rief sie beim Rausgehen. »Im Fall Grabzow liegst du übrigens so was von daneben. Das geb ich dir gern schriftlich!«

34

Die Nacht bei Inge-Britt hatte Kurt aufgemuntert. Die beiden hatten sich lange unterhalten und zwei Flaschen Chablis geleert. Als Inge-Britt kurz vor Mitternacht zur Toilette gegangen war, musste er eingeschlafen sein. Sie hatte ihm eine Wolldecke übergelegt und ihn auf dem Sofa liegen lassen. Erst um halb sieben war er aufgewacht. In einem wirren Traum waren Inge-Britt und er auf zwei großen Leoparden durch Kanada geritten. Am Ende ihres Ausritts waren sie in eine kleine Hütte eingekehrt. Wie in einem Kitschfilm hatten sie es sich auf einem Fell vor einem prasselnden Kaminfeuer bequem gemacht. Inge-Britt hatte Kurt über den Kopf gestrichen. Er spürte ein plötzliches Verlangen – dann hatte Inge-Britt ihn mit einem »Moin, Moin, Kurti!« geweckt.

»Wenn es einen Kursus in Großvater-sein-für-Anfänger gäbe, würde ich dich dort anmelden«, hatte sie ihm am Morgen mit auf den Weg gegeben. Dann war sie ins Büro gefahren. In der Mittagspause würde sie versuchen, Jette zu erreichen.

Auf dem Weg von der Dorotheenstraße zu seinem Beobachtungsposten machte Kurt einen Abstecher zu Fritz. Den Streit mit Jette behielt er für sich. Stattdessen erzählte er seinem Freund von den Ergebnissen der Observierung. Fritz beschrieb ihm noch einmal den Mann, der sich mit Tiesdorf an seinem Kiosk getroffen hatte. Kurt war sicher, den Richtigen zu überwachen. Zum Abschied lobte Fritz seinen alten Kumpel. Sich im Dienst krankzumelden und auf eigene Faust zu arbeiten, fand er mutig, aber auch riskant.

»Wenn du Hilfe brauchst, ruf mich an«, rief Fritz ihm nach und versprach ihm eine Flasche Krummesser für den Fall, dass er etwas Wichtiges herausfand.

Am Vormittag tauchte niemand am Fenster auf. Gegen zwölf glaubte Kurt, die Bewegung eines Vorhangs wahrzunehmen. Er überlegte, wie viele Fenster zu dem Zimmer gehörten, in dem der Bär sich aufgehalten hatte.

Gegen Mittag wurde ihm flau im Magen. Auf Döner und neugierige Fragen des Imbissbudenmanns hatte er keine Lust. Deshalb lief er zu einer Bäckerei und deckte sich mit belegten Brötchen ein. Kurz dachte er an Jette. Hatte sie Frühschicht?

Drei Stunden später passierte immer noch nichts. Gedankenverloren zog Kurt seine Pistole aus der Jackentasche und prüfte sie. Dann polierte er den Lauf mit einem Stofftaschentuch und steckte sie wieder ein.

Kurt hatte sich auf eine lange Schicht eingestellt und mit dem Nötigsten versorgt. Wenn es erforderlich war, würde er sogar die Nacht vor der kleinen Pension verbringen. Tiesdorf hatte das Zimmer bereits vor drei Tagen angemietet. Dem Bären blieb also nicht mehr viel Zeit, seinen Auftrag zu erledigen. Wenn sich bis zum nächsten Morgen nichts tat, verlor sich diese Spur womöglich.

Kurt hockte hinter seinem Steuer und lehnte sich zurück. Um halb acht begann er zu summen. Es war die Melodie von *Weißt du, wie viel Sternlein stehen*, dem Kinderlied, das er Thorsten zum Einschlafen vorgesungen hatte. Warum ihm ausgerechnet dieses Lied in den Sinn kam, wusste er nicht. Für einen kurzen Moment driftete er in Erinnerungen ab. Er sah Thorsten frisch gebadet in seinem Teddy-Pyjama im Bettchen liegen und Kurts Stimme lauschen, bis ihm die müden Kinderaugen zufielen. Kurt spürte ein Ziehen im Magen. Er stellte fest, dass dies die friedlichsten Momente seines Lebens gewesen waren. Warum hatte er sie damals nicht so empfunden? Mit Mühe lenkte er seine Gedanken in die Realität zurück.

Wenn er noch müder werden sollte, würde er zu lautem Singen übergehen, dem besten Schutz gegen Einschlafen.

Gerade als er einen Blick auf sein Handy werfen und prüfen wollte, ob Inge-Britt ihm eine SMS geschickt hatte, bemerkte er ein Flackern in einem der Fenster. Kurz darauf wurde das Licht eingeschaltet. Kurts Mattigkeit ging mit einem Schlag in präzise Fokussierung über. Nach zwei Minuten erlosch das Licht wieder. Etwas später trat ein großer Mann auf die Straße. Kurt wusste, wen er vor sich sah. Es war derselbe Mann, der am Vortag hinter der Fensterscheibe gestanden hatte. Es war der Bär – und er trug ein Rennrad aus der Haustür, stieg auf und radelte davon.

Natürlich hatte Kurt sich überlegt, was er tun würde. Am liebsten wäre ihm gewesen, er hätte den Mann verfolgen und auf frischer Tat ertappen können. Aber allein auf sich gestellt, ohne kollegialen Schutz einem Killer zu folgen, war leichtsinnig. Typen wie der Bär waren nicht vergleichbar mit einem Fahrraddieb oder einem Temposünder. Während seiner langen Dienstzeit hatte er in Schießereien vier Kollegen verloren. So wollte er auf keinen Fall enden. Kurt musste an die Fernsehkommissare denken, die sich, um der Spannung willen, mit Vorliebe in solche Alleingänge stürzten. Dafür landeten sie auch für gewöhnlich in der Falle, was Kurt jedes Mal ein »Wie kann man nur so doof sein« entlockte.

Außerdem musste Kurt sich eingestehen, dass er nicht mit einem Radfahrer gerechnet hatte. Ein Fußgänger war einfach zu verfolgen, ein Autofahrer schwieriger, ein Radler auf einem Rennrad unberechenbar. Mit seinem alten Passat bewegte sich Kurt für den Verkehrsfluss entweder zu langsam oder zu auffällig. Außerdem nutzten Radfahrer Schleichwege, denen kein Auto folgen konnte.

Da Kurt einsah, dass eine Verfolgung zwecklos war, ging er zu Plan B über. Der Bär hatte sich den ganzen Tag in seinem Zimmer aufgehalten. Er hatte die Pension ohne Tasche oder Koffer verlassen, war also noch nicht endgültig abgereist. Kurt wusste, dass er zügig handeln musste. Noch einmal zählte er die Fensterfront ab. Automatisch checkte er sein Handy und seine Waffe. Diesen Vorgang verlernte man nicht, selbst wenn man nur noch Akten sortierte. Er spürte einen Anflug von Nostalgie. Der Einsatz erinnerte ihn an früher, und die Spannung gab ihm einen Energieschub. Er riss die Tür auf und setzte den linken Fuß nach draußen. Genau in diesem Moment schlug der Schmerz zu. Kein schwaches Ziehen, wie er es in den letzten Tagen schon gespürt hatte. Das, was in diesem Moment in seinem Rücken passierte, fühlte sich an wie ein tiefer, bohrender Stich. Oder war es ein Reißen? Kurts Gesichtszüge verzogen sich. Ihm blieb der Atem weg. Seine rechte Hand griff zum Schmerzpunkt, mit der Linken umklammerte er den Türgriff. Er spürte den kalten Schweiß, der ihm augenblicklich am ganzen Körper ausbrach. Er brauchte einige Sekunden, um sich zur Ruhe zu rufen. Dann zog er sich langsam am Türrahmen hoch.

»Hey, alter Mann«, rief eine Stimme. Sie gehörte dem Imbissbudenbesitzer, der Feierabend machte und seinen Laden abschloss. »Alles klar bei dir, oder soll ich einen Krankenwagen rufen?«

Der Mann musterte Kurt besorgt.

»He-xen-schuss«, stieß Kurt hervor. Dass ausgerechnet der vorlaute Wirt ihn gesehen hatte, machte ihn wütend. Er musste sich zusammenreißen.

»Geht schon«, sagte Kurt betont kumpelhaft und drückte seine Hand noch fester auf die schmerzende Stelle. Dabei verrutschte seine Jacke, und der Griff der frisch gewienerten Pistole lugte hervor.

»Nichts – äh – für ungut«, stammelte der Imbissbudenbesitzer und hastete davon.

Kurt sah sich um. Die sonst so vielbefahrene Ziegelstraße war leer. Noch einmal versuchte er sich zu strecken. Der Rücken entkrampfte etwas, doch die Blockade blieb. Gebückt überquerte er die Straße. Das rechte Bein gehorchte ihm nicht richtig, und der Fuß schleifte leicht über den Asphalt. Kurt warf einen Kontrollblick nach links und rechts. Als Profi würde er das nicht erst vor der Haustür tun. Er versuchte, trotz Hinkerei wie ein unauffälliger Gast zu wirken, und hatte Glück. Die verschmierte Eingangstür war leicht zu öffnen und die Rezeption nicht besetzt. In einem kleinen Hinterzimmer flackerte ein Licht. Ein hagerer, glatzköpfiger Mann starrte gebannt auf einen Fernseher und verfolgte ein Fußballspiel. Kurt humpelte ungesehen an ihm vorbei.

35

Jette war es egal, ob noch ein Bus Richtung Gärtnergasse fuhr. Sie kannte sich mittlerweile so gut aus, dass sie den Weg von Goran zu Kurt auch ohne Hilfe fand. Außerdem konnte sie bei einem Fußmarsch ihre angestaute Wut in den Boden stampfen und nachdenken. Auch die Dunkelheit, die mittlerweile eingesetzt hatte, störte sie nicht. Wie eine Soldatin setzte sie einen Fuß vor den anderen und starrte dabei auf den Boden. Das Gewicht ihres Gepäcks drückte mit jedem Schritt stärker auf ihre Schultern.

Was hatte sie sich dabei gedacht, sich auf Goran einzulassen? Nein, er war nicht der Erstbeste gewesen, der ihr über den Weg gelaufen war. Sie fühlte sich von ihm angezogen – und die berühmte Chemie hatte einfach gestimmt zwischen ihnen. Oder hatte sie sich das nur eingebildet? War es ihm die ganze Zeit darum gegangen, an Infos über Kurt zu gelangen, oder hatte er auch etwas für sie empfunden? Sie wurde den Eindruck nicht los, wieder einmal auf einen Blender hereingefallen zu sein. Mit dem, was er über Kurt gesagt und wie er danach seine Zunge in ihren Mund zu stecken versucht hatte, war er eindeutig zu weit gegangen.

Eine Dreiviertelstunde später stand Jette nass geschwitzt vor Kurts Haustür. Auf den letzten Metern hatte sie sich sogar eine Entschuldigung für Kurt zurechtgelegt. Natürlich würde er nicht die ganze Wahrheit erfahren. Nicht die über Jean-Luc. Aber er sollte wissen, wie leid es ihr tat, einfach abgehauen zu sein. Es würde ihn milde stimmen. Andere Großväter verziehen ihren Enkelkindern schließlich auch alles.

Jette zog sich den Rucksack von den Schultern und ließ ihn auf die kleine Eingangstreppe plumpsen. Mit klopfendem Herzen wühlte sie in ihrer Hosentasche. Erst in diesem Moment fiel ihr ein, dass sie in ihrer Wut den Hausschlüssel auf den Küchentisch geworfen hatte.

Auch das noch, dachte Jette und klingelte. Sie hoffte, Kurt nicht aus dem Schlaf zu reißen. Gedankenverloren trat sie einen Schritt zurück, um einen Blick auf sein Schlafzimmerfenster zu werfen. Niemand hatte die Rollläden runtergelassen. Kurt achtete doch immer penibel darauf, alles zu verriegeln, sobald es dämmerte. Jette schlich durch den Vorgarten an der Seitenwand entlang bis hinters Haus. Von der Terrasse sah sie durch die große Glasscheibe ins Innere. Das Haus war komplett dunkel. Sie lief zurück zur Einfahrt. Ihr war nicht einmal aufgefallen, dass sein Wagen nicht auf dem Hof stand.

Ratlos setzte Jette sich auf die Treppenstufen. Wo steckte ihr Opa?

Sie nestelte ihr Handy aus der Jackentasche und wählte seine Handynummer. Das Klingeln blieb unbeantwortet. Nachbar Erwin, der womöglich einen Zweitschlüssel hatte, saß in U-Haft und konnte ihr nicht weiterhelfen.

Direkt unter Kurts Nummer stand Fritz' Anschluss.

»Hallo?«, hörte Jette die raue Stimme. Sie klang verschlafen, doch im Hintergrund schien ein Sprecher lautstark ein Fußballspiel zu kommentieren.

»n'Abend, Fritz«, rief Jette. »Hab ich dich geweckt?«

Am anderen Ende brüllte ein aufgeregter Kommentator gegen eine lärmende Stadionkulisse an. Es dauerte ein Weilchen, bis eine Antwort folgte.

»Ich muss eingenickt sein«, erwiderte Fritz mit belegter Stimme.

Jette hörte, dass der Ton der Sportübertragung leiser gestellt wurde.

»Rufst du wegen der Nähmaschine an? Die hab ich tipptopp wieder hinbekommen«, sagte Fritz. »Sie steht im Schuppen.«

»Äh, danke«, antwortete sie und holte tief Luft. »Hab ich schon gesehen. Die ist super geworden, aber weißt du zufällig, wo Kurt ist?«

Wieder folgte ein Schweigen.

»Fritz?«

»Ich überlege«, lautete seine knappe Antwort. Fritz musste tief geschlafen haben.

»Soviel ich weiß, war er heute in Buntekuh. Kann mir nicht vorstellen, dass er dort bis jetzt geblieben ist. Ich meine, das wären, lass mich nachrechnen, 14 Stunden. So lange hält Kurt es nicht an einem Platz aus.«

Jette schluckte. Wieso hatte sie ihren Großvater im Stich gelassen?

»Probier's doch mal bei Inge-Britt«, schlug Fritz vor. »Wenn du die beiden bei irgendwas störst, wirst du es schon merken.«

Jette stutzte. Fritz wünschte eine gute Nacht, bot seine Hilfe an, falls Jette sie brauchte, und legte auf.

Mit zittrigen Fingern klickte sie auf Inge-Britts Nummer.

»Dies ist die Mobilbox von Inge-Britt Sübener. Sie wissen, ich freue mich über jeden Anruf. Aber manchmal kann ich ihn leider nicht persönlich entgegennehmen. Wenn Sie mir eine Nachricht hinterlassen möchten, spre…«

Bevor Jette etwas sagen konnte, wurde die Stimme vom Band von der echten Inge-Britt abgelöst.

»Bin ich froh, dass du anrufst«, seufzte Inge-Britt.

Jette hatte keine Ahnung, warum Inge-Britt so erleichtert klang.

»Ähm, wieso?«

»Hast du meine SMS nicht bekommen?«

»Oh, Shit!«

Plötzlich fiel Jette die Nachricht ein, die sie in der Aufregung vor Gorans Haustür ungelesen weggeklickt hatte. Kleinlaut entschuldigte sie sich bei Inge-Britt.

»Ich wollte dich fragen, ob wir uns auf einen Kaffee treffen«, sagte Inge-Britt.

»Jetzt?«

Jette hörte Inge-Britt am anderen Ende lachen. Die herzliche Stimme beruhigte sie für den Moment.

»Ich hatte eigentlich an heute Nachmittag gedacht. Aber dafür ist es jetzt zu spät!«

»Weißt du, wo Kurt ist?«, fragte Jette. »Ich bin gerade nach Hause gekommen, und hier ist alles dunkel. Kein Kurt, keine Nachricht. An sein Handy geht er auch nicht. Fritz hat auch keine Ahnung.«

In Inge-Britts Kopf liefen die Leitungen heiß. Offenbar hatten Kurt und Jette noch nicht wieder miteinander gesprochen. Sie vermutete, dass auch Jette einen Tag Denk- und Verschnaufpause gebraucht hatte.

»Wenn er nicht zu Hause ist, dann sitzt er wahrscheinlich immer noch in Buntekuh hinterm Beobachtungssteuer«, schlussfolgerte Inge-Britt. »Um vier hat er mir von dort eine SMS geschickt. Er hatte Langeweile und Hunger. Dass er nicht ans Telefon geht, ist auch nichts Neues. Manchmal hört er das Klingeln einfach nicht. Ich habe ihm schon geraten, zum Ohrenarzt zu gehen.«

Inge-Britt kicherte. Dann fügte sie hinzu: »Soll ich dich hinfahren?«

Sie hatte das Bedürfnis, den beiden sturen Streithähnen bei der Versöhnung auf die Sprünge zu helfen. Jette überlegte einen Moment. Inge-Britts Angebot klang verlockend, doch Jette wollte nicht wie ein Kind zur Aussprache chauffiert werden. Der Streit ging Inge-Britt nichts an, und Jette war alt genug, allein mit Kurt zu reden. Außerdem gefiel ihr der Gedanke, ihn zu überraschen. Auf dem Weg zur Ziegelstraße würde sie ein McDonald's ansteuern und ihm einen *Angus Third Pounder* mitbringen – falls es den in Deutschland überhaupt gab.

Jette bedankte sich bei Inge-Britt. Plötzlich fiel ihr Erwin ein. Wenn ihm jemand aus der Patsche helfen konnte, dann war es die kleine, patente Chefsekretärin. Nicht, dass sie dem kleinen, garstigen Greis nicht eine Nacht in der Zelle gewünscht hätte. Aber wer wusste, was er ausplaudern würde, wenn Gorans Leute ihn in die Mangel nahmen.

»Frag mich bitte nicht, woher ich es weiß«, sagte Jette zu Inge-Britt und dachte an das vermasselte Abendessen mit Goran. »Aber Erwin hat sich in Schwierigkeiten gebracht.«

Sie erzählte, dass er die Nacht in Polizeigewahrsam verbringen sollte, und bat Inge-Britt, sich um ihn zu kümmern. Inge-Britt schaltete sofort, denn sie wusste, wie unberechenbar Erwin war, wenn er sich in die Enge getrieben fühlte. Sie versprach zu helfen und konnte sich nur mit Mühe die Frage nach der Quelle verkneifen. Ihre Vermutung behielt sie ebenso für sich.

Jette legte erleichtert auf, dann schleppte sie ihren Rucksack auf die Terrasse und holte den kleinen Stofflöwen heraus.

»Jetzt machen wir Opa eine Freude«, sagte sie leise und gab Thorsty einen Kuss. Dann stopfte sie ihn in ihre Jackentasche, lief zum Gartenschuppen und schnappte sich das Fahrrad ihrer Großmutter.

36

Die Strecke von der Gärtnergasse bis nach Buntekuh zog sich. Jette stemmte sich in die Pedale, doch mit dem alten Rad ohne Gangschaltung kam sie nur langsam vorwärts. Während sie auf ihrem Handy den Weg navigierte, versuchte sie auszurechnen, wie viele Stunden Schlaf ihr fehlten. Sie beschloss, Kurt zuerst den Burger vor die Windschutzscheibe zu halten, sich bei ihm zu entschuldigen und ihn danach zu bitten, mit ihr nach Hause zu fahren. Die Aussicht auf das knarzende Klappbett in dem kleinen, sauberen Zimmer erfüllte sie auf einmal mit einem Glücksgefühl. Jetzt würde alles gut werden zwischen Kurt und ihr.

Zwanzig Minuten später erreichte sie ihr Ziel.

Ein idealer Tarnwagen, dachte Jette, als sie den dunkelgrünen Passat auf dem unbeleuchteten Parkplatz vor der Imbissbude stehen sah.

Damit Kurt sie nicht gleich entdeckte, stellte sie das Rad hinter der nächsten Straßenkreuzung ab und kettete es an einem Stoppschild fest. Mit klopfendem Herzen nahm sie die braune Burgertüte aus dem kleinen Korb und zog sich die Kapuze über den Kopf. Langsam schlich sie an der Häuserfront entlang bis zum Imbiss. Dabei warf sie einen Blick auf die Fenster der Pension, die sie am Vortag gemeinsam beobachtet hatten. In dem Zimmer, in dem der Mann hinter der Glasscheibe aufgetaucht war, brannte Licht. Ein Vorhang verschleierte die Kontur, die sich dahinter bewegte.

»Bingo! Der Bär«, sagte Jette leise zu sich selbst. Kurt spähte wahrscheinlich hochkonzentriert mit dem Fernglas nach oben. Wenn Bewegung in die Ermittlungen kam, wäre sie genau zur richtigen Zeit am richtigen Ort, um ihrem Großvater zu helfen. Er würde sich über ihr Mitbringsel und noch viel mehr über ihr persönliches Erscheinen freuen.

Als sie hinter dem Passat stand, schaute sie zunächst von hinten durch die Heckscheibe. Im Wageninneren rührte sich nichts. Jette versuchte, die dunklen Schatten zu deuten. Kurts Kopf konnte sie jedenfalls nicht erkennen. Sie schlich seitlich um das Auto herum. Kurz überlegte sie, ob das Überraschungsmanöver Kurt vielleicht zu sehr erschrecken könnte. Nicht, dass er noch einen Herzinfarkt bekam. Sie tastete sich noch einen Schritt weiter, bis sie den Fahrersitz einsehen konnte. Aber dort saß niemand. Jette schnappte nach Luft. Ob Kurt ein kleines Nickerchen auf der Rückbank machte?

Mit beiden Händen ruckelte sie an der verschlossenen Tür. Ihr Herz schlug schneller. Sie hielt ihr Gesicht ganz dicht an die Seitenscheibe. *Scheiß Straßenlaternen*, dachte sie, stellte die Burgertüte aufs Autodach und schirmte mit beiden Händen ihre Augen ab. Der Wagen war leer.

Ruckartig drehte sie sich um und blickte in alle Richtungen. Vielleicht hatte Kurt sich die Beine vertreten. Ihr Herzklopfen wurde stärker.

Sie kramte ihr Handy hervor. Ein verpasster Anruf von Ilona blinkte auf dem Display. Die hatte ihr gerade noch gefehlt.

Hektisch wählte sie Kurts Nummer. Das Tuten endete auf der Mobilbox. Dann tippte sie eine Nachricht ein. Sie glaubte nicht an eine schnelle Antwort, aber manchmal geschahen Wunder.

Natürlich geschah kein Wunder. Als nach zwei Minuten keine Mitteilung eintraf, wurde Jette zappelig. Sie blickte noch einmal auf das Fenster. Die Gestalt im Gegenlicht bewegte sich. Diesmal hektischer. Genau in diesem Augenblick machte es bei Jette klick. Der Mann am Fenster musste Kurt sein. Er hatte sich allein in die Höhle des Löwen gewagt.

Sie rannte über die Straße. Vor der Pension schaute sie sich noch einmal um. Bis auf einen alten Mann, der in weiter Entfernung mit einem Dackel hinter einem Wohnblock verschwand, war niemand zu sehen. Vorsichtig stemmte sie sich gegen die rostige Tür.

»Was für ein hübscher Besuch so spät am Abend«, hörte sie eine leicht quäkende Stimme. Am Rezeptionstresen stand ein kleiner glatzköpfiger Mann. Sein Blick blieb an Jettes Dekolleté hängen. Im engen Hinterzimmer röhrte ein Fernseher. Das Gegröle von Fußballfans war fast bis auf die Straße zu hören.

»Brauchen Sie ein Zimmer?«

Jette hatte nicht darüber nachgedacht, wie sie ungesehen bis nach oben vordringen sollte. Wenn sie dem Portier sagen würde, sie wolle jemanden besuchen, hätte sie nicht einmal einen Namen nennen können. Sie musste das Risiko eingehen, hoffte, dass die schäbige Absteige nicht ausgebucht war, und nickte.

»Einzel oder Doppel? Sie haben die Wahl«, krächzte der Mann mit einem schiefen Grinsen. »Ist gerade Nebensaison.«

Obwohl sie schwitzte, bekam Jette Gänsehaut. Unter normalen Umständen hätte sie sich niemals in diese Bude getraut.

»Einzelzimmer«, sagte sie schnell.

»Was anderes hätt ich Ihnen auch gar nicht gegeben«, scherzte der Mann. Er stank nach Fusel und getrocknetem Urin. »Wir sind nämlich kein Stundenhotel. Obwohl wir unter bestimmten Umständen auch mal Ausnahmen machen.«

Was war denn hier los?

»Entweder Sie geben mir den Schlüssel, oder ich überlege es mir wieder anders«, schnauzte Jette den Mann an. Seine schmierigen Andeutungen gingen eindeutig zu weit.

»Hier ausfüllen«, murrte der Mann und legte einen dreckigen Zettel auf den Tresen. »Ist Vorschrift. Macht 38 Euro. Vorkasse.«

Jette schluckte und schnappte sich einen Kugelschreiber. Mit krakeliger Schrift gab sie *Ilona Brockmeier aus Hamburg* als Mieterin an. Zum Glück musste sie keinen Ausweis vorlegen. Genervt zog sie ihren letzten 50-Euro-Schein aus dem Portemonnaie.

»Drittes Stockwerk, Zimmer 33«, sagte der Mann, als er kritisch auf den Zettel schaute und das Wechselgeld rausgab. Dann fischte er in einem kleinen Schränkchen einen Schlüssel vom Haken und drückte ihn Jette in die Hand.

»Haben Sie kein Gepäck?«, rief er Jette hinterher.

»Nö«, antwortete sie knapp und stieg die Treppen hinauf.

»Wusstichsdoch«, nuschelte er.

Natürlich ging Jette nicht auf Zimmer 33. In der zweiten Etage bog sie in einen schmalen, stickigen Gang ab. Eine funzelige Glühbirne baumelte in einer kaputten Fassung von der Decke und warf ein blasses Licht auf die fleckigen, braunen Wände. Es roch nach Bier und kaltem Rauch.

Jette brauchte einen Moment, um sich zu orientieren. In

Gedanken ortete sie die Straße und kombinierte, welche Tür zu den beleuchteten Fenstern passte.

Vor Zimmer 28 blieb sie stehen. Vorsichtig legte sie ein Ohr an das schäbige Holz und erschrak.

Zwei Stimmen drangen nach draußen. Eine gehörte Kurt. Jette versuchte, die Worte zu verstehen. Sofort setzte sich ihr Gedankenkarussell in Gang. Sie war davon ausgegangen, dass Kurt allein das Zimmer durchsuchte. Ihren Plan, konspirativ an die Zimmertür zu klopfen, konnte sie vergessen. Während sie fieberhaft über eine Idee nachdachte, wurden die Stimmen lauter.

Diesen Tonfall kannte Jette von Kurt. Nicht aber die zweite Stimme.

Ratlos trippelte sie im Flur auf und ab, während Kurt sich hinter der Tür ein Wortgefecht mit wer weiß wem lieferte. Die anderen Zimmer schienen unbewohnt, aus dem Treppenhaus hallte der Fernseher. Noch immer feuerten die Fußballfans ihre Mannschaften an. Was sollte sie tun? Die Polizei rufen und Kurt direkt an Goran ausliefern? Wenn die Geheimaktion aufflog, würde ihr Opa suspendiert oder sogar entlassen.

Erwin saß hinter Gittern, Inge-Britt konnte sie auf keinen Fall in diese Kaschemme beordern.

Fritz! Hatte er nicht gesagt, sie solle ihn anrufen, wenn sie Hilfe brauchte?

Gerade als Jette ihr Handy aus der Tasche zog, erlosch das Licht. Vor Schreck blieb sie mit der Hand in der Tragelasche hängen, und ihr Telefon fiel zu Boden. Zuerst hörte sie das leise Plumpsen des Kunststoffgehäuses auf den PVC-Boden, danach einen Knall.

Ich ertrage Annegrets Launen nicht mehr. Einen Tag juchzt sie vor Freude, am nächsten lässt sie sich hängen. So was kann man sich nicht leisten. Schon gar nicht in meiner Buchhandlung. Stutzig gemacht hat mich ihre radikale Typveränderung. Aus Prinzip glaube ich an das Gute im Menschen. Also habe ich mir zuerst nichts dabei gedacht, wie sie plötzlich im Businesslook an der Kasse stand. Sie war schon immer verantwortungsvoll. Da ist es nicht verwunderlich, wenn jemand das Ruder übernimmt und sich mit seiner neuen Aufgabe identifiziert. Gestern habe ich allerdings herausgefunden, dass es einen anderen Grund für ihre Verwandlung gibt. Es ist Lutz. Seit meinem Tod macht sie sich Hoffnung, ihre Ehe noch zu retten. Ich weiß nicht, ob ich sie hoffnungslos weltfremd nennen oder sie bemitleiden soll. Im Frühling, Lutz und ich saßen gerade auf einem kleinen Ausflugsdampfer, versprach er mir, sich scheiden zu lassen. Sobald sein Stress im Job es zuließe, allerspätestens im Herbst, wollte er sich endgültig trennen. Wir genossen die ersten warmen Sonnenstrahlen auf dem kleinen Schiff und schmiedeten Pläne für eine gemeinsame Wohnung. Wenn dieser Irre mich nicht erschossen hätte, hätte ich Annegret in diesem Monat gekündigt.

37

Der Schuss fiel direkt hinter der Tür. Jette stand im Dunkeln und spürte nur noch ihren hämmernden Puls im Hals. In Sekundenbruchteilen erschienen wieder Szenen aus der Bahnhofsbuchhandlung. Sie sah Sylke Grabzow zusammensacken, mit aufgerissenen hilflosen Augen auf ihren Mörder starren und auf den kalten Steinboden aufschlagen. Dann registrierte sie den Schützen, den großen Mann, der sich sofort umgedreht hatte und schneller weggelaufen war, als alle anderen Luft holen konnten.

Ein lautes Stöhnen und Wimmern riss Jette aus ihrer Erinnerung. In der Finsternis erkannte sie nur feine Lichtstreifen rund um die Tür. In diesem Moment schaltete ihr Gehirn auf Reflex. Jette dachte nicht nach. Sie machte genau drei Schritte zurück, hielt kurz inne, ging wieder nach vorne, riss das rechte Knie hoch und trat mit aller Kraft gegen das Schloss. Mit einem lauten Knarzen brach die klapprige Tür aus dem Rahmen, und das Neonlicht des schäbigen Zimmers blendete Jette.

Im kalten Weiß erkannte sie einen Mann, der kurz erstarrte und dann auf sie zustürzte. Brutal griff er ihre Haare und zerrte sie hinein. Mit dem Fuß stieß er die Tür in den kaputten Rahmen zurück. Jette hielt sich den Kopf und spürte einen Schlag auf den Rücken. Sie landete bäuchlings in einem abgewetzten Sessel. Als sie sich vorsichtig umdrehte, erblickte sie vor sich den Schützen aus der Buchhandlung. Auch wenn sie das Halstuch nicht mehr brauchte, um ihn zu identifizieren, fiel ihr genau in diesem Moment das Muster auf dem Stoff ein. Kleine, hellblaue Totenköpfe! Wie passend, aber auch albern, dachte sie kurz, als auch schon der Lauf seiner Pistole auf ihre Stirn zeigte.

»Bist du wahnsinnig?«, hörte sie Kurts Stimme aus einer Zimmerecke. Er kauerte neben dem Bett auf dem Boden und blickte sie mit seltsam verzerrtem Gesicht an. Seine Arme waren hinter seinem Körper verschränkt. Auf seinem Hosenbein breitete sich langsam ein roter Fleck aus. Tränen schossen Jette in die Augen. Ihr Großvater verschwamm.

»Kennt ihr euch?«, blaffte der Bär.

Jette nickte schweigend. Erst jetzt begriff sie, was passiert war. Hätte sie Kurt nicht allein gelassen, wäre er nie in Gefahr geraten. Ihre Brust verengte sich, und sie japste nach Luft.

»Sie ist meine Enkelin«, wetterte Kurt. »Wenn du ihr was tust, bist du tot.«

Der große Mann lachte und fuchtelte mit der Pistole vor Jettes Gesicht herum.

Kurt versuchte sich nach vorn zu robben, blieb aber auf der Stelle. Er war zu keiner Bewegung fähig.

»Wie rührend«, sagte der Mann süffisant. »Der alte gebrechliche Mann und das Mädchen. Was soll ich jetzt bloß mit euch zwei Hübschen anstellen?«

Jette kniff die Augen zusammen, um besser sehen zu können. Der Bär machte keine Anstalten, die Waffe sinken zu lassen.

»Euch abknallen und abhauen? Die Putzfrau, die euch morgen früh findet, wird sich wundern.«

Der Bär lachte über seinen schlauen Einfall und kratzte sich das unrasierte Kinn. Jette sah die Zahnlücke in seinem Oberkiefer.

»Warum wollen Sie uns töten?«, fragte Jette plötzlich. Es war Kurts erbärmlicher Anblick, der sie aus ihrer Schreckstarre gerissen hatte. Der große, starke Held ihrer Kindheitsfantasie lag mit blutroter Schusswunde auf dem Boden und konnte sich nicht mehr bewegen.

»Bist du so dumm, oder tust du nur so, Mädchen?«

»Ich meine es ernst«, antwortete Jette. »Zwei weitere Morde machen sich nicht gut im Lebenslauf.«

In ihrer Lieblingskrimiserie hatte Jette gesehen, dass man verrückte Täter in Extremsituationen in intensive, aber ruhige Gespräche verwickeln sollte. Diese Situation war eindeutig extrem und der Bär eindeutig verrückt.

»Süß, wie du dich um meinen Lebenslauf sorgst«, säuselte der Mann. Er hustete und lachte gleichzeitig. »Hast du etwa eine bessere Idee? In dieser Kaschemme gibt's außer mir keine anderen Gäste. Und dieser Glatzkopf da unten in seinem Fernsehkabuff kriegt eh nix mit. Zweimal peng, und weg bin ich. Wollte eh heute abreisen.«

Der Bär trat einen Schritt zurück und betrachtete versonnen seine Pistole. Dann richtete er die Knarre auf Kurt. Er kniff ein Auge zu und streckte den Arm aus.

»Peng!«, hauchte er und riss ohne zu schießen den Lauf hoch. Er drehte sich um, zielte auf Jette und wiederholte die Trockenübung.

Kurts Herz begann zu holpern. Was sollte er tun? Jette wusste nicht, dass er außer der Beinverletzung noch einen Hexenschuss hatte. Die läppische Schusswunde allein hätte ihn nicht daran gehindert, den Mann abzulenken und im richtigen Moment zu überwältigen. Der höllische Schmerz im

Rücken legte ihn lahm und kostete vielleicht beide das Leben.

»Man wird Sie fassen, wenn Sie uns umbringen.«

»Glaub ich kaum«, sagte der große Mann. »Hier kennt mich niemand. Oder denkst du, ich hätte unter meinem echten Namen eingecheckt?«

Der Bär lachte noch einmal laut auf. Dann sah er Kurt an. »Von wem hat sie diese bodenlose Dummheit? Von dir?«

Kurt überlegte fieberhaft, wie er an die kleine Pistole gelangen konnte, die in seinem Hosenbund steckte. Die Handfesseln waren zu fest. Eine scharfe Kante, wie sie die gewitzten Gefangenen im Film zum Aufschneiden benutzten, gab es auch nicht in erreichbarer Nähe.

»Wir haben alles gefilmt«, log Jette und sah Kurt an. Warum sollte der Trick mit der Aufzeichnung nicht auch bei diesem Typen funktionieren?

Kurt presste nur kurz die Lippen aufeinander, schloss die Augen und schüttelte den Kopf. Sein Atmen rasselte.

»Dass ich nicht lache«, polterte der Bär. »Was habt ihr denn gefilmt? Und wo, bitte schön?«

Jette schluckte und sah den Mann direkt an. Jetzt kam auch die Erinnerung an seine Augen wieder. Es waren stinknormale, blaue Augen. Ein bisschen wässrig vielleicht, aber ohne besondere Merkmale. Selbst wenn ihr Gedächtnis ihr früher auf die Sprünge geholfen hätte, hätte es den Ermittlern nichts genützt.

»Alles«, antwortete Jette mutig. »Dass der Bahnhof videoüberwacht ist, sollte Ihnen klar sein. Außerdem haben wir festgehalten, wie Sie das Hotel betreten und verlassen.«

Jette wartete eine Reaktion ab, doch der Bär stand seelenruhig neben ihr und grinste.

»Schön für euch«, sagte er ruhig. Dabei fuhr er sich mit der Zunge über die Lippen und musterte Jettes Bluse. »Das beweist doch nichts.«

Sie kämpfte gegen die aufkommende Übelkeit und setzte nach.

»Wir haben auch Ihr Gespräch mit Tiesdorf hinter dem Kiosk. Es ist alles drauf. Sein Auftrag, Ihre beiden Gesichter.«

Dem Bären entglitten für einen Moment die Züge. Jette spürte, dass sie ihn jetzt wirklich verunsichert hatte.

»Wenn Sie uns töten, sind Sie dran«, sagte sie. »Das Material ist gesichert, und die anderen sind längst auf dem Weg hierher. Falls Sie überhaupt noch heil hier rauskommen wollen, gibt es nur eine Möglichkeit.«

38

»So spät noch im Dienst, Herr Ploog?«, säuselte Inge-Britt. Sie lief durch den abgedunkelten Flur und machte vor der offenen Bürotür des Kollegen halt.

Jens Ploog saß bleich hinter seinem Schreibtisch. Mechanisch hackte er auf die Tastatur ein. Als er Inge-Britt im Türrahmen sah, schreckte er hoch und stieß eine Dose Energydrink um.

»Shit«, rief er und sprang auf. Auf seinem Schreibtisch lag ein Päckchen Tempos. Er riss gleich vier Tücher aus der Cellophanhülle und versuchte das klebrige Getränk aufzuwischen. Dass er es auf dem Tisch und seinen Unterlagen verteilte, statt es zu entfernen, machte ihn nur noch zappeliger.

»Ich wollte Sie nicht erschrecken«, sagte Inge-Britt beflissen. »Lassen Sie mich das machen. Was meinen Sie, wie das klebt, wenn es trocknet? Ich hole ein Schwammtuch.«

Nachdem Jette aufgelegt hatte, war Inge-Britt sofort aufgebrochen. Wenn Kollege Ploog Überstunden schob, wusste sie, was zu tun war. Der junge Kollege war ein richtig lieber Bursche, aber bei Stress leicht zu verunsichern. Auf dem Weg zum Präsidium hatte sie Fritz angerufen und ihn gebeten, zum Polizeiparkplatz zu kommen.

Pfeifend kehrte sie mit einem feuchten Tuch zurück und begann, den Tisch abzuwischen. Ploog wedelte unbeholfen mit seinen durchnässten Unterlagen herum.

»Es tut mir wirklich leid«, sagte Inge-Britt besorgt. »Ich konnte doch nicht ahnen, dass Sie um diese Zeit noch so konzentriert arbeiten.«

Ploog nickte resigniert und tupfte mit einem trockenen Lappen hinter Inge-Britt her.

»Es brennt überall«, jammerte der junge Beamte, »und ich bin hundemüde. Was treibt Sie denn so spät noch ins Präsidium?«

Mit dieser Frage hatte Inge-Britt gerechnet.

»Sie kennen doch das Sprichwort. Was man nicht im Kopf hat, muss man in den Beinen haben.«

Ploog nickte noch mal, sein Gesichtsausdruck verriet allerdings, dass er ihr kaum noch folgen konnte.

»Junker muss morgen früh nach Kiel, und ich habe im Stress mit meiner Mutter vergessen, ihm die Unterlagen und das Protokoll rauszulegen.«

Ploog sah sie mitleidig an, doch Inge-Britt war nicht zu bremsen.

»Was macht man nicht alles für den Job, nicht wahr? Ohne pflichtbewusste Menschen wie Sie und mich wäre doch die ganze Polizeibehörde aufgeschmissen.«

Ploog kam aus dem Nicken gar nicht mehr heraus, und ein schwaches Lächeln erhellte sein Gesicht.

»Erzählen Sie doch mal. Wo brennt's denn am meisten?«, setzte Inge-Britt nach und tätschelte mütterlich seine schmale Schulter.

Wie auf Knopfdruck sprudelte Ploog los. Zuerst beschwerte er sich über den massiven administrativen Aufwand. Jeden Pups müsse er dokumentieren, Berichte schreiben, Formulare ausfüllen, und die eigentliche Arbeit bliebe liegen. Er wäre froh, wenn ihm jemand den lästigen Schreibkram abnehmen könnte. Jemand wie Kurt sei ideal, aber leider krankgemeldet.

Inge-Britt zeigte vollstes Verständnis für Ploog. Sie lief in die kleine Küche und brachte dem erschöpften Polizisten einen frisch gebrühten Kaffee.

Das Schlimmste, fügte er leidend hinzu, seien die überflüssigen Zwischenfälle, die mehr Arbeit mit sich brachten, als sie nützten.

Das war der Moment, auf den Inge-Britt gewartet hatte.

»Was meinen Sie damit?«, fragte sie besorgt.

»Es geht um diese Explosionsgeschichte in Kücknitz«, klagte Ploog. Dankbar plauderte er weiter – und ließ seinem Frust freien Lauf.

»Wir haben dort seit Tagen einen alten Mann beobachtet. Der ist immer wieder ums Haus gelaufen. Erst dachten wir an einen Schaulustigen. Als er dann aber anfing, die Absperrungen zu prüfen und die Anwohner zu befragen, mussten wir eingreifen.«

»Hat er denn unrechtmäßig gehandelt?«, fragte Inge-Britt mit interessierter Miene.

»Nicht wirklich. Der wurde halt ausfallend, als wir ihn ansprachen. Hat vor Wut ein Stück Bauzaun umgeworfen. Wir dachten, der ist besoffen, und haben ihn einkassiert.«

Inge-Britt versuchte, sich das Szenario vorzustellen. Ihre Augen verengten sich, und ihre Stirn legte sich in Falten. Aber nicht, weil sie zornig war. Mit größter Anstrengung unterdrückte sie ein Grinsen.

»Ich glaube, der ist harmlos«, fuhr Ploog fort. »Aber Goran meint, wir sollen ihn hierbehalten – weil er in Kurts Nachbarschaft wohnt.«

»Ach, Ploog«, entrüstete sich Inge-Britt.

»Sie haben doch weiß Gott Wichtigeres zu tun. Dann müssen Sie sich auch noch mit so einem herumschlagen?«

Ploog blickte Inge-Britt hilfesuchend an.

»Wissen Sie was?«, sagte sie auffordernd. »Ich schlage vor, Sie lassen den armen alten Mann laufen. Ich will nicht wissen, was hier los ist, wenn Kurt mitbekommt, dass ihr den Mann ohne rechtliche Handhabe in eine Zelle steckt, nur weil er sein Nachbar ist.«

Inge-Britt verdrehte dramatisch die Augen und schlug sich die Hand vor den Mund. Ploog schreckte zusammen.

»Daran habe ich ja noch gar nicht gedacht«, wisperte er. Vor seinem geistigen Auge sah er Kurt in sein Büro stürmen und das Inventar zerlegen. Frische Schweißtröpfchen kullerten seine Schläfen hinab.

»Ich bin mir sicher, dass bei einem tüdeligen Opa keine Fluchtgefahr besteht. Sagen Sie Goran doch einfach, die Ausnüchterungszellen seien voll gewesen, und der Mann habe sich einsichtig gezeigt.«

Ploog überlegte einen kurzen Moment. Inge-Britt zog die Augenbrauen hoch. Sie begann in ihrer Handtasche zu kramen und holte einen Schokoriegel raus. Mit einem wohlmeinenden Lächeln riss sie das Papier auf und hielt Ploog den Riegel hin.

Ploog nahm dankend an und stopfte sich den ganzen Riegel auf einmal in den Mund.

»Also, das ist meine, wie immer pragmatische, aber sehr persönliche Meinung«, sagte Inge-Britt abschließend. Dabei staubte sie fürsorglich auch noch Ploogs Bildschirm ab.

»Wetten, Goran wirft Ihnen morgen früh schon den nächsten Arbeitsstapel auf den Tisch? Wenn Sie in diesem Laden überleben wollen, sollten Sie schnellstens lernen, sich zu behaupten und Prioritäten zu setzen. Sonst kommen Sie unter die Räder – und das wäre bei einem fleißigen und talentierten Mann wie Ihnen eine Schande.«

Inge-Britt entsorgte die leere Getränkedose und das Schokopapier, putzte noch einmal über die Tischplatte und das Telefon und marschierte in ihr Büro.

»Was macht ihr denn hier?«

Erwin Brockmeier stand auf dem dunklen Parkplatz des Präsidiums. Zu seiner Überraschung hatte ein Beamter ihn aus der Zelle entlassen mit der Vorgabe, sich für Fragen zur Verfügung zu halten. Das Angebot, ihm ein Taxi zu rufen, hatte Erwin dankend abgelehnt. Stattdessen war er erhobenen Hauptes ins Freie getreten und hatte ein heiseres »Arschlöcher« in die Dunkelheit gebrüllt.

Seine Laune wurde schlagartig besser, als er auf dem Parkplatz die schemenhaften Umrisse von Inge-Britt und Fritz erkannte. Vor Freude klatschte er in die Hände. Mit einem *Psst* gaben sie ihm zu verstehen, still zu bleiben und sich in Fritz' Wagen zu setzen.

»Muss ich das jetzt verstehen, oder seid ihr zufällig hier?«, plapperte er los, während er sich auf die Rückbank plumpsen ließ.

Die beiden schauten sich kurz an, dann ließ Fritz den Motor an.

»Wir müssen Kurt und Jette finden«, sagte Inge-Britt knapp. »Irgendwas stimmt da nicht.«

39

»Die olle, grüne Gurke da drüben ist euer Auto?«

Der Bär hatte den Vorhang zur Seite geschoben und glotzte aus dem Fenster.

»Ich hab die Karre gestern schon gesehen und dachte, wer mit so was rumfährt, hat entweder 'nen Spleen oder den Schuss nicht gehört.«

»Sagen Sie nichts gegen Kurts Passat«, setzte Jette sich zur Wehr. Sie hatte es geschafft, den Killer umzustimmen, und ihm einen Vorschlag unterbreitet.

»Ist Ihre Wahl«, sagte sie ruhig. »Entweder damit oder gar nicht.«

Kurt lag noch immer auf dem Boden und krümmte sich. Sein Denken kreiste um Jette und darum, wie unerschrocken sie sich diesem Mörder entgegenstellte. Trotz der Angst um ihr Leben spürte er plötzlich so etwas wie Stolz. War sie ihm seit ihrer Ankunft immer fremd geblieben, fühlte er sich ihr in diesem Augenblick näher, als er seinem Sohn je gewesen war. Sogar das beschissene Chaos, das sie verbreitete, mochte er plötzlich. Es musste an den unerträglichen Schmerzen liegen, dass sein Kopf solche Gefühlsduseleien zuließ.

»O. k.«, stimmte der Bär zu. »Ihr fahrt mich nach Puttgarden, und ich lass euch laufen. Wo ist der Schlüssel?«

Jette sah ihren Großvater an, der nickend auf dem Boden hockte.

»Ich kann nicht aufstehen«, presste er hervor.

»Stell dich nicht so an«, maulte der Bär und begann Kurts Fesseln zu lösen. Jettes fingierte Drohung hatte gewirkt. Der Bär wollte mit dem Wagen zum Fährhafen nach Fehmarn gebracht werden. Von dort würde er nach Dänemark übersetzen. Jette glaubte, ihm einen fairen Deal vorgeschlagen zu haben. Fluchthilfe und Haftbefreiung gegen Überleben. Kurt hingegen wusste, dass es mit Typen wie dem Bären keine fairen Deals gab. Der Mann hatte schließlich ein Problem. Wenn er gefasst würde, landete er lebenslang hinter Gittern.

»Es ist der Scheißrücken, nicht das Bein«, bockte Kurt. Seine Blockade war schlimmer als die Blinddarmentzündung, die ihn im letzten Jahr eine Not-Operation beschert hatte.

»Entweder, du reißt dich zusammen, alter Mann, oder ich geb dir den Gnadenschuss gleich hier.«

Der Killer riss Kurt an einem Arm hoch.

Kurts qualvoller Schrei ließ Jette erschauern. Ihr wurde noch übler.

Zwei Minuten später schaffte es Kurt, sich hinzustellen. Der Bär band seine Hände erneut hinter dem Rücken zusammen und trieb Kurt und Jette wie zwei Stück Vieh vor sich her. Dabei blieb er völlig ruhig. Mit einer geladenen Waffe und den Geiseln schien er sich allmächtig zu fühlen.

Im Flur blickte er sich um. Er schubste die beiden durch den Gang und die Treppenstufen hinunter.

Jettes größte Hoffnung, schnell aus dieser Geschichte herauszukommen, ruhte auf dem glatzköpfigen Portier. Kurz vor dem schmalen Tresen stellte der Bär Kurt und Jette neben einen Heizkörper. Er lief zwei Schritte vor und lugte in das kleine Hinterzimmer. Der Fernseher lief noch immer in voller

Lautstärke. Jette betete, dass der schmierige Kerl nicht eingeschlafen war.

»Kann ich helfen?«, tönte plötzlich seine krächzende Stimme hinter ihr. Der Portier kam aus dem Kellereingang und sah zuerst Kurt und Jette an, dann sprang sein Blick zum Bären. Jette probierte es mit einem Zwinkern, doch der Mann starrte nur noch auf die Waffe.

»Hier rein«, befahl der Killer, richtete die Pistole auf ihn und scheuchte ihn in das kleine Dienstzimmer. Vielleicht hatte er einen versteckten Alarmknopf unterm Schreibtisch. Doch statt einer Sirene hörte Jette nur leises Flehen aus dem Kabuff. Eine Sekunde später fiel ein Schuss.

Jette zitterte am ganzen Körper. Ihre Kehle war wie ausgetrocknet. Winzige weiße Sternchen tanzten vor ihren Augen. Ein dumpfes, intervallartiges Dröhnen in ihrem Kopf wurde stärker. Sie stand kurz davor, in Ohnmacht zu fallen.

Der Bär trat rückwärts aus dem Zimmer und grinste.

»Hören Sie auf mit dem Scheiß«, versuchte es Kurt. »Mit der Tour kommen Sie niemals durch.«

»Raus hier«, kommandierte der Bär, ohne Kurt Beachtung zu schenken. Er öffnete die Tür und blickte hektisch nach links und rechts. Als die Luft rein war, zerrte er Kurt und Jette im Schlepptau an der Rezeption vorbei.

»Guck nicht hin«, sagte Kurt zu Jette, die leise auf Englisch vor sich hin fluchte. Jette gehorchte und stolperte weiter.

Kurt warf einen Blick ins kleine Hinterzimmer. Der Portier lag mit aufgerissenen Augen auf dem Teppich. Auf einer kleinen Anrichte über ihm lief der Fernseher. Das Spiel war beendet. Ein Journalist interviewte einen schwitzenden Fußballer.

»Wir waren das bessere Team. Von Anfang an«, sagte der erschöpfte Spieler.

Im nächtlichen Schatten der laternenbeschienenen Bäume überquerten die drei die menschenleere Ziegelstraße.

Hier ist doch sonst immer so viel los, überlegte Kurt. Er konzentrierte sich auf alle Einzelheiten, um sich von den Schmerzen abzulenken. Immer wieder sah er zu Jette rüber, die wie in Trance dem Bären folgte. Wie viel verkraftete seine Enkelin?

»Aufschließen und losfahren«, herrschte der Killer Jette an.

Mit diesem Satz riss er sie aus ihrer Lethargie.

»Ich-äh-ich kann das nicht«, stotterte sie.

»Was soll das heißen? Du kannst nicht?«, wiederholte der Bär. »Hast du keinen Führerschein, oder was?«

Jette zuckte kurz mit den Schultern.

»Führerschein schon, aber nur für Automatik.«

Dass sie noch nie einen Wagen mit Schaltgetriebe gefahren hatte, wurde Jette erst in diesem Moment wieder bewusst. Bei ihrem Vorschlag, den Mörder außer Landes zu bringen, hatte sie nicht daran gedacht, dass sie den alten Passat steuern musste. Kurt war verletzt, und der Bär musste sie mit seiner Pistole in Schach halten.

»Ist mir scheißegal«, maulte der Bär. Während Jette mit zitternden Fingern den Schlüssel ins Schloss steckte, entdeckte der Bär die Burgertüte auf dem Auto.

»Die Leute lassen ihren Dreck aber auch überall liegen.«

Mit seiner Pranke wischte er den braunen Papierbeutel vom Dach, riss die Fahrertür auf und stieß Jette hinters Lenkrad. Dann bugsierte er Kurt auf die Rückbank, der mit einem lauten Stöhnen erfolglos versuchte, den Schmerz zu ignorieren, und gefesselt umkippte.

Der Bär setzte sich neben Jette, löste ihre Handfesseln und steckte den Schlüssel ins Schloss.

»Warum fahren Sie nicht selbst?«, fragte sie.

»Ist doch einfacher so. Gleichzeitig am Steuer zu sitzen und zwei Geiseln bei Laune zu halten, wäre mir zu anstrengend. Dann müsste ich einen von euch kaltstellen.«

Jette schossen Tränen in die Augen. Sie hatte hilflos mit ansehen müssen, wie ihr Großvater auf der Rückbank zusammengesunken war. Dabei war er mit der Stirn auf die Kelle gefallen. Verletzt wie er war, konnte er sich nicht allein aufrichten.

»Fahr los!«, schrie der Bär sie an. Ungeduldig sah er immer wieder aus dem Fenster und fuchtelte mit der Pistole vor Jettes Gesicht herum.

»Scheiße! Das sind zu viele Pedale«, schrie Jette zurück. Sie strampelte im Fußraum herum und trat abwechselnd auf Gashebel, Kupplung und Bremse.

»Noch mehr Gezeter, und ich puste dir die Birne weg«, schnauzte der Bär.

»Ganz links ist die Kupplung«, sprach plötzlich eine ruhige Stimme von hinten. Kurt lag auf der Seite und bündelte mit geschlossenen Augen seine Konzentration.

»Was soll das, Opa?«, blökte der Bär.

»Wenn Sie gleich von meinen Kollegen einkassiert werden wollen, erschießen Sie uns doch. Dann kommen Sie nirgendwo mehr hin.«

Jette trat die Kupplung.

»Ersten Gang einlegen«, diktierte Kurt.

Jette befolgte seine Anweisungen und startete dann den Motor.

»Spielst du jetzt den Fahrlehrer?«

Der Bär schaute hektisch zwischen Jette und Kurt hin und

her. Geräuschvoll zog er die Nase hoch und schüttelte ungläubig den Kopf.

Jette gab ihr Bestes und rollte langsam an. Ohne den Wagen abzuwürgen, bog sie von der Einfahrt auf die finstere Ziegelstraße ein und holperte los.

Hinter dem Passat erschienen in der Ferne die Scheinwerfer eines Autos.

War das eine Aufregung heute. Hätte ich nicht gewusst, dass alles real passierte, ich hätte geglaubt, in meinem Laden würde ein Krimi gedreht. Mit lautem Gebrüll und extra viel Action. Doch die Sache ist zu ernst, um darüber zu scherzen. Kurz vor Ladenschluss verließ einer der Drogenfahnder das Geschäft. Er war keine drei Minuten weg, da kam ein junger Mann mit brauner Jacke und abgewetzter Jeans herein. Mir ist er vor allem aufgefallen, weil er ungewöhnlich höflich war. Zuerst ließ er sich von Annegret beraten. Einen spannenden Thriller für eine lange Bahnfahrt suchte er. Annegret gab sich Mühe und zeigte ihm die Bestseller, aber auch Geheimtipps. Interessierte Kunden kurz vor Ladenschluss sind die besten. Auch wenn es dadurch später wird. Ein bisschen Zuwendung am Ende eines langen Arbeitstags zahlt sich aus. Die meisten Kunden freuen sich über die Beratung und kaufen dann zwei oder drei Bücher. Auch bei dem jungen Mann sah es zuerst vielversprechend aus. Er bedankte sich brav und wollte sich gern noch ein wenig umsehen. Völlig entspannt schlenderte er zur Esoterik-Ecke. Dann ging alles ganz schnell. Just als er das grüne Buch über Jenseits-Amulette und Ewigkeits-Pendel aus dem Regal zog und in den leeren Zwischenraum griff, stürmte der Drogenfahnder, gefolgt von zwei Kollegen, in den Laden. Innerhalb weniger Sekunden lag der junge Mann mit dem Kopf auf dem kalten Steinboden. Fast wie ich vor wenigen Tagen. Nur, dass er es überlebt hat.

40

»Hier bin ich seit Ewigkeiten nicht mehr hergefahren«, sagte Inge-Britt, während sie in ihrem schwarzen Renault Twingo Richtung Buntekuh kurvte. Fritz saß auf dem Beifahrersitz und half ihr, den kleinen Flitzer mit den roten Sportsitzen durch die dunkle Stadt zu navigieren.

»Geht's über die Moislinger Allee nicht schneller?«, meckerte Erwin von der Rückbank. »Außerdem hast du einen Linksdrall.«

Aufgeregt beugte er sich zwischen den Vordersitzen nach vorn, umklammerte die Kopfstützen und inspizierte Inge-Britts Fahrstil.

Nachdem das Trio den Polizeiparkplatz verlassen hatte, steuerten sie geradewegs die Pension *Sonnentau* an. Inge-Britt und Fritz hatten Erwin darüber aufgeklärt, dass Kurt nicht zu erreichen war und auch Jette plötzlich nicht mehr an ihr Handy ging.

»Vielleicht ist sie mit ihrem Verehrer zusammen und will nicht gestört werden«, mutmaßte Erwin. »Oder sie deponiert Kurts alte Sachen im Gartenschuppen und vertickt sie irgendwo.«

»Schnall dich an, und halt die Klappe«, wies Inge-Britt ihn zurecht. Dann gab sie Vollgas.

»Stimmt«, pflichtete Fritz ihr bei. »In Bussen dürfen die Gäste den Fahrer auch nicht ansprechen.«

Erwin zog die Mundwinkel runter, ließ sich in die linke Ecke zurückfallen und legte den Gurt an.

»Warum nehmt ihr mich überhaupt mit, wenn ihr mich sowieso nicht dabeihaben wollt?«, maulte er aus dem Hintergrund.

»Wir wollen dich doch dabeihaben«, rief Inge-Britt nach hinten. »Aber wenn ich am Steuer sitze, verstehe ich keinen Spaß. Schon gar nicht um diese Uhrzeit. Bei Dunkelheit habe ich Schwierigkeiten mit den Umrissen. Mein Arzt meint, das heißt Nachtblindheit.«

Fritz schaute ruckartig zu Inge-Britt hinüber. In diesem Moment bereute er, beim Fußballspiel zu viele Bierchen und Krummesser getrunken zu haben. Erwin hinters Steuer zu lassen, kam nicht in Frage. Der kleine Senior besaß kein Auto. Fritz wollte sich gar nicht erst ausmalen, wie Erwins Fahrversuche direkt nach einem unfreiwilligen Abend im Knast ausfallen würden.

Ihm blieb nichts anderes übrig, als Inge-Britts optisches Unvermögen durch präzise Navigationshilfe auszugleichen.

Es war seine Idee gewesen, über die Genniner Straße nach Buntekuh rauszufahren. Diese Strecke war zwar dunkel, aber es drohte weniger Gegenverkehr.

»Hier links und gleich wieder rechts«, empfahl Fritz. »Dann können wir die gesamte Ziegelstraße abfahren.«

»Wisst ihr etwa nicht, wo die Pension liegt?«, funkte Erwin wieder dazwischen. Der Gurt schnürte ihm den Hals ab und hinderte ihn daran, wieder nach vorn zu rutschen. »Die Ziegelstraße ist ein paar Kilometer lang.«

»Habe mir die Hausnummer nicht gemerkt«, murrte Fritz.

»Ich auch nicht«, sagte Inge-Britt. Sie bremste abrupt ab und bog in die Ziegelstraße ein.

»Ab hier fahre ich langsam, und ihr haltet Ausschau.«

Fritz versuchte, beide Straßenseiten im Blick zu behalten. Seine Augen waren auch nicht die besten, aber er hoffte, eine kleine Pension würde wenigstens ein Leuchtschild über dem Eingang haben.

Erwin schnallte sich ab und pendelte abwechselnd von einer Wagenseite zur anderen. Zwischendurch drehte er sich um und checkte die hinter ihnen liegende Straße.

Nach wenigen Minuten stoppte Inge-Britt am Straßenrand.

»Du machst mich hibbelig«, schimpfte sie Erwin mit einem strafenden Blick über den Rückspiegel an. »Spielst du Kasperletheater, oder was soll das?«

»Ich sichere die Seiten.«

Inge-Britt wischte sich den Schweiß von der Stirn und beugte sich zu Fritz rüber, der sich am Kopf kratzte.

»Hätten wir den bloß im Knast gelassen«, flüsterte sie ihm ins Ohr. »Noch ein Wort, und ich schmeiße ihn raus.«

Fritz lächelte Inge-Britt versöhnlich an und startete einen Aufmunterungsversuch.

Völlig ruhig drehte er sich zu Erwin um und umfasste dessen knochiges, rechtes Knie.

»Hör mal zu«, sagte er mit bestimmtem Ton zu seinem Freund. »Es ist spät. Du hattest einen aufregenden Tag, und wir stehen alle unter Druck. Aber wenn du uns nervst, kannst du von hier aus zu Fuß nach Hause gehen.«

Erwin erschrak nur kurz, dann blickte er an Fritz vorbei.

»Da!«, schrie er und zeigte durch die Windschutzscheibe.

»Sei einfach still!«, wurde Fritz deutlicher, doch Erwin hörte seinem Kumpel nicht zu. Er öffnete die Tür und sprang aus dem Auto.

Inge-Britt erschrak und schaute nach vorn. Sie versuchte

das Geschehen, das sich in weiter Entfernung ein Stück die Straße hinauf abspielte, zu erkennen, sah aber nichts außer dunklen Umrissen, die sich bewegten.

Fritz drehte sich ebenfalls um und hielt die Luft an. Blitzschnell sprang er aus dem Wagen und hechtete hinter Erwin her. Er packte den schmächtigen Greis am Kragen seiner Trainingsjacke, hielt ihm die Hand vor den Mund und beförderte ihn ins Auto zurück. Dann schloss er alle Türen.

»Das war Kurt, wetten?«, rief Erwin.

»Sieht so aus«, sagte Fritz so ruhig wie möglich, obwohl sein Herz raste.

Inge-Britts Hände klebten am Lenkrad. Sie verfluchte ihre Sehschwäche und befahl Fritz, zu beschreiben, was los war.

»Ich glaube, Kurt ist gerade mit Jette und dem Riesen, der am Kiosk war, in sein Auto gestiegen.«

»Gestiegen?«, krakeelte Erwin. »Der Typ hat ihn geschubst. Kurt sah aus wie ein Vollinvalide. Der konnte gar nicht mehr laufen.«

»Was?«, schrie Inge-Britt.

Fritz drehte sich zu Erwin um und machte eine Geste, als wolle er ihm den Hals umdrehen. Das Nervenbündel verstummte kurz.

»Könnte sein, dass er verletzt ist«, beschwichtigte Fritz Inge-Britt. Der kleinen Chefsekretärin schossen zu allem Überfluss auch noch Tränen in die nachtblinden Augen.

»Jetzt fahren sie los.«

»Gib Gaaas!«, schrie Erwin.

41

Das Krachen der Gangschaltung hallte durch die Lübecker Nacht. Hochkonzentriert versuchte Jette unter Kurts Anleitung, ihre Füße und die rechte Hand zu koordinieren. Abwechselnd schoss der alte Wagen mit Vollgas nach vorn, und die Motorbremse riss ihn abrupt zurück. All die Jahre hatte Kurt seinen Passat pfleglich behandelt. Bei jeder Inspektion erntete er das überschwängliche Lob der Mechaniker. Kurt ahnte, dass Jette innerhalb weniger Minuten das schaffen würde, was er zwanzig Jahre erfolgreich vermieden hatte. Wenn sie so weiterfuhr, würde sie den Motor und das Getriebe zerlegen.

»Auf die A1«, befahl der Bär. Er saß keuchend auf dem Beifahrersitz und hielt Jette die Pistole vor den Bauch.

»A1? Was issen das?«, fragte sie.

»Die Autobahn, du Idiotin.«

»Autobahn?«, wiederholte Jette ungläubig. »Never!«

»Auffälliger geht's kaum«, stimmte Kurt von hinten zu.

Der Bär sah entnervt aus dem Fenster. Er kratzte sich das stoppelige Kinn und riss sich ein Barthaar aus.

»Dann nehmen wir die Landstraße«, gab er schließlich zurück. »Hauptsache sicher.«

Nur ganz langsam bekam Jette ein Gefühl dafür, den Wagen einigermaßen kontrolliert zu fahren. Kurt lag schwitzend auf dem Rücksitz und gab weiterhin Kommandos.

»Wo sind wir jetzt genau?«, brüllte der Bär.

»Das fragst du mich?«, brüllte Jette zurück. »Der Einzige, der den Weg nach Fehmarn kennt, ist mein Opa, und der kann nichts sehen.«

Kurt stöhnte auf und versuchte, sich umzudrehen. Er lag auf seiner Schulter und beschrieb Jette die Route aus dem Gedächtnis.

»Gleich müsste Pansdorf kommen«, murrte er. »Von da aus weiter Richtung Pönitz.«

»Pansdorf, Pönitz! Nie gehört!«, schnauzte der Bär. »Wehe, du verarschst mich und leitest uns in die falsche Richtung.«

Er hob seine Waffe erneut an und hielt sie an Jettes Schläfe.

»Wenn ich mich hinsetzen könnte, wär's einfacher«, entgegnete Kurt. Er spürte, dass sein linker Fuß eingeschlafen war.

»Na schön«, sagte der Bär und drehte sich zu Kurt um. Mit einem Ruck riss er seinen Arm hoch.

Kurt schrie auf und versuchte sich abzustützen. Jedes Mal, wenn Jette einen Versuch unternahm, nach hinten zu schauen, bekam sie einen Hieb von der Seite. Die Schmerzensschreie ihres Großvaters gingen ihr durch Mark und Bein. Noch nie im Leben hatte sie eine solche Angst verspürt. Nicht einmal, als sie bei einem Urlaub in den Bergen einem echten Grizzly begegnet war.

»Du guckst brav nach vorn und fährst nach Pansdorf und Pönitz, oder wie die Käffer heißen!«, befahl der Bär. Gleichzeitig zog er an Kurts Ärmel.

»Hab's gleich«, flüsterte Kurt. Seine Hand suchte Halt auf dem Sitz. Der Schmerz beherrschte sein Denken. Er hörte nicht auf, und Kurt hatte Angst vor jeder Bewegung. Immer wieder blieb ihm die Luft weg, und ihm war schwindelig.

Der Bär zog stärker. Dabei sah er aus der Heckscheibe nach hinten.

»Scheiße, wir werden verfolgt!«, schrie er plötzlich und ließ Kurt los, der mit einem dumpfen Schrei zurückkippte.

»Die Karre ist schon seit Lübeck hinter uns, stimmt's?«, fragte der Bär Jette.

»Keine Ahnung«, log Jette und starrte demonstrativ auf die Straße. »Ich muss mich dermaßen auf diese beschissene Schaltung konzentrieren, da guck ich doch nicht in den Rückspiegel.«

Natürlich hatte Jette den Wagen bemerkt, der seit der Ziegelstraße in weitem Abstand hinter ihnen fuhr. In der Dunkelheit konnte sie aber weder Automarke noch Farbe erkennen. Um zu sehen, wer darin saß, war das Auto zu weit weg.

»Gib Gas!«, schrie der Bär. »Sonst greif ich dir ins Lenkrad.«

42

So schnell war der kleine Twingo noch nie gefahren. Inge-Britt zog den Motor hoch, dass er jaulte.

»Schalten!«, schrie Fritz und stachelte Inge-Britt unablässig an.

»Wohin denn?«, schrie sie hektisch zurück. Sie blickte auf den Schaltknüppel, als prüfe sie, ob nicht über Nacht ein sechster Gang dazugekommen wäre.

»Kann mir mal einer sagen, was da vorn gerade passiert?« Erwin hockte auf der Rückbank und schaukelte auf seinen Pobacken hin und her. Auf der Landstraße zwischen Lübeck und Pansdorf war Kurts grüner Passat einige Male ins Schlingern geraten. Bei jedem Schlenker hatten Fritz, Inge-Britt und Erwin laut aufgeschrien.

»Wer fährt denn überhaupt?«, fragte Inge-Britt, die von der Einstiegszene in der Ziegelstraße am wenigsten mitbekommen hatte.

»Ich glaube Jette«, sagte Fritz.

»Hat sie denn einen Führerschein?«, rief Erwin erzürnt.

»So wie sie fährt, wahrscheinlich nicht«, gab Fritz zurück.

Inge-Britt wurde nicht nur die rasante Kurverei unheimlich, sondern auch die Tatsache, dass sie nicht wusste, wohin die Fahrt ging. Immer wieder zwinkerte sie, doch es half ihren nachtblinden Augen nicht. Sie musste sich auf Fritz' Anweisungen verlassen.

»Sollen wir nicht die Polizei um Verstärkung bitten?«, warf Inge-Britt in den Wageninnenraum.

»Damit die uns festnehmen, oder was?«, blaffte Erwin zurück.

»Meine Güte, es geht um Leben und Tod. Meinst du, wir können den Passat einholen, diesen, höchstwahrscheinlich bewaffneten, Mörder stellen und Kurt und Jette allein befreien?«

»Wofür sind Freunde denn da?«, konterte Erwin. »Um den Schwanz einzuziehen, wenn's drauf ankommt?«

»Du hast doch keine Ahnung, mit wem wir es zu tun haben«, schrie Inge-Britt.

»Ist mir egal. Ich habe den schwarzen Gürtel.«

»Dass ich nicht lache. Der ist wahrscheinlich noch von vor dem Krieg.«

Inge-Britts und Erwins Stimmen wurden immer lauter.

»1972. Außerdem sind wir in der Überzahl. Drei furchtlose Kämpfer gegen einen Killer.«

Fritz spürte ein Zittern in seiner Unterlippe.

»Ruhe!«, schrie er plötzlich. »Ich muss mich konzentrieren. Wenn ihr die beiden nicht retten wollt, steigt aus.«

Die Ansage zeigte Wirkung, und die Streithähne verstummten.

Kurz hinter Pönitz beschleunigte der Passat noch stärker.

»Sind die wahnsinnig?«, rief Fritz. Er wischte sich den Schweiß von der Stirn, der ihm in die Augen zu laufen drohte.

»Vielleicht wollen sie zu den Middelburger Seen«, versuchte Erwin es mit einer Erklärung.

»Oder nach Neustadt«, fügte Inge-Britt hinzu. Sie trat das Gaspedal durch. Eine Sekunde später merkte sie, wie der Twingo an Tempo verlor.

»Was ist denn jetzt los?«, schrie sie.

Der kleine Wagen begann auf freier Strecke zu bocken. Inge-Britt stampfte aufs Pedal. Die Rückscheinwerfer des Passats verschwanden hinter einer langgezogenen Links-rechts-Kurve.

Fritz beugte sich zu Inge-Britt vor und stieß einen Fluch aus.

»Der Tank ist leer!«

»Bitte?«, fragte Inge-Britt ungläubig. Sie schaltete einen Gang runter, doch das Auto zog nicht mehr.

»Hast du keine Warnanzeige?«, meldete sich Erwin von hinten.

»Doch!«, schoss es aus Inge-Britt hinaus. Ihre Augen füllten sich mit Tränen.

Fritz atmete tief ein und aus. Sein Blick verlor sich in der leeren Dunkelheit.

»Die ist aber schon länger kaputt«, gab Inge-Britt kleinlaut bei. »Montag sollte der Wagen in die Werkstatt.«

Der kleine Sport-Twingo rollte aus und kam am Rand eines Feldes zum Stehen. Erwin schnallte sich ab, warf die Tür auf und kletterte vom Rücksitz. Er zog seine Trainingsjacke aus und pfefferte sie in den Graben.

»Verdammt!«, schrie er in die nächtliche Stille.

»Kuuuuurt!«, schrie Inge-Britt.

43

»Müssen wir hier durch?«, fragte der Bär. Jette kutschierte den Passat durch die beleuchtete Neustädter Innenstadt.

»Wenn wir weiter über die B501 nach Fehmarn wollen, ja«, erwiderte Kurt. Nachdem die Scheinwerfer des Verfolgerfahrzeugs im Nirgendwo verschwunden waren, hatte der Bär sich entspannt. Mit entsicherter Waffe saß er auf dem Beifahrersitz und sah sich immer wieder um.

»Scheiß Kurverei«, maulte er.

Als Jette an einer roten Ampel stehen blieb, stoppte neben ihr ein blauer Mercedes. Hilfesuchend schaute sie hinüber, doch der Fahrer blickte verträumt nach vorn und trommelte ein wildes Solo auf dem Lenkrad. Jette überlegte, ob sie hupen sollte.

»Davon würde ich dir abraten«, säuselte der Bär.

Konnte der Mann ihre Gedanken lesen? Jette spürte den Lauf seiner Pistole an ihren Rippen. Wortlos legte sie den ersten Gang ein. Ihr Herz schlug schneller. Die Ampel sprang auf Grün, und Jette gab extra laut Gas. Dabei sah sie noch einmal verstohlen zum Mercedes. Das Aufheulen des alten Passats war ihre einzige Chance. Erschrocken fuhr der Mercedesfahrer an. Er warf Jette einen kurzen Blick und ein mitleidiges Lächeln zu und bog dann ab.

»Gut gemacht«, flüsterte der Bär und begann in der Nase zu popeln.

Jette spürte, wie sich ihr Hals verengte.

Es konnte nicht sein, dass ein Mörder in aller Seelenruhe mit seinen Geiseln durch die Nacht kutschierte und niemand etwas mitbekam. Irgendwer musste doch auf sie aufmerksam werden.

Wenige Kilometer hinter Neustadt erreichte Jette die B501. Kurt versuchte ein letztes Mal, sich aufzusetzen.

»Na, alter Mann?«, kommentierte der Bär Kurts Anstrengung und zeigte auf ein Straßenschild. »Wohin müssen wir jetzt?«

Kurt spuckte den Schal aus und sah sich um.

»Erst mal Richtung Grömitz«, presste er hervor.

»Wie weit ist es noch bis Fehmarn?«, fragte der Bär.

»50 oder 60 Kilometer.«

Kurt fand eine Position, in der er weniger Schmerzen spürte. Die Angst vor einer unkontrollierten Bewegung blieb.

»Wieso hast du eigentlich kein Navi?«, raunte der Bär.

»Weil ich keins brauche.«

Der Bär wurde zappelig. Er kramte in seiner Jackentasche und fingerte einen Zettel heraus. Dann griff er zum Handy und schrieb eine SMS.

Jette folgte stur der Bundesstraße. Ihr Adrenalin war noch immer auf Spitzenlevel.

Eine Minute später hörte sie eine eingehende Nachricht. Der Bär hielt sich das Handy vor die Nase und nickte. Dann steckte er es in seine Tasche und drehte sich zu Jette um.

»Kleine Änderung im Fahrplan«, sagte er.

»Ich muss nach Hamburg. Und zwar schnell.«

Jette versuchte, einen klaren Gedanken zu fassen. Von vorn näherte sich ein Auto. Das Licht blendete sie. Sie musste sich auf die Straße konzentrieren und fragte sich, ob Kurt den Befehl des Bären mitbekommen hatte.

»Wo soll ich denn jetzt hinfahren?«, rief sie nach hinten.

Kurt sah auf. Während der entgegenkommende Wagen an ihnen vorbeifuhr, drehte er seinen Kopf so weit es ging nach hinten. Ein kurzes Lächeln huschte im Dunkeln über sein Gesicht. Er hatte eine Idee.

»Wenden!«, befahl er, und der Bär nickte zustimmend.

»Über die Landstraßen geht es am schnellsten nach Hamburg. Los, los!«

Jette wunderte sich über Kurts promptes Kommando und bremste ab. In einer kleinen Feldeinfahrt drehte sie.

»Schneller!«, schrie der Bär. »Das ist doch keine Nachtfahrt für Anfänger.«

Jette gab wieder Vollgas und preschte durch die Dunkelheit. Kurze Zeit später tauchten die Rücklichter des Autos auf, das ihnen entgegengekommen war.

Der weiße Lieferwagen fuhr brav die vorgeschriebenen 70 Stundenkilometer. Jette starrte auf den roten Blitz auf der Heckklappe.

»Schnarchnase!«, maulte der Bär. Wieder holte er sein Handy heraus und las eine zweite Nachricht.

»Überholen!«, herrschte er Jette an.

»Hier?«

»Wo denn sonst?«

Jette schaute fragend in den Rückspiegel, doch Kurt sah angestrengt nach vorn, anstatt ihren Blick zu erwidern.

Mit rasendem Puls setzte Jette den Blinker und scherte aus. Sie fuhr geradewegs auf eine Linkskurve zu.

»Hier geht's nicht!«, schrie sie.

»Und ob's hier geht«, blaffte der Bär zurück. Er hielt ihr die

Pistole direkt an die Schläfe. Im Fahren spürte sie den kalten Lauf. Dann gab sie Vollgas.

Der alte Passat beschleunigte langsam. Jette erreichte den Lieferwagen. Mit 80 Sachen brauste sie neben ihm her und hatte das Gefühl, nicht von der Stelle zu kommen. Obwohl beide Wagen auf die Kurve zufuhren, bremste keiner ab. Jette schaffte es nicht, vor der Biegung einzuscheren, und blieb auf der linken Spur. Mechanisch steuerte sie den Wagen. Sie konnte den Straßenverlauf keine 20 Meter weit überblicken.

»Schneller!«, schrie der Bär. »Oder willst du uns umbringen?«

Kurt dachte einen Moment daran, den Hals des Bären von hinten zu würgen, doch er wusste, er würde wieder zur Seite kippen, sobald er die Kopfstütze losließ. Außerdem durfte er Jette nicht ablenken. In diesem Moment einen Überwältigungsversuch zu starten, wäre tödlich.

Nach einem gefühlten Kilometer ohne Gegenverkehr ging die Kurve wieder in eine Gerade über. Der Fahrer des Lieferwagens hupte und fuchtelte mit den Armen herum. Jettes Fuß blieb auf dem Gaspedal. Plötzlich tauchten von vorn zwei Schweinwerfer auf. Noch immer hatte Jette nicht die Schnauze des Lieferwagens hinter sich gelassen. Die Lichter kamen näher. Kurt fühlte, wie seine Hände vom Schweiß feucht wurden. Er hatte Mühe, sich festzuhalten.

Als der Fahrer des Lieferwagens realisierte, was passierte, legte er eine Vollbremsung hin. Jette schoss an ihm vorbei und riss das Lenkrad nach rechts.

»Du Arschloch!«, schrie Jette.

»Der hat doch schön gebremst«, kommentierte der Bär Jettes Ausbruch.

»Ich meinte dich!«

44

»Wer geht los?«

Erwin stand am Straßenrand und schwenkte den leeren Benzinkanister in der Luft herum.

Inge-Britt saß heulend hinterm Steuer und schlug immer wieder ihre Fäuste aufs Lenkrad.

»Wir haben sie verloren!«, schrie sie aus dem Wageninneren. »Bis wir 'ne Tankstelle gefunden haben, sind die längst über alle Berge und Kurt und Jette vielleicht tot.«

Fritz war ebenfalls ausgestiegen und sah sich um. In der Ferne schimmerten die Lichter eines Dorfes. Die nächste Tankstelle war mindestens fünf Kilometer entfernt.

»Kurt, Kurt, Kurt«, wimmerte Inge-Britt leise in ihren Ärmel. »Ich wollte doch mit dir zusammenziehen. Mein Kurti.«

»Inge-Britt hat recht«, sagte Fritz von draußen. »So kommen wir nicht weiter.«

»Ach nein?«, schrie Erwin. »Vom Rumsitzen passiert aber auch nichts.«

Wütend hopste Erwin in den Graben und fischte seine Trainingsjacke wieder heraus. Sie tropfte und war voller Dreck. Filmreif warf er sich die Jacke über die Schulter. Dann drehte er sich um und marschierte Richtung Pönitz zurück.

»Läuft der jetzt allein los?«, rief Inge-Britt aus dem Fenster.

Fritz nickte und holte tief Luft. Dann griff er in seine Tasche, holte sein Handy heraus und wählte eine Nummer. Während er sprach, sah er ein Auto vor Erwin auftauchen. Er konnte es in der Dunkelheit nur schemenhaft erkennen, aber von weitem glaubte Fritz zu beobachten, wie Erwin sich die Jacke von der Schulter riss, sie vor das Auto schleuderte und mit einem großen Satz auf die Fahrbahn sprang.

45

Jettes Beine zitterten. Sie hatte keine Kraft mehr, das Gaspedal weiter zu malträtieren. Für einen kurzen Moment hatte selbst Kurt seinen Schmerz vergessen.

Der alte Passat tuckerte über die Landstraße, und der Bär amüsierte sich.

»Ich geb Gas, ich will Spaß«, sang er glucksend. Dabei schaute er sich nach hinten um. Der überholte Kleintransporter fuhr in sicherem Abstand hinter ihnen.

»Mir ist kotzübel«, murmelte Jette. Sie hielt sich am Lenkrad fest und starrte nach vorn.

»Kotzen kannst du später«, wies der Bär sie zurecht. »Sobald wir in Hamburg sind.«

Kurt sah Jettes zarten Körper beben. Wie lange hielt Jette die Belastung noch aus? Er musste die Situation entschärfen, sonst machte sie womöglich in der nächsten Stresssituation Dummheiten.

»Auf wen haben Sie im Bahnhof geschossen? Auf die Buchhändlerin oder auf Jackie Trapko?«, fragte er plötzlich.

Der Bär zuckte zusammen und setzte sich seitlich aufs Polster.

»Ich wüsste nicht, was dich das angeht«, antwortete er gereizt.

»Viel«, patzte Kurt. »Weil Sie fast meine Enkelin getroffen hätten.«

»Wieso, deine Enkelin?«, fragte der Bär.

»Weil ich neben der Buchhändlerin stand«, mischte Jette sich ein. Sie starrte noch immer auf die Straße und sprach mechanisch. »Hast du Sylke Grabzow etwa aus Versehen umgebracht?«

»Pech gehabt, würd ich mal sagen«, gab der Bär zurück. »Bisschen Schwund ist immer. Konnte ich ahnen, dass Trapko in dem Moment zur Seite geht und diese verpeilte Buchhändlerin auftaucht? Was muss die dumme Kuh mir auch in die Schusslinie laufen. Leute mit schlechter Reaktion leben halt gefährlich.«

Kurt presste die Lippen aufeinander.

»Warum wollten Sie Trapko töten?«

»Hör mal, Opa«, entgegnete der Bär. Seine Stimme wurde lauter, und er strich über den Lauf seiner Pistole. »Deine Fragestunde geht mir auf die Nerven. Selbst wenn ich dir sagen würde, welches Hühnchen ich mit Trapko zu rupfen habe – was würde es dir nützen? Nichts.«

Kurt blieb bewegungslos sitzen und fixierte sein Gegenüber, ohne mit der Wimper zu zucken.

»Tiesdorf steckt dahinter, stimmt's?«, bohrte Kurt weiter.

»Bravo«, blaffte der Bär. »Du weißt es ja offenbar schon längst. Tiesdorf ist raus aus dem Knast. Wir hatten da 'ne schöne Zeit zusammen. Wie oft hat er davon erzählt, dass sein alter Kumpel Trapko ihm noch was schulde. Doch Trapko stellt sich stur. Ist ein hartnäckiger Bursche.«

»Also wollte Tiesdorf ihn umlegen?«

»So was macht der doch nicht selbst. Das wäre zu plump. Außerdem kann er nicht schießen. Da hab ich gesagt, Tiesdorf, altes Haus, lass mich das machen. Gegen ein kleines Honorar natürlich.«

»Warum haben Sie ihm ausgerechnet in der Buchhandlung aufgelauert?«, fragte Jette. »Da wimmelt es doch vor Leuten und Kameras.«

»Ich hatte da 'nen Tipp bekommen. Außerdem wollte ich mal wieder was richtig Spannendes erleben. Ihr glaubt ja nicht, wie langweilig es im Knast sein kann. Gott, wie mir der Kick gefehlt hat.«

»Und dann haben Sie einfach Frau Grabzow erschossen?«

»Bin halt aus der Übung. Trapko, dieser Trottel, war so schnell in Deckung, dass ich nicht noch mal nachlegen konnte. Pech für die Büchertussi.«

»Krank«, murmelte Jette. »Sie sind doch nicht ganz richtig im Kopf.«

Der Bär richtete sich auf und schüttelte den Kopf.

»Falsch, mein Mädel«, antwortete er. »Meinem Kopf geht's gut, aber um eure könnt ihr euch so langsam Sorgen machen.«

Kurt zog sich nach vorn und atmete stoßweise.

»Glotz nicht so blöd«, fuhr der Bär fort. »Ihr beiden überlebt diese Tour sowieso nicht.«

Jette zuckte zusammen und ließ für einen Moment das Gaspedal los. Sie war die ganze Zeit davon ausgegangen, dass der Bär sich an die Abmachung halten würde.

»Brav weiterfahren«, kommandierte der und schaute zu Jette. »Hast du etwa wirklich geglaubt, ich lasse euch laufen?«

Ihm entfuhr ein künstliches Lachen.

»Dank einer guten Nachricht musste ich umdisponieren. Mein Plan sieht folgendermaßen aus: Zuerst chauffierst du uns Richtung Hamburg. In der Nähe von Schwarzenbek biegen wir ab in den Sachsenwald. Ein herrliches Fleckchen. Naturschutzgebiet. Da ist absolut tote Hose. Wenn du verstehst, was ich meine.«

Jette schüttelte den Kopf. Sie hielt die Luft an. Der Bär verdrehte die Augen.

»Letzte Ruhe! Capito? Zuerst dein geliebter Opa – und dann …«

Als Jette *geliebter Opa* hörte, wurde ihr schwarz vor Augen.

»Jette!«, schrie Kurt, der bemerkte, wie der Wagen ins Schlingern kam.

Jette schreckte auf und blickte verstört in den Rückspiegel. Doch statt Kurt sah sie nur noch die Lichthupe des Lieferwagens.

Der Bär drehte sich nach hinten und zielte mit der Pistole auf den Transporter. Reflexartig warf sich Kurt zur Seite und verlor das Gleichgewicht.

»Will der 'ne Revanche?«, schrie der Bär mit quäkender Stimme und drückte ab. Die Kugel durchschoss die Heckscheibe und traf den roten Blitz auf der Motorhaube des Verfolgers. Der Fahrer hatte bereits zum Überholen angesetzt. Jette kreischte auf und riss das Lenkrad nach rechts. Der alte Passat zog zur Seite und rammte einen Straßenpfosten. Dann überschlug er sich.

Annegret hat gekündigt. Meine Güte, bin ich froh! So wie die sich in den letzten Tagen aufgeführt hat, war sie nicht mehr zu ertragen. Was haben mir Jette und Marie leidgetan. Ihr ständiges Gemäkel, ihr affektiertes Gehabe! Und dabei war sie früher eine nette Person. Als ich sie einstellte, ging sie höflich mit der Kundschaft um. Sie behielt die Ruhe, wenn es hektisch wurde, und steckte sogar Beleidigungen professionell weg. Und dann? Kurz nachdem Lutz und ich uns zum ersten Mal gesehen haben, fing es an. Sie wurde immer patziger. Schnitt hinter den Rücken unfreundlicher Kunden Grimassen. Einmal hat sie sich geweigert, einer alten Dame eine Tragetasche zu geben. Sie solle gefälligst auf den Plastikmist verzichten, hat sie ihr gesagt. Die Frau haben wir nie wieder gesehen. Wie peinlich mir das war. Nach meinem Tod dachte ich, sie fängt sich wieder. Aber gestern ist die Situation eskaliert. Marie stand im Laden und bediente einen jungen Mann. Annegret kam dazu und mischte sich ein. Sie stellte sich ganz dicht neben den Mann und berührte immer wieder seinen Arm. Kurze Zeit später schnupperte sie an seinem Hals und sagte: »Sie duften aber gut. Lassen Sie mich raten. Kenzo?« Der Mann war völlig verwirrt und ging. Annegret ist ihm noch hinterhergerannt und hat ihm nachgerufen: »Wollen Sie meine Telefonnummer? Ich bin Siiiiingle!«

Da war dann Schluss mit lustig. Marie hat ihr die Meinung gesagt. Aber so richtig. Die kleine, stille Marie. Ein Bild für die Götter! Annegret hat dann ihre Tasche aus dem Pausenraum geholt und fristlos gekündigt. Schade, dass Jette nicht dabei war. Wo ist sie eigentlich?

46

»Hören Sie mich?«

»Mmh.«

»Warten Sie, ich helfe Ihnen. Haben Sie Schmerzen?«

Jette schlug die Augen auf und sah alles auf dem Kopf. Der Passat lag auf dem Dach, doch sie war noch immer angeschnallt und hing verdreht im Gurt. Sie wusste nicht, wo sie war, und auch nicht, ob ihr etwas weh tat.

»Hab schon einen Krankenwagen gerufen. Bleiben Sie bitte ganz ruhig.«

Ein kräftiger, junger Mann mit Baseballcap und Kinnbart hatte die Fahrertür aufgezogen und sich zu ihr gebeugt. Er hockte lächelnd auf den Knien und versuchte sie zu befreien. Zuerst nahm er die Polizeikelle, die nach vorn geschleudert war und vor Jettes Bauch lag, beiseite und legte sie ins Gras. Dann löste er mit der einen Hand Jettes Gurt, die andere hielt er schützend unter ihren Rücken. So gut es ging, stützte Jette sich ab. Vorsichtig drehte sie sich in die Waagerechte.

»Was ist passiert?«, flüsterte sie. Sie überlegte, ob sie träumte.

»Ihr Wagen hat sich überschlagen«, sagte der Mann. Irgendwoher kannte sie sein Gesicht. Er sah gutmütig aus.

»Ich wollte Sie gerade überholen, da sind Sie volle Kanne nach rechts abgeschossen.«

Plötzlich erinnerte sich Jette. Der junge Mann war der Kurierfahrer, den Kurt nach ihrer Ankunft zur Raison gebracht hatte. Sie hatte den bekannten roten Blitz auf der Heckklappe zwar wahrgenommen, aber nicht realisiert, wer da hinter ihr auf der Straße unterwegs gewesen war.

»O Gott! Gramps?«, schrie sie plötzlich, während sie durch den verzogenen Türrahmen nach draußen kroch.

»Scheiße!«, hörte sie aus dem Wageninneren brummen. »Ich muss hier raus.«

Das Fluchen kam vom Bären, der ebenfalls feststeckte und hektisch an seinem Gurt herumhantierte.

Der nette Helfer schaute durch die eingedrückte Fensterscheibe und hastete geistesgegenwärtig um den Wagen herum.

Als Jette realisierte, dass er sich an der verzogenen Beifahrertür zu schaffen machte, zuckte sie zusammen.

»Nein! Den nicht rausholen!«, schrie sie so laut wie möglich. »Der Typ ist gefährlich.«

»Ich weiß«, rief der Mann und riss mit einem kräftigen Ruck an der Tür. »Der hat mir neulich 500 Euro fürs Zuschnellfahren abgeknöpft. Ist mir 'ne ganz besondere Freude, ihn zu retten.«

Jette begriff, dass der Helfer den Bären in der Dunkelheit mit Kurt verwechselte. Auf allen vieren kroch sie zur Hintertür und sah hinein. Völlig regungslos und mit geschlossenen Augen lag Kurt in einer Ecke, mit einem Bein im Laderaum.

»Graaaaamps!«, schrie sie hilflos.

Sie starrte wieder nach vorn. Der junge Mann zog am rechten Arm des Bären. Dessen linke Hand fingerte im Wagen herum. Zu spät erkannte sie, dass der Bär seine Pistole zu fassen bekam. Vor Schreck biss sie sich auf die Zunge, und ihre Kehle war wie zugeschnürt. Zitternd trat sie auf etwas Hartes. Im schwarzen Gras lag Kurts Polizeikelle.

»Vorsicht!«, rief sie dem jungen Mann zu. »Das ist ein Mörder!«

So schnell sie konnte, schnappte sie sich die Kelle und humpelte um den Wagen herum. In diesem Moment hatte der Helfer den Bären bereits ins Freie gezogen. Seine freundlichen Gesichtszüge entglitten ihm, als er in den Lauf der Pistole blickte. Jette umfasste die Kelle mit beiden Händen und holte aus.

47

Die kleine, fleischige Hand fühlte sich warm an. Zuerst strich sie leicht über seine Finger. Dann griff sie vorsichtig zu, wie weich sie war. Kurt hielt die Augen geschlossen und konzentrierte sich. Nach der Operation war er nur einmal aufgewacht und dann gleich wieder eingeschlafen. Danach von einem liebevollen Streicheln geweckt zu werden, konnte nur ein Traum sein.

Mmh Mmh Mmmmhhh Mmh Mmh.

Das Summen beruhigte. War das nicht eine Melodie von Udo Jürgens?

Schön, wenn immer, immer wieder die Sonne aufgeht, dachte Kurt. Er spürte, wie seine Lebensgeister langsam zurückkehrten, und erwiderte den Händedruck.

»Kurti?«, fragte eine leise Stimme. »Bist du wach?«

Der Kommissar nickte schwach und öffnete zunächst das rechte, kurz danach das linke Auge.

Da saß Inge-Britt neben ihm und lächelte ihn an.

Erschrocken zog Kurt seine Hand zurück.

»Meine Güte, kannst du lange schlafen«, sagte Inge-Britt. Sie schob eine Ponysträhne aus der Stirn und griff ihre Handtasche.

»Wieso?«, fragte Kurt.

»Na, gestern haben sie dich operiert. Wir dachten, du wachst nach ein paar Stündchen auf und bist gleich wieder fit.«

»Vielleicht musste ich mal richtig ausschlafen«, scherzte er. Dann sah er aus dem Fenster und kniff die Augen zusammen.

»Was wurde denn operiert?«, fragte er zaghaft. »Mein Rücken?«

Inge-Britt lachte. Im Stress zwischen Unfall und Operation musste er einige Details vergessen haben. Geduldig erzählte sie, was passiert war.

Nach dem Crash hatte Jasper Brücking, der Fahrer des Blitz-Transporters, sofort den Notdienst alarmiert. Gleichzeitig mit dem Krankenwagen war die Polizei am Unfallort eingetroffen. Zwei Streifenbeamte waren aufgrund eines diffusen Anrufs eines älteren Herrn auf den Landstraßen rund um Neustadt unterwegs gewesen und hatten nach einem dunkelgrünen Passat Kombi Ausschau gehalten. Bei ihrer Ankunft hatten sie einen bewusstlosen Schwerverbrecher vorgefunden. Nach Aussage der jungen, kaum verletzten Fahrerin namens Jette Eider und des Helfers hatte er sich mit letzter Kraft aus dem Wagen befreit. Danach war er, wahrscheinlich bedingt durch einen Kreislaufkollaps und eine Kopfblessur, die er sich beim Unfall zugezogen haben musste, ohnmächtig geworden. So hatten die beiden Zeugen es jedenfalls formuliert. Ihn festzunehmen, war ein Kinderspiel gewesen. Die Bergung des schwerverletzten Kurt übernahmen die Sanitäter und der Notarzt. Mit Martinshorn und Blaulicht hatten sie ihn in eine Lübecker Fachklinik transportiert.

»Am Rücken mussten sie dich glücklicherweise nicht operieren«, sagte Inge-Britt. »Da hat dich tatsächlich ein klassischer Hexenschuss außer Gefecht gesetzt. Aber deinen Oberschenkel hat's erwischt. Zum Glück ein glatter Bruch.«

Kurt sah an sich herunter und entdeckte seine bandagierte Brust.

»Und was ist das hier?«

»Das, äh«, stotterte Inge-Britt, »ist dein Schlüsselbein. Irgendwie haben die Knochen sich verschoben.«

Inge-Britt sah Kurt mitleidig an, der mit der linken Hand vorsichtig über den Verband strich.

»Und jetzt?«, fragte er.

»Also, der Arzt hat etwas von Prévot-Nagelung gesagt.«

Kurt riss die Augen auf.

»Keine große Sache, meinte er. Es ginge um stabile Titan-Nägel und ...«

»Danke«, unterbrach Kurt seine Kollegin und atmete tief ein. »Die werden wohl wissen, was sie tun.«

Er schüttelte sich kurz und pfiff leise. Dann versuchte er, sich ein wenig aufzurichten, doch die Schmerzen hinderten ihn daran.

»Was ist mit Jette?«, fragte er leise.

»Sie war gestern schon hier. Aber da hast du selig geschlafen. Bis auf ein paar Prellungen und eine Schnittwunde im Gesicht geht's ihr gut. Sie war heute sogar schon wieder arbeiten.«

Inge-Britt sah, wie sich Kurts Gesichtszüge entspannten. Wurden seine Augen etwa feucht?

»Bist du sicher, dass der irre Killer jetzt in U-Haft sitzt?«, fragte er.

»Todsicher«, antwortete Inge-Britt nickend. Sie zog am Reißverschluss ihrer Tasche und kramte im Innenfach.

»Es gibt aber noch 'ne gute Nachricht«, säuselte sie. »Ich habe eine Mail von Chief Inspector Robinson von der CBSA bekommen.«

»Von der CB- was?«, wiederholte Kurt.

»Canada Border Service Agency. Die Grenzüberwachung.

Die kanadischen Kollegen haben diesen Jean-Luc gefasst. In so einem kleinen Grenzdörfchen. Sie konnten sein Handy orten und haben sich überschwänglich für den Hinweis bedankt.«

Kurt stand der Mund offen. Inge-Britt grinste und fuhr fort.

»Stell dir vor, dieser Jean-Luc hatte eine alte Garage angemietet und in alten Motorölkanistern Marihuana, Crack und Crystal Meth gehortet. Das haben sie alles konfisziert. Genug Stoff, um ihn lange einzubuchten.«

Jetzt strahlten Kurts Augen.

»Wollten sie denn noch mehr Infos von uns haben?«, hakte er nach.

»Nö. Keine weiteren Fragen, woher wir den Tipp bekommen haben. Ich hatte denen ja geschrieben, er sei uns anonym zugespielt worden. Am Ende schrieb der Inspector nur *very big thanks*.«

Kurt nickte anerkennend und sah Inge-Britt lange an. Sie erwiderte seinen Blick und glaubte wahrzunehmen, wie sein Atem schneller wurde.

Verlegen kramte sie weiter in ihrer Handtasche. Dann zog sie ein kleines Päckchen heraus.

»Für dich«, sagte sie leise und hielt es Kurt hin.

Mit feuchten Händen zerriss Kurt das rosenverzierte Geschenkpapier und knüllte es zusammen. Er zog den Deckel von der Schachtel und grinste.

»Danke«, murmelte er. Dann schluckte er kurz. Seine Mundwinkel zitterten. Er griff Inge-Britts Hand und zog sie sanft zu sich heran. Langsam beugte sich Inge-Britt vor. Sie trug das süßliche Parfum, das sie sonst nur zu Geburtstagen auflegte.

»Du bist wirklich …«, stammelte Kurt. Dann versagte seine Stimme.

»Hi Grahamps!«, hallte plötzlich Jettes Stimme aus dem Türrahmen. Ohne anzuklopfen kam sie hereingestürmt.

Inge-Britt schreckte hoch und stieß mit der Schulter an den Infusionsständer.

»Bleib sitzen«, rief Jette und tätschelte Inge-Britts Arm. Dabei rollte sie den Ständer zurück. Inge-Britt sagte nichts und fächelte sich Luft zu. Aufgeregt fingerte sie ein kleines goldenes Döschen aus ihrer Tasche und puderte sich das Gesicht.

»Jette«, sagte Kurt. Seine Wangen leuchteten rot, und er lächelte leicht.

Inge-Britt stand auf und zog sich die Jacke über.

»Dann will ich mal«, erklärte sie förmlich. »Die Arbeit ruft. Also, ähm, Junker fährt morgen auf Dienstreise und braucht noch Unterlagen.«

Sie warf sich die Tasche über die Schulter und gab Kurt zum Abschied die Hand.

»Bis bald«, hauchte sie.

»Bis bald«, wiederholte Kurt und blickte ihr versonnen nach.

»Bin ich froh, dass du endlich wach bist«, holte ihn Jette in die Gegenwart zurück.

Doch bevor Kurt etwas sagen konnte, brach ihre fröhliche Fassade. Sie ließ sich neben ihn auf die Bettkante sinken. Ihr Kinn begann zu zucken. Dann flossen die ersten Tränen.

»Weißt du, was für eine beschissene Angst ich um dich hatte?«, schluchzte sie.

Immer dickere Tropfen kullerten ihre Wangen hinab. Kurt lag hilflos auf dem Rücken. Er spürte einen heftigen Schmerz in der Herzgegend. Sein Hals schnürte sich zu.

»I – am – so – sorry«, stotterte Jette und wischte sich immer wieder die Nase am Ärmel ab. Kurt hatte Mühe, sie zu verstehen.

»Alles hab ich kaputtgemacht – mit meiner Überraschung – nach Lübeck – ohne dich zu fragen – in Lebensgefahr hab ich dich gebracht – bullshit!«

Aus Jette sprudelten wirre Sätze. Sie konnte nicht aufhören zu weinen und warf sich auf Kurts Brust.

»Auaaaaaah!«, stieß der überrumpelte Großvater aus, doch Jette schluchzte so laut, dass sie ihn nicht hörte. Ihr ganzer Körper zitterte.

»I'll go back to Kanada«, stammelte sie.

Kurt fühlte, wie ihre Tränen sein Hemd durchweichten. Wenn sie so weitermachte, wäre auch der Verband bald nass. Und lange konnte er seine eigenen Tränen auch nicht mehr zurückhalten.

»Hör auf!«, befahl er plötzlich mit lauter Stimme. Jette erschrak und richtete sich auf. Ihre Nase war geschwollen, und sie hatte große rote Flecken auf der Stirn.

»Eins will ich dir sagen«, hörte er sich sprechen. Mit der rechten Hand strich er Jette über die feuchte Wange. In der linken hielt er noch immer Inge-Britts Schachtel.

»Die Sache ist erledigt – und damit basta.«

Jette schluckte. Ihr Zwerchfell zog sich noch immer in kurzen Intervallen zusammen.

»Wenn du dich bedanken willst, dann bei Inge-Britt.«

»Inge-Britt?«, fragte Jette ungläubig.

»Sie hat deinen Freund Jean-Luc hinter Gitter gebracht.«

»Jean-Luc?«

Jette sah ihren Großvater verstört an. Was hatte Inge-Britt mit Jean-Luc zu tun? Und woher wusste Kurt über alles Bescheid? Hatte er ihr Handy abgehört oder ihre Mails gelesen? Oder steckte Ilona dahinter? Jettes Gedanken überschlugen sich.

»Inge-Britt hat mal wieder ganze Arbeit geleistet«, fuhr Kurt fort. »Statt Sekretärin hätte sie Kommissarin werden sollen. Die zieht genau die richtigen Strippen im richtigen Moment.«

In Kurts Augen lag ein Strahlen, das Jette bei ihm noch nie bemerkt hatte.

»Und noch was sage ich dir«, fuhr er fort. »Lüg mich nie wieder an. Niemand lügt Kurt Eider an.«

Jette nickte.

»Lass das Flennen, und mach dich lieber nützlich«, brummte Kurt und verzog keine Miene. »Auf Kamillentee und furztrockenes Graubrot habe ich keine Lust.«

Jette glaubte ein kurzes Lächeln bei Kurt zu erkennen.

»Ein Krummesser wäre jetzt genau das Richtige«, fügte er hinzu. Dann fiel sein Blick auf Inge-Britts kleines Päckchen.

Jette zog ein Tempo aus der Hosentasche und schnäuzte sich. Sie folgte seinem Blick und schaute in die Schachtel.

»My god!«, flüsterte sie entzückt. »Eine Pistole aus Marzipan!«

Sie griff in den kleinen Karton und biss ab.

48

»Was diese Dinger heutzutage alles können.«

Erwin Brockmeier zog an einem Hebel des Krankenbettes, in dem Kurt Eider auf seiner Terrasse lag. Fritz und Jette hatten Kurt nach seiner letzten Untersuchung nach Hause geholt und ihn samt Bettgestell durch die große Schiebetür nach draußen gerollt.

»Wenn du mich in den Himmel katapultieren willst, musst du schon stärker ziehen«, flachste Kurt. »Ich fürchte aber, dafür reicht die Hydraulik nicht aus.«

»Über so was macht man keine Scherze«, fuhr Inge-Britt dazwischen. Sie trug eine pink-gelb gepunktete Kochschürze und stellte einen Frankfurter Kranz auf die gedeckte Kaffeetafel. Dann zog sie einen Stuhl heran und setzte sich neben Kurt.

Fritz fingerte eine Zigarette aus seiner knittrigen Schachtel und zündete sie an. Nebenbei beobachtete er, wie Inge-Britt flüchtig über Kurts Hand strich und ihn anlächelte.

Erwin schenkte sich Kaffee ein und schnitt den Kuchen in große Stücke.

»Auf Kurt!«, prostete Erwin seinem Freund zu.

»Auf Jette!«, fügte Fritz hinzu. »Ohne ihren Schlag mit der Kelle säßen wir nicht hier. Wo ist sie überhaupt?«

Jette stand noch unter der Dusche. Die Schnittwunden an ihrer Schläfe waren schnell geheilt. Nur die Prellungen an Knie und Schulter taten noch weh.

»Mensch, Kurt, überleg mal. Zuerst kriegst du ’nen Hexenschuss. Dann wirst du kreuz und quer durch den Passat geschleudert. Du hattest mehr als einen Schutzengel«, konstatierte Erwin.

Kurt nickte und versuchte ein Stück Kuchen zu essen. Dabei schmerzte seine bandagierte Schulter so sehr, dass er den Arm wieder sinken ließ. Inge-Britt nahm ihm die Gabel aus der Hand und schob ihm ein Stückchen Kuchen in den Mund.

Sofort spuckte er es wieder aus.

»So weit kommt’s noch«, murrte er.

»Ich habe es ja nur gut gemeint«, gluckste Inge-Britt und zwinkerte Kurt zu.

Die anderen beobachteten die Szene und gönnten sich einen ersten Krummesser.

»Wann zieht ihr beiden denn eigentlich zusammen?«, fragte Erwin ungeniert.

»Bitte?«, stieß Kurt hervor.

Fritz verdrehte die Augen.

»Als wir mit dem Twingo auf der Landstraße standen, hast du doch so was gesagt. Stimmt’s, Inge-Britt?«

Inge-Britt schüttelte energisch den Kopf.

»Ach Gottchen«, stammelte sie. »Was sagt man nicht alles im Stress.«

Kurt ließ sich einen Korn einschenken, führte ihn vorsichtig zum Mund und kippte ihn mit roten Ohren hinunter.

Als Jette nach draußen kam, sprang Fritz auf.

»Alles o. k.?«, fragte er.

»Bestens«, säuselte Jette.

»Komm, lass dich mal drücken.«

Der kräftige Kioskbesitzer zog Jette zu sich heran und klopfte ihr auf die Schulter.

»Auf das Mädel kannst du stolz sein«, sagte er mit einem durchdringenden Blick zu Kurt.

Der Kommissar nickte mit leicht wässrigen Augen.

»Ach was«, verbesserte Fritz sich selbst. »Wir können auf uns alle stolz sein. Inge-Britt und Erwin. Ihr wart spitze!«

Der kleine Erwin schob seinen Stuhl zurück und erhob sich feierlich. Dann zupfte er seine speckige Trainingsjacke in Form.

»Wenn das so ist«, sagte er, »dann schließe ich mich an.«

Er schob Fritz zur Seite und fiel Jette um den Hals. Sein süßliches Aftershave verschlug ihr den Atem. Sie schluckte, ohne Luft zu holen, und ließ Erwins ungestüme Attacke über sich ergehen. Als er sie auch noch auf die Wange küsste, schubste sie ihn weg.

»Lass mal gut sein«, sagte sie hüstelnd und schnappte sich einen Teller. Erwin setzte sich brav auf seinen Platz zurück.

»Was passiert jetzt eigentlich mit dem Mörder?«, fragte Fritz.

»Todesstrafe!«, antwortete Erwin bierernst.

Inge-Britt schüttelte den Kopf und goss Kaffee nach.

»Der ist gleich mehrfach angeklagt. Die Ballistiker haben ihn überführt. Mord an der Buchhändlerin, Mord am Hotelier, Geiselnahme, Zechprellerei. Die Liste ist lang.«

»Und was ist mit Trapko und Tiesdorf?«, fragte Jette.

»Trapko ist weg.«

»Wie? Weg?«

»Nicht aufzufinden«, sagte Inge-Britt.

Erwins Gesicht verfärbte sich.

»So ein windiger Hund«, maulte er. »Der sitzt wahrscheinlich auf Hawaii oder in Dubai und lacht sich ins Fäustchen.«

»Genau«, gab Inge-Britt ihm recht. »Dafür wandert Tiesdorf zurück in den Knast.«

»Hat der Bär ihn verpfiffen?«, fragte Fritz. Inge-Britt nickte.

»Goran hat ihn in die Mangel genommen. Was meint ihr, wie ihn die Auflösung gleich mehrerer Fälle angestachelt hat. Das macht sich gut in seiner Statistik.«

Jette schaute mit klopfendem Herzen zu Boden. Sie stellte sich vor, wie Goran den Bären ausquetschte. Kurt atmete laut ein und aus. Aus seinen zusammengepressten Lippen entwich das Blut. Schnell fuhr Inge-Britt fort.

»Der Mörder hat gestanden, dass Tiesdorf ihn beauftragt hat. Er wollte seinen Beuteanteil von damals zurück. Trapko dachte aber nicht dran, das Geld rauszurücken. Also sollte er dafür bezahlen. Angeblich hatte Tiesdorf den Bären im Knast auch zu anderen Taten angestiftet.«

»Dieser Trottel von Tiesdorf tut mir schon fast leid«, sagte Fritz, der sich einen Schnaps genehmigte und kurz rülpste.

»Ich bitte dich«, wies Erwin ihn zurecht. »Es geht schließlich um Mord.«

Kurt nickte mit einem schwachen Grinsen.

»Tiesdorf war und ist einfach nicht clever genug«, konstatierte Inge-Britt. »Goran hat ihn sofort festgenommen. Selbst schuld.«

Erwin stand auf und ging zur Tischtennisplatte. Er schnappte sich einen Filzstift und schrieb alle Details auf. Hektisch zog er kreuz und quer Linien und Pfeile.

»Erwin, bitte«, ermahnte ihn Fritz, der Mühe hatte, ernst zu bleiben. »Das brauchen wir doch jetzt nicht mehr.«

»Ordnung muss sein«, quittierte Erwin den Einwand.

Er malte und schrieb wie besessen. Jette folgte amüsiert seinen wirren Kritzeleien. Dann steckte er die Kappe auf den

Filzstift und drehte sich zu ihr um. Mit einem schiefen Lächeln zog er die rechte Augenbraue hoch.

»Und wie geht es jetzt mit euch beiden weiter?«

»Was meinst du mit *euch beiden*?«

»Na, mit dir und deinem jungen Verehrer aus der Eisdiele?«

Jettes Herzschlag, der sich gerade beruhigt hatte, beschleunigte wieder.

»Erwin!«, funkte Inge-Britt dazwischen. »Das geht uns doch nichts an.«

Kurt hörte auf zu kauen und beobachtete seine Enkelin.

»Na gut«, gab Erwin kleinlaut bei. »Interessiert hätt's mich aber trotzdem. Dieser junge Mann sah doch gut aus mit seinen kurzen, dunklen Haaren und diesem komischen roten Fleck am Ha...«

»Erwin!«

Inge-Britt sprang auf und riss dem verdutzten Rentner den Filzschreiber aus der Hand. Dann klappte sie die Tischtennisplatte zusammen und blickte in die Runde.

»Noch jemand Kaffee?«, fragte sie energisch.

Kurt verschluckte sich. Zum zweiten Mal spuckte er ein Stück Kuchen aus und fixierte Jette, die mit bebenden Nasenflügeln seinem Blick standhielt. Im Nu herrschte eine bedrückende Stille.

Wenige Sekunden später begann Fritz zu hüsteln.

»Ihr glaubt nicht, was ich jetzt hole«, rief er plötzlich und lief zum Geräteschuppen. Keuchend schleppte er die glänzende Nähmaschine auf die Terrasse.

»Was sagst du nun?«

Zögerlich löste Kurt seinen Blick von Jette und wandte sich Fritz zu.

»Ist das Lottes Maschine?«

Fritz nickte.

»Tipptopp in Schuss. Näht wieder wie 'ne Eins.«

Schnaufend stellte er die Maschine direkt vor Kurt ab. Der bandagierte Kommissar starrte sie einen Moment an. Dann beugte er sich vor und strich über das polierte Metall. Als er Jettes kleinen Zettel fand, schluckte er.

»Das ist ja …« Kurt blieben die Worte im Hals stecken. Mit einer Serviette tupfte er sich die Augen trocken und schnäuzte sich.

»Bedank dich bei Jette«, sagte Fritz und räusperte sich. »Das war ihre Idee. Ich hab ihr 'nen Sonderpreis gemacht. Was meinst du, was die Ersatzteile für so ein Schätzchen kosten?«

»Kosten?«, wiederholte Kurt.

»Da kommen ganz schnell ein paar hundert Euro zusammen.«

Kurt warf die Serviette auf den Tisch und fixierte Jette.

»Versteigerungen bei eBay«, sagte sie stolz. »Ich hab dir doch erzählt, dass alte Vinyl-Platten ganz hoch im Kurs sind. *Jethro Tull* ging gut. Die *Doors* auch. Am meisten hat *The Band* gebracht. Über 150 Euro.«

»Wusst ich's doch!«, rief Erwin triumphierend. Doch Jette schnitt dem kleinen Rentner das Wort ab.

»Es ist mir ganz schön schwergefallen, Papas alte Scheiben zu verkaufen. Aber ich wollte dir unbedingt eine Freude machen.«

Mit offenem Mund sank Kurt zurück in die Kissen. In diesem Moment klingelte es an der Haustür.

»Ich geh schon«, rief Jette erleichtert und rannte los.

Eine Minute später stand Ploog vor dem geheimen Ermittlerteam. Förmlich gab er Kurt die Hand, legte ihm einen Blumenstrauß auf den Schoß und wünschte ihm gute Besserung.

»Ist der von Goran?«, fragte Kurt mit ernster Miene.

Ploog schüttelte den Kopf.

»Von mir«, sagte er leise. »Ich dachte, die muntern Sie auf. Wo Goran doch gerade die Dienstaufsicht informieren will.«

»Bitte?«, rief Inge-Britt dazwischen.

»Er meint, jetzt hätte er endlich genügend Beweise, um Sie zu suspendieren. Sie wissen schon. Unbefugtes Ermitteln und so. Jedenfalls will er es versuchen. Der will Sie loswerden, das wissen Sie doch.«

Kurt schloss die Augen und sackte in seinem Krankenbett zusammen.

Erwin und Fritz erstarrten. Ploog zuckte schwitzend mit den Schultern und griff in seine Jackentasche.

»Fast hätte ich das vergessen.«

Er zog ein Handy heraus und gab es Jette.

»Gehört das Ihnen? Wir haben es in der Pension *Sonnentau* gefunden.«

Jette starrte mit offenem Mund auf ihr Smartphone. Dann spurtete sie rauf in ihr Zimmer.

Fünf Minuten später kam sie zurück und lief zu Kurt. Sie legte ihren Arm um seinen Hals und drückte ihm einen langen Kuss auf die Wange.

»No problem, vergiss die Suspendierung«, flüsterte sie.

Kurt drehte sich zu ihr. Seine Augen musterten ihr rosiges Gesicht.

»Wie war das noch mit dem Handytrick?«, fragte sie beschwingt. »Man muss nur im richtigen Moment die *Aufnahme-Taste* drücken. Hab ich doch von dir gelernt.«

Kurt verstand immer noch nicht.

»Ich sage nur so viel: Kommissar und Zeugin. Goran hat sich auch nicht immer an die Vorschriften gehalten. Darauf habe ich ihn gerade hingewiesen. Die Suspendierung ist vom Tisch.«

Ploog schaute fragend aus der Wäsche. Inge-Britt ließ die Kuchengabel fallen und nahm den jungen Beamten in den Arm.

»Danke!«, säuselte sie und legte ihm zwei Stücke Frankfurter Kranz auf. »Sie sind der Beste. Einen so fähigen Nachwuchspolizisten wie Sie hatten wir schon lange nicht mehr. Ich werde Junker sagen, was für ein aufmerksamer Ermittler Sie sind.«

Ploog nickte stumm und wurde rot.

Grinsend huschte Erwin in die Küche, um eine frische Flasche Krummesser zu besorgen.

Kurt hob den linken Arm und strich Jette mit seiner großen Hand über die Wange. Seine Unterlippe begann zu zittern. Schweigend schmiegte Jette sich an seinen Hals und kämpfte ebenfalls gegen ihre Tränen. In diesem Moment klingelte es zum zweiten Mal.

»Ich geh schon«, rief Erwin aus der Küche.

Eine Minute später kehrte er zurück. Hinter ihm erschien eine schlanke blonde Frau mit einem großen Flugtrolley im Schlepptau.

»Tag zusammen«, sagte sie forsch und blickte suchend in die Runde.

»Tag, Ilona«, stammelte Kurt.

Jette fuhr erschrocken herum. Bevor sie etwas sagen konnte, stürmte ihre Mutter auf sie zu.

»Gott, wie siehst du denn aus!«

Ilona drückte Jette an sich und strich ihr übers Haar.

Inge-Britt, Erwin und Fritz hielten die Luft an.

»Was willst du hier?«, fragte Kurt. Er versuchte sich aufzurichten und fixierte Ilona mit ernster Miene.

»Was wohl?«, säuselte Ilona, während Jette sich aus der Umarmung ihrer Mutter wand. »Meine Tochter zurückholen.«

»Wie bitte?«, rief Jette und taumelte einen Schritt zur Seite.

»Mein liebes Kind. Was glaubst du, was ich durchgemacht habe? Zuerst setzt du dich klammheimlich nach Deutschland ab, dann erfahre ich, dass du dich mit einem Dealer eingelassen hast. Ich habe doch nicht mein halbes Leben geopfert und mich abgerackert, damit du auf die schiefe Bahn gerätst!«

Ungläubig schüttelte Jette den Kopf.

»So ein Quatsch!«, entgegnete Kurt. Sein Hemd war bereits vom Schweiß durchnässt, doch bevor er weitersprechen konnte, fuhr Ilona fort.

»Ich denke, das weiß ich besser als du. Hast ja von deiner Enkelin nicht viel mitbekommen in den letzten Jahren.«

Kurt entglitt der Teller, der krachend auf dem Boden zerbrach.

»Es war ja nett von dir, Jette mit diesem Jean-Luc zu helfen. Dafür muss ich dir wohl oder übel danken, aber mehr auch nicht. Was für Jettes Zukunft jetzt wichtig ist, kann ich noch immer am besten abschätzen.«

»Hast du sie noch alle?«

Jette baute sich vor ihrer Mutter auf. In ihren Augen standen Tränen.

Mit einem süffisanten Lächeln verschränkte Ilona die Arme und beugte sich zu Jette vor.

»Offenbar bist du noch lange nicht reif genug, um allein klarzukommen.«

Schnaufend tippte Jette sich mit dem Zeigefinger an die

Schläfe, schubste ihre Mutter zur Seite und lief Richtung Wohnzimmer.

»Jette bleibt hier!«, rief Kurt und sah seiner Enkelin hinterher. »Sie kann bei mir wohnen.«

Ruckartig drehte Jette sich um und presste die Lippen aufeinander. Den kurzen Moment der Stille unterbrach nur Inge-Britts lautes Schlucken.

»Ich habe schon Umbaupläne gemacht«, setzte Kurt nach. »Jette bekommt ein eigenes Bad und zwei Zimmer – mit Balkon.«

»Was für ein Balkon?«, entfuhr es Erwin.

»Ich baue an und stocke den Wintergarten auf.«

»Das kannst du gern tun«, sagte Ilona, »aber deine Opa-Tour kommt zu spät. Den netten Familienmenschen zu spielen, hättest du dir früher überlegen sollen. Jette geht mit mir zurück nach Kanada. Sie wird in Saskatoon studieren und mir im Hotel helfen.«

»Gute Idee«, sagte Erwin. »Wenn Kurt hier aufstockt, hab ich nämlich kaum noch Sonne im Garten. Dann ist ratzfatz mein Rasen voller Moos.«

Kurt würdigte Erwin keines Blickes. Dicke Schweißperlen tropften von seiner Stirn.

»Danke, dass ihr mir so viel zutraut«, rief Jette dazwischen. Ihre Blicke sprangen zwischen Ilona und Kurt hin und her.

»Ich gehe weder zurück nach Kanada, noch bleibe ich hier im Haus. Ab dem ersten Oktober wohne ich in einer Dreier-WG in der Moltkestraße. Hat mir 'ne Kundin vermittelt. Aber bestimmt komme ich mit Gramps mal nach Saskatoon, nicht wahr?«

Jette strich sich eine Strähne aus der Stirn und sah zu Fritz hinüber. Der lächelte und nickte.

»An der Uni stehe ich auf der Warteliste. Und um meinen Lebensunterhalt braucht ihr euch auch nicht zu sorgen. Ab morgen arbeite ich in Fritz' Kiosk. Der braucht dringend Unterstützung.«

Wortlos ließ Ilona sich auf einen freien Stuhl fallen, griff nach dem Krummesser und trank hektisch aus der Flasche. Ploog schüttelte sich, und Erwin starrte sie mit offenem Mund an. Blitzschnell nahm Jette Inge-Britt in den Arm und schaute zu ihrem Großvater.

»Dein Haus solltest du trotzdem umbauen. Dann kannst du mit jemandem zusammenziehen, der besser hierher passt.«

Endlich kann ich loslassen. Wie lange habe ich auf diesen Moment gewartet? Zu lange jedenfalls. Nichts holt mich auf die Erde zurück, aber mein Fall ist gelöst und – was noch viel wichtiger ist – meine Buchhandlung ist gerettet. Nach Annegrets Kündigung ging alles ganz schnell. Unsere liebe Marie hat sich bereit erklärt, den Laden zu schmeißen. Und was soll ich sagen? Es klappt wunderbar. Die hat sich richtig gemausert. Bestellungen, Dienstpläne, Abrechnung, Buchhaltung. Kein Problem. Ich sag ja immer, man muss den Mitarbeitern Verantwortung geben. Lieber als Marie wäre mir allerdings Jette als Nachfolgerin gewesen. Ein Organisationstalent wie im Lehrbuch. Ich kann allerdings verstehen, dass sie nur noch an den Wochenenden bei uns arbeiten will. Sie würde einem Freund ihres Opas im Kiosk helfen und müsse sich um ihr Studium kümmern, hat sie Marie verraten. Außerdem will sie bald einen Segelschein machen. Mit ihrem Großvater. Jung müsste man noch mal sein.

ENDE

DANK

Mein größter Dank gehört meiner Familie. Ebenso danke ich meiner Ullstein-Lektorin Katrin Fieber sowie Ingola Lammers, die mich mehr als einmal konstruktiv unterstützten, und Dirk Rumberg für sein Engagement. Merci auch an Frau Jochumsen, Herrn Gaulin und Herrn Luhmann. Ihre Tipps und interessanten Hinweise waren inspirierend und hilfreich.
ANZ_9783548284200_Gueth_Alle Wege fuehren nach Morden_Eigenanzeige

Christiane Güth

Alle Wege führen nach Morden

Kriminalroman.
Taschenbuch.
Auch als E-Book erhältlich.
www.ullstein-buchverlage.de

Watt? Ein Mord im Watt?

Trixi Gellert liebt das Leben, weniger allerdings den Teil, der da Arbeit heißt. Ihre neue Reiseführer-Idee kommt aber so gut an, dass Trixi gleich auf Rechercheреise geschickt wird. Nach Norderney. Zwischen Reisebussen, Strandkörben und Campingkochern findet sie jedoch nicht das versprochene Urlaubsparadies, sondern eine tote Umweltaktivistin. Statt verschiedenste Urlaubsmodelle zu testen – absurd teuer, familienfreundlich oder naturverbunden –, macht Trixi jetzt Jagd auf einen Mörder.

Spannung mit Witz, Herz und Mut: Der perfekte Urlaubsroman – nicht nur für Norderney-Freunde!

ullstein

Christiane Güth

Cheffe versenken

Roman.
Taschenbuch.
Auch als E-Book erhältlich.
www.ullstein-buchverlage.de

Umwerfend komisch und fesselnd zugleich, denn das Chaos hat einen Namen: Trixi!

Trixi ist chaotisch, selbstbewusst und hat es geschafft, dreißig zu werden, ohne auch nur einen Tag zu arbeiten. Als sie das Angebot erhält, die Chronik des Reiseführerverlags Bellersen zu schreiben, kann sie jedoch schlecht nein sagen: Ihre Eltern sind gerade in die Mongolei ausgewandert und haben den monatlichen Scheck gekündigt. Doch bevor sie die Tür zum staubigen Archiv auch nur öffnen kann, ist sie in den Art-Direktor verliebt, bei ihrer Chefin in Ungnade gefallen – und über eine Leiche gestolpert …

»Ich habe Christiane Güths temporeichen, lustigen und locker geschriebenen Roman mit Vergnügen gelesen!«
Ingrid Noll

ullstein